MR.RIGHT&LUCKY STAR

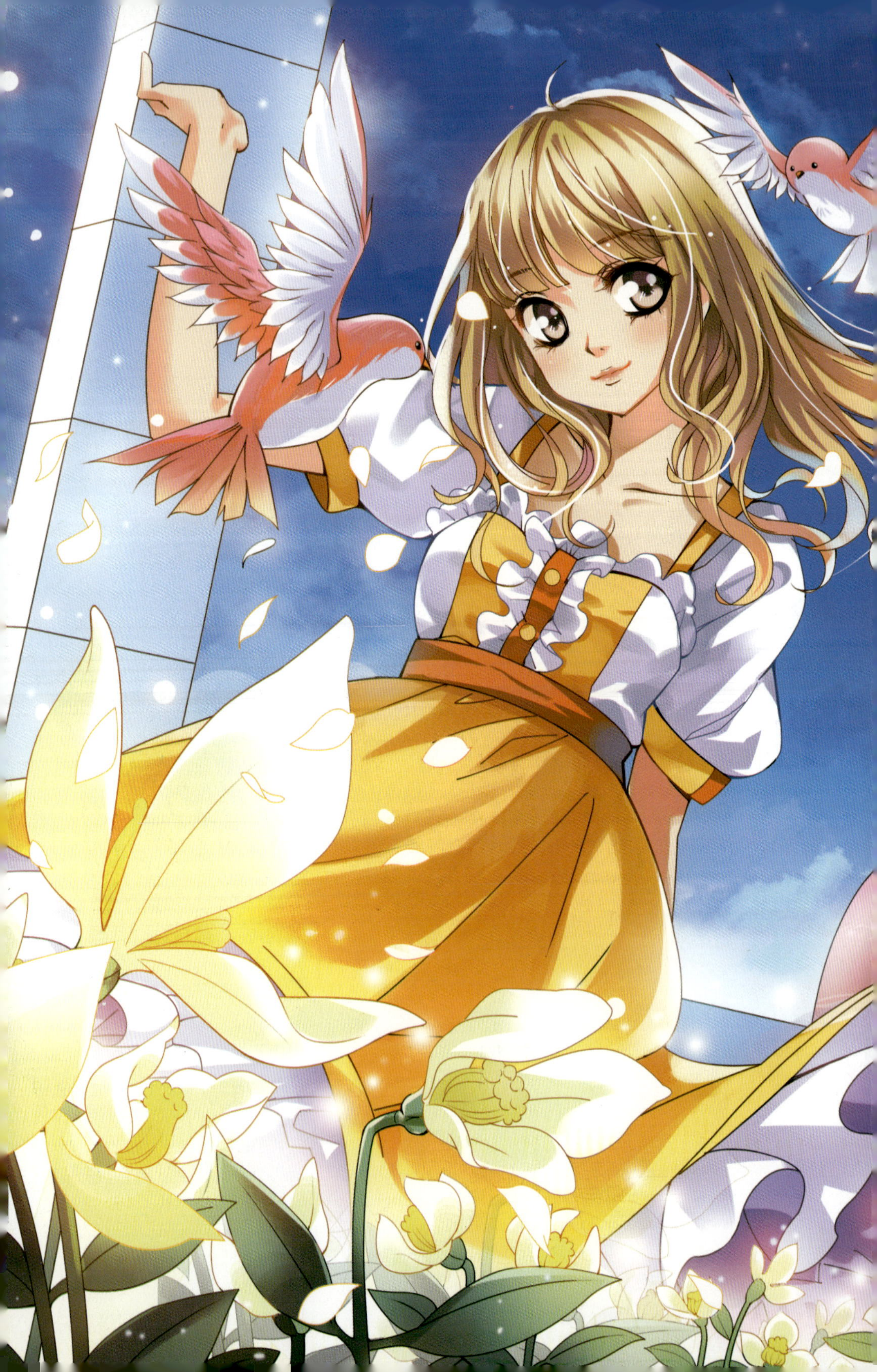

MR.RIGHT&LUCKY STAR

也许**我就在你身边**

在春色绽露的光芒下
描画出梦想中纷纷落下的花雨
幻化成樱花树下的守候者

MR.RIGHT & LUCKY STAR

沿路绘成风景
单车永驰对留下美丽的足迹
微风听着我的叹息
仿佛坐上了爱的回转梯
请赐予我靠近你的勇气

© SOL.Bianca Creation works

Destiny魔法系列

MR.RIGHT&LUCKY

真命无敌幸运星

松小果 著

湖南少年儿童出版社
HUNAN JUVENILE & CHILDREN'S PUBLISHING HOUSE

图书在版编目（CIP）数据

真命无敌幸运星 / 松小果著. —— 长沙：湖南少年儿童出版社，2016.9
ISBN 978-7-5562-2868-3

Ⅰ．①真… Ⅱ．①松… Ⅲ．①长篇小说-中国-当代 Ⅳ．①I247.5

中国版本图书馆CIP数据核字（2016）第219975号

ZHENMING WUDI XINGYUNXING

真命无敌幸运星

责任编辑：周 霞 万 伦
品牌运营：Sean.L
特约编辑：李 黎 王 彦
视觉监制：611
文字编辑：袁 卫 毛泳洁
装帧设计：杨思慧
插画制作：索·比昂卡创作组（三颗猫饼干 Erich 熊凯琳）
文字校对：曾乐文

出 版 人：胡 坚
出版发行：湖南少年儿童出版社
地　　址：湖南省长沙市晚报大道89号　邮　编：410016
电　　话：0731-82196340（销售部）　82196313（总编室）
传　　真：0731-82199308（销售部）　82196330（综合管理部）

经　　销：新华书店
常年法律顾问：北京市长安律师事务所长沙分所 张晓军律师
印　　刷：长沙鸿发印务实业有限公司
开　　本：660 mm×960 mm　1/16
印　　张：16　　　　　　　　　字　　数：243千字
版　　次：2016年9月第1版　　印　　次：2016年9月第1次印刷
定　　价：25.80元

版权所有 侵权必究
质量服务承诺：若发现缺页、错页、倒装等印装质量问题，可直接向本社或印刷厂调换。
服务电话：0731-82196362/84887200

CONTENTS
目录

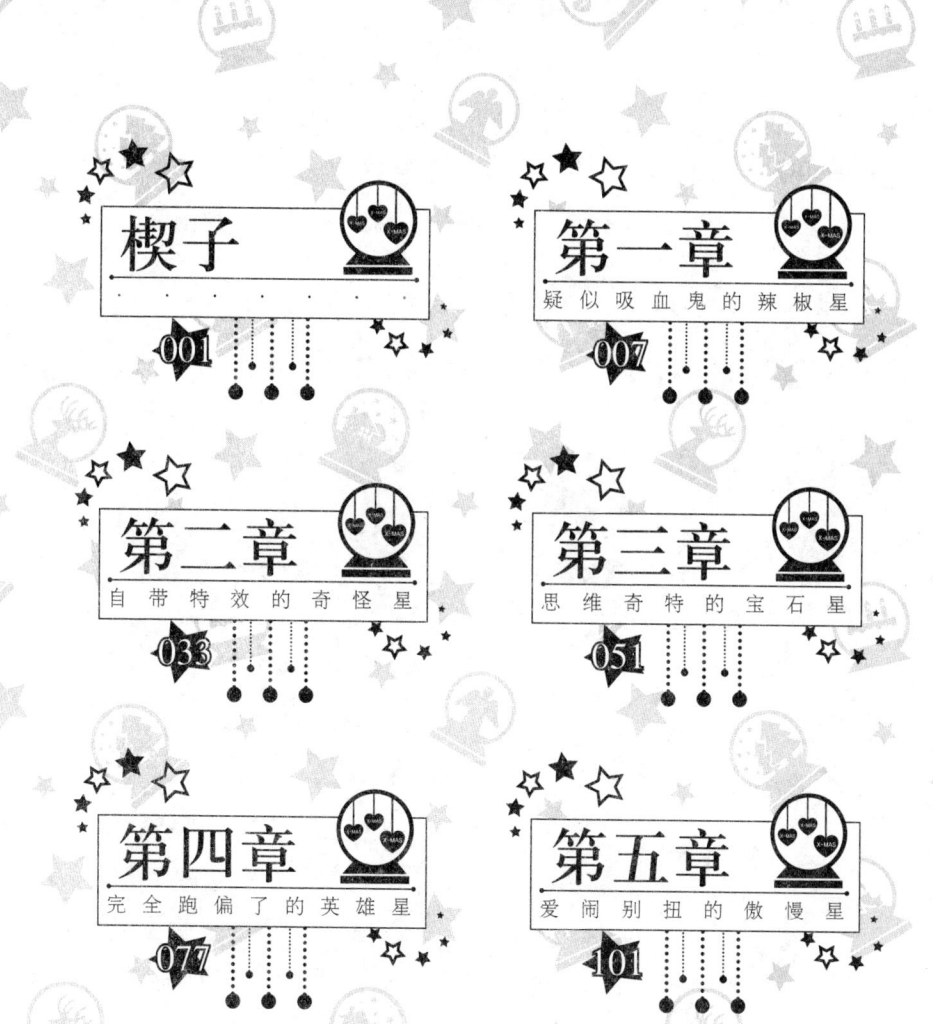

楔子 ... 001

第一章 疑似吸血鬼的辣椒星 ... 007

第二章 自带特效的奇怪星 ... 033

第三章 思维奇特的宝石星 ... 051

第四章 完全跑偏了的英雄星 ... 077

第五章 爱闹别扭的傲慢星 ... 101

CONTENTS
目录

第六章
吃饭也会出状况的麻烦星
125

第七章
离奇消失的暗淡星
149

第八章
表露真心的坦诚星
171

第九章
陷入混乱的王子星
195

第十章
智商碾压麻烦的萨特星
215

尾声
243

楔子

真命无敌幸运星

墨蓝色的天幕好像一块巨大的黑色丝绒，在这座城市的上空铺展开来，调皮的星星化作一颗颗闪耀的宝石，一闪一闪地点缀在夜空中，静静地看着底下美丽的城市，流水般的月光轻轻笼罩着一切。

夜深了，星星也好像累了，渐渐地有乌云从旁边爬过来，遮盖住了璀璨的星空。

连月亮都打了一个大大的哈欠，慢慢闭上了眼睛，最后一缕月光略带眷恋般扫过城市的一角。

浓稠的夜色中，艾利学院尖角飞檐的哥特式建筑好像变成了一只只怪兽，在地上投下一个个张牙舞爪的阴影，静静地等待着猎物的到来。

"你是我的小呀小苹果，怎么爱你都不嫌多……"

突然，欢快的哼唱声从建筑的阴影里传了出来。

一个壮实的中年男人从拐角处走出，他面貌普通，穿着整齐的保安制服，手里还拿着一个明亮的手电筒，一边哼着曲子，一边仔细地查看教学楼，然后向旁边的一条小道走去。

嗯……院长楼，很安静，没有异常。

嗯……图书馆，灯都关了，也没有异常。

嗯……再往前走就是学校的禁地小树林了，他犹豫地停下了脚步。

小树林再也不是白天郁郁葱葱的样子，无数纤长的树枝仿佛大声呐喊一般伸向天空，仔细听的话，好像还有夜风从树叶间穿过，发出一种类似呜咽的怪声。

到底要不要继续巡视呢？

想到明天就是一年一度的新生报到日，一股身为学校安全保卫人员的责任感油然而生。为了保证学院的安全，他决定还是去看一看。

楔子

于是，他挺了挺胸膛，迈开了脚步，嘴里的曲子哼得更大声了。

转过一个拐角，路过一个偏僻的小花园，马上就要到达小树林的边缘了。

"呜呜，呜呜——"

恐怖的风声好像就在耳边，同时还夹杂着更加奇怪的响动，保安大叔竖起了耳朵。

"沙沙，沙沙——"

"咯吱，咯吱——"

似乎是什么踩在落叶上发出的声音。

可是，今天是暑假的最后一天，虽然白天有同学提前来参观校园，但是现在都深更半夜了，谁还会逗留在小树林里？

不会是……贼吧？

啊！贼！

正想到"贼"这个字眼，眼前似乎就有一道黑影飞一般地掠过，一股奇怪而辛辣的味道立刻蹿进了鼻子里，让保安大叔忍不住想打喷嚏。

所以……

是有人来学院里偷东西！

保安大叔一个激灵，大喝一声："谁？站住！"

前面飞奔的身影停顿了一下，但是很快又动了起来。

真是太过分了！这个贼居然还敢逃跑！

保安大叔彻底气坏了，这简直就是在侮辱他的职业尊严。

于是，他也没顾得上多想，拔腿追了上去，一边追还一边挥舞着手中的手电筒。

强光在空气中来回穿梭，终于有一束落在了前方正在逃跑的身影上。

这一看可不得了，前面那个人居然一身黑色装束，几乎融入夜色里，这……这不是贼的打扮是什么！

真命无敌幸运星

保安大叔脚下的步伐更快了，呼喝的声音也更大了。

"站住！喂！你给我站住！"

保安大叔两眼紧紧地盯着前方的身影，恨不得双脚下面生出风火轮来。

可恶！

太可恶了！

狡猾！

太狡猾了！

我今天一定要抓到你！

熊熊的斗志从保安大叔的胸膛里喷涌而出，他跑出当年体训时的速度，像一枚炮弹一样冲了过去，终于离那个身影越来越近。

直到这时他才看清，原来小贼手里还拎着一个大大的袋子，两只手紧紧地抓着，好像拿着宝贝一样。

一定是赃物！

这个贼胆子太大了！

坚决不能让他把赃物带出校园！

保安大叔眼睛里都射出了熊熊烈火，似乎想烧毁前面那个黑色的身影。

但是，意外就在这时发生了。

前面那个黑影本来正在迅速逃窜，但是在经过一棵大树时，袋子因为体积太大撞到了树上，也许是太在意袋子里的东西，以至于他不得不转过身来去"解救"袋子，于是跟保安大叔碰了个正着。

于是，后面紧追不舍的保安大叔终于可以看清楚小贼的样子了。他把手里的手电筒"唰"地一下对准了小贼的脸。

结果——

"扑通"一声，一个不稳，保安大叔手里的手电筒掉到了地上，而他整个人也好像是程序错乱的机器人一样，浑身都开始颤抖起来，嘴巴张得大大的，脸上的肌

楔子

肉忍不住抽搐起来，好像马上就要晕过去了。

"你……你……你……"

天啊！

那是个什么……人啊？

这一刻，保安大叔已经不确定自己看到的是不是人了。

不知什么时候，被乌云挡住的月光悄悄地探出头来，朦胧的光线透过树叶的缝隙照进了小树林里。

树下正小心翼翼地抱着袋子的少年有着一头可以和月光媲美的银色长发，苍白的面孔上最引人注意的是那张鲜红欲滴的嘴唇，在夜色下更显诡异，再加上尖尖的下巴和略显苍白的肤色……

保安大叔整颗心都在颤抖，怎么也无法相信自己心中的猜测。

可是少年鲜红的嘴唇下隐隐可见的长长的牙齿……

少年似乎注意到了这边的动静，但是他并没有停留，而是低下了头，用黑色的帽子遮住了容貌，然后抱着那个袋子往旁边的墙壁一撞，似乎有一道光芒闪过，随后再也看不见他的身影。

等到不敢相信这一切的保安大叔跑过去确认时，才发现自己已经来到了小树林另一侧的边缘，而横在他面前的，是一堵看起来再普通不过的围墙。

墙上没有门，那高度也绝对不是普通人类在不借助工具的情况下能翻过去的，那么剩下的就只有一个可能了——

"吸血鬼！吸血鬼！艾利学院有吸血鬼！"

一波接一波的冲击终于冲垮了保安大叔可怜的神经，在说出令人震惊的事实后，他连地上的手电筒都顾不上捡，飞一般地逃离了这个噩梦般的小树林，只剩下微弱的手电筒光照亮黑暗的小树林，直到电量耗尽。

于是，当天夜里，所有艾利学院的学生都收到了一条短信，短信内容十分惊悚——

真命无敌幸运星

"学院东侧小树林晚上惊现吸血鬼,请所有同学入校后远离此地!"

而在发出这条恐怖的信息后,艾利学院的新学期终于到来了。

第一章

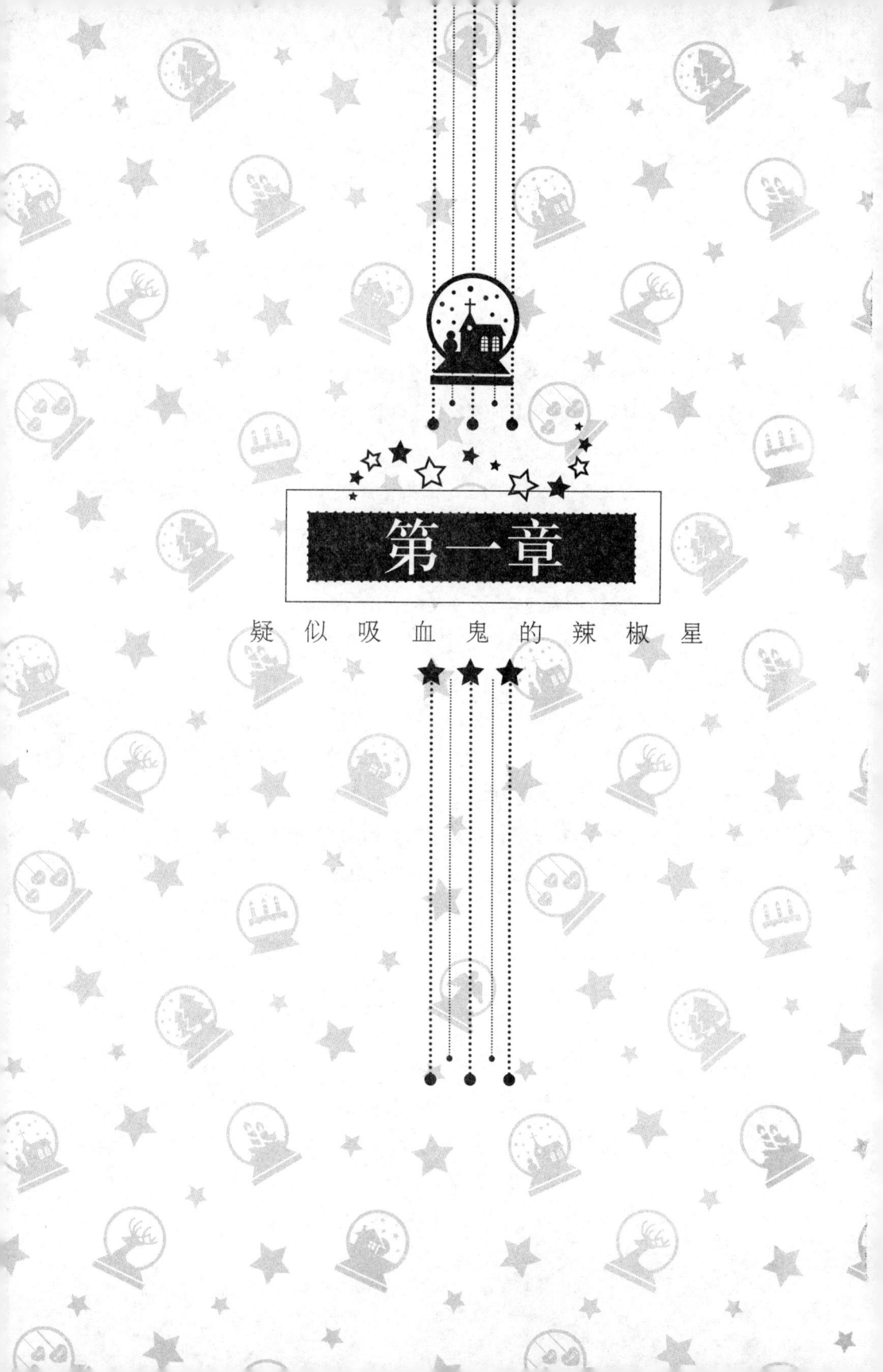

疑似吸血鬼的辣椒星

真命无敌幸运星

1

亿万颗繁星组成的银河系里，一艘银白色的椭圆形飞船以17万光年/秒的速度迅速掠过，薄如蝉翼却又坚固无比的驾驶舱玻璃上，隐隐约约映出两个人影。

"亲爱的，你愿意和我一起去星际旅行吗？"

一个磁性的声音从挡在我眼前的火红玫瑰花后面响起，怒放的花朵后面隐隐约约可以看见一个穿着银色双排扣风衣的少年正单膝跪地。

"当然，我愿意！"

从小到大的愿望马上就要成真，我快要控制不住内心澎湃的激情了。

星际旅行，传说中的星际旅行啊，而且还是和这样的帅哥一起，简直太幸福了！

白婕妮，你真是走了大运了，哈哈哈！

此时此刻，我恨不得仰天大笑三声，但残存的理智还是让我努力调整好面部神经，保持住害羞的表情，然后双手颤抖地伸出去接住了那一大束玫瑰花，眼睛却忍不住偷偷地朝这个即将和我一起携手遨游星际空间的外星帅哥看过去。

身材修长，声音动听，脸也一定帅得惊天动地吧？

我满怀憧憬地移开了那束玫瑰花，充满期待地看向那位外星帅哥——

冰冷的色泽，光滑的皮肤，仿佛经过精准测量的完美脸型，一切都是那么的让人心动，除了——

没有五官！

眼前的这张脸，像是被车碾过一样，本该是眼睛、鼻子、嘴巴的地方，全都被无缝衔接的平面代替，什么深邃的眼睛、高挺的鼻梁、红润的嘴唇，通通都没有，简直比平板电脑屏幕还要光滑！

"啊啊啊！怎么会这样？怎么会这样？"

我抓狂地扑过去，一只手揪住了帅哥的衣领拼命摇晃，试图证明这只是我的幻觉。

第一章

但是，一切都是徒劳。

下一刻，这个顶着一张平板电脑面孔的帅哥突然发出一阵邪魅的笑声，什么五官都没有的脸上突然裂出一条细缝，细缝在我惊恐的注视下一张一合："亲爱的，我已经把我最喜欢的辣椒送给了你，你能把你的心送给我吗？"

"咔嚓"一声，这句话就像是一个魔咒，我眼睁睁地看着怀里的玫瑰花眨眼间就换了模样，虽然还是红彤彤的，但是那细细长长尖尖的形状，分明是一串红辣椒——我最讨厌的红辣椒！

我被刺激得眼前一黑。

伴随着一阵剧烈的摇晃，整个飞船开始解体，周围的一切都像烟雾般散去，失去了支撑的我直接跌出了船舱，无数美丽的星星化作巨大的陨石，噼里啪啦朝我砸了下来。

啊啊啊！说好的星际旅行，说好的外星帅哥，说好的鲜花告白呢？我不要死在外太空啊！

"砰——"

沉闷的撞击声终于结束了恐怖的一切，等我睁开眼时，解体的飞船没有了，平板电脑一样的帅哥也没有了，那串红辣椒也没有了，只有我贴满了星球照片的天花板，而床头的闹钟正发出震耳欲聋的鸣叫声。

"原来只是一场梦啊！"

我长长地吐出一口气，说不清现在心里的情绪是庆幸还是失落。发呆三秒钟后，我终于手脚并用地从被子里爬出来，一把按停了执着的闹钟，然后"扑通"一声栽倒在枕头上。

呜呜，人们都说日有所思，夜有所梦，难道是我太想探究外星人了，才会做这样一个梦？

可是那张平板电脑般的脸又是怎么回事？还有那一大串红艳艳的辣椒又是什么意思？

太混乱了。

我有气无力地趴在床上，一点都不想起来。

真命无敌幸运星

虽然我是个外星人研究狂,但除了我自己,没有人知道我对外星人的兴趣,包括我的爸爸妈妈在内,可是也不能这样耍我吧?

在爸爸妈妈的眼里,我一直是个乖得不能再乖的好孩子,不管他们出差半年还是一年,我都能照顾好自己,所以他们能放心地把我一个人扔在家里对着太空的照片发呆。

无边无际的宇宙里是有外星人的吧?他们会来到地球吗?他们愿意跟普通地球人做朋友吗……

喀喀……一面对外星人,我就变成了"十万个为什么",这可跟我在学校的形象不符合。要知道,表面上我可是个品学兼优的好学生,就读于米花市最好的学校——浅草学院,同时还是每年奖学金的获得者!

咦?好像不太对!

我重重地一拍脑袋,差点忘了,暑假之前,我已经从浅草学院毕业,成为米花市的明星学校——艾利学院的一员了呢!

不过说到艾利学院,我是不是忘记了什么?

我手忙脚乱地拿起床头柜上的手机打开一看——9月12号——艾利学院的新生报到日。

我简直要被自己的后知后觉害惨了。

我正要丢开手机往身上套衣服,但是手机还没离手,一条扑扇着小翅膀的未读信息突然映入了我的眼帘。

于是,我一边继续穿衣服的动作,一边腾出手轻轻一点,"叮"的一声点开了那条短信,然后瞟了一眼——

"学院东侧小树林晚上惊现吸血鬼,请所有同学入校后远离此地!"

"啊?吸血鬼?"

有没有搞错啊,这年头居然会有吸血鬼?又不是拍电视剧,怎么可能嘛,肯定是谁在搞恶作剧。我肯定地点了点头,连发件人是谁都没看清,便直接把碍事的手机扔开了。

手机屏幕渐渐暗了下来,那条无厘头的信息并没有被我放在心上。

第一章

匆匆打扮好自己，从冰箱的储备食物中随便拿了一瓶酸奶和一块面包后，我背着书包冲出了家门。

什么吸血鬼，什么外星人，现在都比不上上学重要啊！

艾利学院，我来啦！

转了两趟公交车，又步行了两百米，我终于看到了艾利学院的大门。拿出手机看了看，居然离正式报到还有半个小时，我忍不住扬起了嘴角。哈哈，我真是个速度天才。

我抬手理了理散落的头发，又拍了拍校服裙上的细小褶皱，然后迈着小碎步往学校里面走。既然有时间，我可要好好维持自己的淑女形象。

巍峨的学院大门就在眼前，汉白玉的色泽在蓝天白云的映衬下更显神圣庄严，雄浑的气势让人不由自主地想要发出一声赞叹。

我深吸一口气，平复了一下心情，然后保持着嘴角上扬往里面走，但是身侧突然有一阵风刮过，等我意识到的时候，视野被一个奇特的女生占满了。

"天啊！世界上居然会有如此有古典气息的女生，简直是老天专门为我打造的女主角啊！学妹，有兴趣来我们古代戏剧社吗？"

噼里啪啦一连串话从眼前娇小的女生口中冒出。她顶着一头黑色的短发，明显没有经过细致的打理，但是随风飞舞的样子竟透出一种神奇的活力。此刻，她清秀的五官因为激动而绽放出耀眼的光彩，尤其是灼热的眼睛像800瓦的白炽灯一样将光芒聚集在我身上，那架势好像恨不得直接把我绑走！

天啊！我这是遇见疯子了吗？还是说我已经具备了空间转移的技能，一眨眼的工夫就从艾利学院的大门口来在了哪个古装剧的拍摄现场？

不能怪我产生这样的联想啊，她居然穿着一件只有在电视上才能见到的红色镶黑边古装，那宽袍大袖的造型虽然在电视上看起来很美，放到现实中却很吓人。

一瞬间，我的脑海中浮现出无数奇怪的猜测，甚至连她是外星人都有想过。

等到我回过神的时候，女生已经围着我转了好几圈，一边转还一边喜笑颜开地点着头："没错！这次我要找的就是这个感觉，你的身上很有大家闺秀的气质，活脱脱就是一个古代'白富美'嘛！哈哈，我真是太幸运、太有眼光了！"

011

真命无敌幸运星

什么？古代？

这个词终于把我已经跑到外太空的思维拉了回来。环顾四周，我肯定自己还老老实实地待在艾利学院大门口，但周围的同学路过时只是随意瞟一眼，然后都若无其事地走开了，好像已经习惯了一样。

习惯？他们经常看见这个女生这样吗？难道说这位真的是艾利学院的学生，是我的学姐？

天啊！我简直要被这个真相震惊了！

作为学生，放着好好的校服不穿，为什么要穿奇怪的古装呢？如果穿的是太空服就好了……

"对不起，学姐，我对古代戏剧没有兴趣呢！"

真是太遗憾了，我几乎能听到自己心里的叹息，是太空社的话我一定毫不犹豫地加入！

说完，我抱歉地冲着这位勇敢追逐自己梦想的学姐笑了笑，然后抬脚准备走人。

可是下一秒，我的胳膊就被用力拽住了。

"学妹，请你听我说！"熊熊的热情之火从学姐的眼睛里射出来，那诚挚的邀请让人简直不忍心拒绝，"我叫向前前，是艾利学院古代戏剧社的社长，现在正在筹备一部年度大戏，正缺一位女主角，你的气质非常符合，我绝对有信心把你打造成艾利学院冉冉升起的一颗新星，你要给我这个机会啊！"

"啊……不要了吧，我真的不感兴趣。"在她强大的气场下，我觉得自己连说话的声音都底气不足，但还是硬着头皮拒绝了她。

而且，什么冉冉升起的一颗新星，我是脑袋被门夹了才会在学院里出这种风头，一个刚入学的新生根本不需要这么高调啊，况且我只对外星人有兴趣。

想到这里，我抬起手摸了摸胸口挂着的东西，更加坚定了自己逃离这个奇怪学姐的决心。

可是，谁能告诉我，明明我已经说得那么清楚了，为什么学姐却丝毫没有放弃的迹象呢？

第一章

"要的要的！"向前前简直就是迎难而上的典范，她非但没有放弃，反而更加拼命地拽着我的手臂往学院里拉，"你来我们戏剧社看看啦，保证你会喜欢上那里的，绝对不会让你失望的哦！"

"学姐，我还要去上课！"

"不要紧啦，还有半个小时，足够啦！"

"可是我……"

"没有可是，一会儿我会送你去教室！"

"学姐！我真的没什么兴趣……"

"见到了就有兴趣了，马上就到啦！"

……

这一刻，我真的好后悔自己一直在人前维持优雅的形象，如果不是周围有其他人，我一定会冲着学姐的背影大喝一声——

学姐，你怎么勉强都没有用的，除非你能给我找个外星人当男主角，否则我绝对不会在你们戏剧社待下去的！

绝对不会！

我一定会证明给你看的！

2

十分钟后，我站在戏剧社里，欲哭无泪地看着自己湿淋淋的校服下摆，旁边还站着一脸抱歉的向前前，她正手忙脚乱地拿着毛巾想要帮我擦干净。

"学妹，对不起啦，我真的不是故意的，要不你在这里多待一会儿，我去把我一年级的制服拿过来，你先穿着好不好？"

不是故意的？

我无语地看着向前前眼睛里射出的狡黠光芒，再联想一下刚才被拉进戏剧社之后，她非要给我倒杯水，结果递过来时直接把水洒了我一身的情形，内心无力极了。

为了戏剧社，向前前学姐还真是费尽了心机啊！

真命无敌幸运星

不知道为什么,也许是从她身上看到了我自己身上也有的那份执着,对于她这种明显故意的行为,我最终什么也没说,只是抱着她给我拿来的衣服,准备找个空房间先换上。

"学妹,你就在这里换,我去拿最新的剧本给你看哦!"

把我带到一个标着"社长办公室"且单独被隔出来的房间后,向前前热情地帮我带上了门,丢下一句话就匆匆离开了。

房间很小,也没有别人,所以我顾不上打量房间里的布置,急忙脱下身上的湿衣服。九月的天气虽然不冷,但还是有点凉的,所以在校服里面,我还穿了一件小吊带衫,现在连吊带衫也湿了一大片。

我头痛地看着湿了一半的校服,还有根本没得换的吊带衫,深深地叹了一口气,无奈地拿起旁边的衣服准备穿上。

就在这时,房间里突然响起了一个清冷的男声:"向前前,天一凤喊你……咦?你是谁?"

我正在展开衣服的双手一僵,紧接着从喉咙里发出一声震耳欲聋的尖叫:"啊——"

下一刻,我捧着还没来得及穿上的衣服挡在胸前,慌乱地转过身。

男生?这里怎么会有男生?

仿佛从月光里剪裁下来的银色长发,因为震惊而显得更加波光潋滟的蓝色双眸,俊美得好像被最高超的艺术家雕刻过的白皙脸庞,犹如初春里含苞欲放的花朵的嘴唇,以及尖尖的下巴……

即使仅仅是一眨眼的工夫,我已经断定,这是个帅哥!而且还是个外国帅哥!但是,再帅也改变不了他是个偷窥狂的事实,关键是他现在还呆呆地站在那里,眼睛眨都不眨地看着我。

"色狼!变态!"

我的脸一红,顺手抓起手边的一本书砸了过去。

"啊?"对面的男生终于从呆愣的状态中回过神来,他闪身躲过那本书,两朵红云飞上脸颊,连说话都结巴起来,"对……对不起啦!"

第一章

可是此时的我根本听不进任何道歉。我的清白！我的名誉！我维持了这么多年的淑女形象啊！全都毁了，呜呜……

偏偏那个罪魁祸首看我不说话，还结结巴巴地解释："其实，我什么都没有看清啦，你不用……"

"闭嘴！"我悲愤地伸出手拿起桌上其他东西，狠狠地砸了过去，"你还敢说！还敢说！流氓！大坏蛋！我砸死你！"

"喂！你怎么不讲道理啊？我明明什么都没看到！"

偷窥狂似乎没料到我会再次动手，连忙左躲右闪地避开砸过去的东西，同时还不忘忙里偷闲地瞪过来一眼，好像错的是我一样。

天啊！

明明是你的错，为什么摆出一副不耐烦的样子！这么个道歉法，原谅你才怪！

鼠标、键盘、笔筒……所有能被我拿起的东西全都化作流星直奔他而去。我气得都快爆炸了，砸人的动作也越来越猛烈。

但是那个讨厌的家伙非但不认错，反而一边躲闪一边大叫："别砸啦！再砸我就不客气了！"

"不客气就不客气！你这个偷窥狂！"我举起桌上的盆栽，顺手就想扔过去。

"谁是偷窥狂？这是前前的房间，谁知道你会在里面……"他讪讪地解释着，蓝色的眸子里似乎还闪过一丝委屈。

"好啦！我走好了！"

"这样就想走？门都没有！"我鄙夷地看了看他身上穿的制服，立即堵住了通往门口的道路，"你是艾利学院高年级的学生吧？今天的事情我一定会告诉老师的，别以为长得帅就不用接受惩罚！"

"你……"

恶毒的话似乎下一秒就要从他的嘴里吐出来，但最终还是被他咽了下去。他深深地吸了口气，忍无可忍地送给了我一个免费的白眼。

居然还敢翻白眼！今天不好好教训你，我白婕妮的名字就倒着写！我正准备扑上去狠狠教训他一顿，一直挂在脖子上的吊坠突然一松，一颗星星状的东西从我的

真命无敌幸运星

眼前滑过。

惨了!

"我的幸运星!"

我赶紧弯腰捡起吊坠紧紧攥在手里,仔细检查了一下,还好没事。我直起身想要继续刚才的行为,结果却发现,对面的人不知道怎么回事,竟然变得脸色铁青,仇视地盯着我的手,看样子似乎恨不得冲过来打我一顿。

"喂!你想干什么?"

我的心一抽,一种不妙的感觉袭上心头,这家伙不会是不耐烦了,想要采取暴力行为吧?

不过,就在我万分担心的时候,一个意想不到的场景发生了。

刚才还一副吃人模样的偷窥狂居然转身直直地朝墙上撞了过去,嘴里还诡异地吐出三个字:"任意门!"

任意门?

他以为是在拍科幻片吗?

还是说这家伙已经疯了?

"咚!"

沉闷的撞击声过后,墙还是好好的,但是撞墙的那个人就不太好了,他像是完全不敢相信这一切似的,茫然地站在原地摸了摸头,然后自言自语道:"不可能!"

然后又是——

"任意门!"

"咚!"

我浑身一抖,特别想过去摸摸他的额头,看他是不是发烧导致精神失常了。

忽然遇到一个莫名其妙撞墙的偷窥狂,我这是什么运气啊?

"任意门!"

"咚!"

"任意门!"

第一章

"咚！"

……

此起彼伏的撞墙声里，我小心翼翼地走过去，然后伸出手拍了拍他的肩膀，哆哆嗦嗦地问道："你……你没事吧？"

可千万不要撞傻了啊！

我在心里补充。

很快，他就以实际行动证明了我的猜测没错，因为即使我改变了态度，他竟然凶神恶煞般回过头，谴责地看着我，同时发出一声咬牙切齿的怒吼："啊……都怪你！"

怪我？关我什么事啊？

"喂！你不要得寸进尺啊！"我一只手捂着胸口，一只手攥成拳头，愤怒地举起，"想撞墙是你自己的事，关我什么事……"

"我明明不是要撞墙，都是因为你！"我的话还没说完，他就厌恶地瞪过来一眼，然后头发一甩，在空中划出一道优美的弧线，"你就是个灾星！灾星！我好倒霉，都怪天一凤，为什么要让我来这里啊？来这里还遇见你……"

他就像是打开了开关的机器人一样，叽里呱啦地说了一大堆我完全听不懂的话，然后像是着了魔一样，再次重复之前的动作。

"任意门！"

"咚！"

"任意门！"

"咚！"

……

这个人，他不会是吃错药了吧？

就在我犹豫着要不要先离开时，外面突然响起了一阵杂乱的脚步声，同时还有叽叽喳喳的议论声。

"我听到这边有动静！"

"对！好像是这里！"

017

真命无敌幸运星

"没错,就是这里!"

……

有人来了!

这个念头刚起,房门就被"砰"的一声撞开了,然后——

数不清的人一拥而入。

我就这样保持着一只手抱着衣服挡在胸前,一只手攥成拳头举在空中的姿势,加上身后那个不断用身体撞墙的疑似神经病患者和偷窥狂二合一综合体的家伙,一起暴露在了无数眼睛的注视下。

看到房间里的情形,所有人都好像被吓傻了,他们把眼睛瞪得像铜铃一样大,气氛一下子诡异了起来。

"啊——"

今天的第二声尖叫从我的口中发出,我已经不知道自己该以什么样的表情来面对这一切了。

而不知什么时候,身后的撞墙声也停止了。

我偷偷瞟过去一眼,发现那个神经病虽然不撞墙了,但还是用那种充满仇恨的眼神瞪着我,似乎根本就不在乎冲进来的一大堆旁观者,只是双眼一直盯着我,同时还有源源不断的冷气从他的身上散发出来,瞬间让我周围的温度下降了十几度。

我快被冻死了!

不知道是冷还是害怕,等我哆哆嗦嗦地穿上衣服,把那颗幸运星吊坠小心翼翼地戴在脖子上,刚要开口和大家说明一下我受害人的身份时,没料到居然听到了一个冷冰冰的声音:"解下来!"

"什么?"我下意识地问了一句,然后才发现他邪恶的目光正盯着我的——胸!

"啊——"

第三声尖叫立马发出,我想也不想抬手就是一巴掌挥了过去:"色狼!"

卑鄙!无耻!这么多人看着,竟然还敢让我解衣服,我要和他拼了!

携带着熊熊怒火的巴掌眼看就要在那张可恶的脸上留下印记,结果下一秒,一

第一章

双铁钳般的大手攥住了我的手腕。

没关系，一只手被攥住了，我还有一只！

半秒后，我的另一只手也被禁锢了！

我挥！挥不动！

我挣！挣不开！

我咬！够不着！

凭我165厘米的身高，在这个绝对超过185厘米的男生面前，只能吃瘪。

是可忍，孰不可忍！

我正要采取更加激烈的行动，比如动用我的脚来个誓死相拼，但是——

"怎么回事？怎么回事？你们都跑到这里来干什么？"

突然，一个天籁般的声音从人群后响起。

一瞬间，我像是溺水的人抓到了最后一根救命稻草一样，几乎是哭喊出声："学姐！救命啊！"

话音刚落，人群自动分成了两列。

刚才我还避之不及，此时在我眼里仿佛天使下凡的身影终于出现在了我的视野里——是唯一可以证明我清白的向前前学姐啊！

从来没有任何一刻，我觉得穿着一身古装的学姐是这么高大，这么不凡，这么有英雄气概，如果不是现在我双手受制，我一定会扑过去抱着她的大腿痛哭一场。

可是——

"咦？诺恩，你这是什么造型？"

好不容易等到学姐突破人群的包围，看清眼前的情形，她竟然只是惊讶地摸着脸颊，嘴角勾起一抹奇怪的笑意，似乎发现了什么有趣的事情一样。而那个叫诺恩的男生看到了学姐之后，挑了挑眉，什么都没说，松开了我的双手。

一得到自由，我就飞速蹿到了学姐身边，愤怒地抬起手指着他，声泪俱下地控诉着他刚刚对我的种种欺负，重点强调了一下自己受害人的身份。

"学姐，他是个色狼！"我气愤地做出总结。

"什么色狼？她居然说诺恩学长是色狼！"

真命无敌幸运星

"真是的,看着长得挺漂亮,没想到是个心机女,她一定是刻意想引起学长注意吧?"

"对哦对哦!诺恩学长才不会偷窥她换衣服,就算要偷窥,还有我们一大堆人等着被偷窥呢!"

"你们没看到刚刚进来时诺恩学长被她逼得都撞墙了吗?一定是她强迫诺恩学长看她换衣服的,真是太无耻了!"

……

是我幻听了吗?为什么我这个受害者变成了心机女?

我扭过头去,不敢相信地看着她们,试图用我泪汪汪的眼睛唤起她们的良知。可是那群女生不但没有同情我,反而用充满了鄙夷的眼神看着我,话里话外的意思好像是我在说谎一样。

冤枉啊!我说的都是真的啊!难道就因为这个叫诺恩的色狼长得帅了一点,你们就能把最起码的是非观和价值观都抛到脑后吗?

我还打算再说,但是向前前学姐拦住了我,然后挥了挥手,用她社长的威严把那群人全都赶走了。

但是,即使人都走了,我心理阴影的面积也已经大到可以把整个房间都覆盖了。

"我没有!"

直到人都走了,一直站在那里充当雕像的诺恩才勉为其难地抬起眼皮,施舍一般吐出了三个字。

好可恶!竟然还不承认!

可是学姐明显也不这么认为:"哈哈!诺恩啊,不是你说没有就没有的,你敢说你进来时没看到婕妮在换衣服吗?"

呜呜,看来学姐还是相信我的,可是为什么她要用这种幸灾乐祸的语气说出这种话呢?

我向学姐投去一个哀怨的眼神。

"我只是替天一凤来叫你回去吃早餐!"诺恩面不改色地反驳了一句。

第一章

"嗯嗯,我知道哦。"学姐冲我眨了眨眼睛,嘴角的笑意更明显了,"总之是你冒犯了婕妮学妹,这要是放到古代,你可是必须负责的哦。"

"什么嘛!谁要他负责!"

"我才不要负责!"

这两句话同时在房间里响起,听起来好像很有默契一样,只是内容大相径庭,听得我直喘粗气。

"喂!你什么意思?"我叉着腰冲了上去,"明明就是你偷窥,敢做不敢认,懦夫!"

"才不是!"想不到他吵起架来声音比我还大,而且说出口的话特别可恶,"谁乐意偷窥你,要不是你,我早就瞬移回流光城堡了!"

"什么流光城堡?什么瞬移?你以为自己是外星人吗?"我对他说的话半个字都不信,"要编谎话也编得像一点,以为我是三岁小孩吗?不懂外星人就不要假装知道。你从头到脚都在说你不是外星人,而是神经病!"

说完,我高高昂着头,特别不屑地看着他,突然有了一种智商上的优越感。

哼!居然敢拿"瞬移"这种外星人技能来糊弄我,踢到铁板了吧?

"你!"被我堵得哑口无言的男生涨红了脸,湛蓝的眼睛里好像蕴含着危险的风暴,眼看着就要喷涌而出,世界大战一触即发!

正在这时,空气中突然传来"扑哧"一声,等我回过头的时候,发现一直抱着双臂看我们吵架的向前前学姐好像听到了什么搞笑的事情一样,捂着肚子笑得两眼含泪:"哈哈!学妹,你真是太可爱了!"

"啊……"我挠着头不知所措,我说了什么搞笑的话吗?

"哼!真是个大傻瓜!"身后突然传来一声冷哼。

"喂!你说谁是傻瓜?"

我的矛头立即掉转,好像一面对他,我的警惕性就会马上调到最高级别。

"丁零零——"

清脆的上课铃声突然响起,打断了我酝酿到一半的气势,直到此时我才想起这是我来艾利学院报到的第一天!居然不是怀着美好的心情认识新同学,而是在这里

真命无敌幸运星

和一个神经病吵架,这可不是好兆头啊!

而且,再不走,我就要迟到啦!

"啊——"

从我的嗓子里发出的第四声尖叫终结了只进行到一半的大战,我狠狠地瞪了那个仍然一副面瘫表情的家伙一眼,决定还是先去上课。

君子报仇,十年不晚!

该死的色狼,你给我等着!

3

这真是一个超级糟糕的早晨!糟糕到即使外面阳光普照,鸟语花香,也丝毫不能改变我郁闷的心情。

特别是当我非常有骨气地拒绝了向前前学姐送我去教室的建议后,又悲哀地发现自己居然忘了问学姐一年级的教学楼到底在哪里。

老天!你还敢不敢更无情一点?

冥冥之中有个声音非常痛快地回答了一个字——敢!

于是,我凭着一腔几乎沸腾的热血横冲直撞了二十分钟后,孤零零地站在一个岔路口迎风流泪,因为——

我迷路了!

面前这个岔路口,已经是我经过的第三个岔路口了。站在这里看过去,面前的两条路似乎每一条都通往不远处林立的建筑群,但是前两次惨痛的经历告诉我,不管我选哪条路,走到一半都会再出现一个岔路口,然后转过一道弯,又是一道弯,转啊转啊,我就转到了现在。

虽然我很不想承认,但是此刻,如果有镜子的话,我想大大的"路痴"两个字已经印在了我的脑门上。

路痴伤不起!在大得离谱的校园里找路的路痴更伤不起!

下一刻,我拖着沉重的双腿,再一次仰望天空。

天空很蓝,白云很白,没有UFO突然出现,也没有外星王子从天而降来上演英

第一章

雄救美，我能做的只有一件事，那就是——找路！

二十分钟后，就在我怀疑自己将会成为第一个在艾利学院因为迷路而累死的女生时，转过一棵大树，一栋仿佛闪着金光的四层建筑突然出现在了我的眼前。

我不敢相信地走过去，随着距离的接近，每间教室外面悬挂的年级标牌逐渐清晰可见，我的眼眶突然一酸，差点扑上去抱着楼前的柱子痛哭一场。

呜呜，我真是太可怜了！开学第一天，做噩梦、遇到前前学姐、被绑到古代戏剧社、遇到色狼……一早上的遭遇简直比电视剧还离奇。一会儿该怎么跟老师解释迟到的原因？如实说老师会相信吗？会不会以为我是在找借口？

不过很快，我就不用担心这个问题了，因为我刚刚溜到一年级一班的教室门口，头顶震耳欲聋的下课铃声就告诉了我一个更加残酷的事实——

这不是迟到，而是旷课！

我把眼睛一闭，不禁怀疑自己今天出门是不是踩了狗屎，才会有这么糟糕的运气。

伴随着铃声落下，教室门"哗啦"一声被打开了，首先走出来的居然不是老师，而是一个穿着高年级校服的女孩子。

咦？怎么回事？我下意识地朝门旁的标牌看去。

没错啊，明明就是一年级一班！为什么面前的这个女生会穿着高年级的校服呢？看校服颜色，应该是二年级的学姐！

"你就是白婕妮吗？"

我还在胡思乱想，面前的女生突然开口，声音听起来非常严厉。

出于对学姐的尊敬，我赶紧收起自己乱七八糟的想法。虽然不知道她怎么知道我的名字，但我还是乖巧地点点头："是的，学姐！我是一年级一班的白婕妮，不知道是不是走错了教室，我……"

"原来真的是你！"我还没说完，学姐就不耐烦地挥挥手，打断了我的话。

嗯……我一头雾水地看着这个学姐，不知道她到底想干什么。

其实仔细看看，这位学姐长得还挺漂亮的呢，亚麻色的头发扎成了高高的马尾辫，饱满的额头下是一双棕色的大眼睛，小巧的鼻子十分挺翘，嘴唇是健康的粉

真命无敌幸运星

色,如果不是鼻梁上那副黑框眼镜和脸上严厉的表情有点煞风景,真是个蛮引人注目的女孩子呢!

而且,虽然她比我矮了一点点,但是站在我的面前,那强大的气势却逼得我低下头去,甚至都有些不敢看她的眼睛。

这个念头刚刚闪过,下一秒,她就气势全开,说话像是开机关枪一样,"突突"地朝我扫射过来。

"白婕妮同学!"她高高昂起头,纤细的手指扶了一下眼镜,不知道是不是我的错觉,总觉得她望着我的目光好像看着一个犯罪分子一样,"我叫姚姗姗,是学生会纪律部部长,今天受邀来给一年级的学弟学妹们普及艾利学院的校规,没想到居然抓到了你这个典型!"

什么?学生会?

我突然有了一种大难临头的感觉,不会是因为我旷课的事情吧?那可一定要解释一下。

"学姐,请你听我解释!"我赶紧拿出有生以来最好的态度,可怜兮兮地看着她,"我真的不是故意旷课的,我只是在校园里迷路了,找了好久才……"

"停!"正当我努力把自己向悲情电视剧的女主角靠拢时,我们的姚姗姗女王突然发出一声大喝,然后我眼睁睁地看着她从口袋里掏出了一支笔和一个巴掌大小的本子,并且以迅雷不及掩耳之势"唰唰"地在上面写了几行字,然后才抬头看着我,冷酷地继续说道,"我不会听你解释,所有违反纪律的行为都应该受到惩罚,不要以为你抱住了学习小组的大腿,我就不敢对你怎么样。我姚姗姗可是不怕学习小组的,并且发誓会和他们斗争到底!所以你就不要有任何侥幸心理了,以后请好自为之!"

噼里啪啦,丁零咣啷……

我只觉得自己的耳边好像炸雷轰响一般,震得我耳朵出现了耳鸣的症状,呆滞的眼睛看到她好像宣誓一样挥着手发表完演讲,然后根本不等我反应过来,就直接转身而去。真是挥挥衣袖,不带走一片云彩。

不过,学姐你说的是什么意思,回来给我解释清楚啊!

第一章

什么学习小组？什么抱大腿？我根本就不知道他们是哪根葱哪瓣蒜，你可不要坏我名誉啊！

可是，不管我在心里怎么呼喊，也只能望着那道雄赳赳气昂昂的身影转过了拐角，再也看不见了。

而在我的身后，不知道什么时候已经挤满了人，一直被姚姗姗女王和我忽略的同学们终于在此时显示出存在感。刚刚姚女王在时，他们都像被拔了插头的电器，等到姚女王一走，立即接通电源，开关"啪嗒"一开，此刻，我所有的疑问都得到了解答。

当然，如果我不是他们议论的主角的话，我想我会更开心一点。

"天啊！这个姚学姐果然厉害，那训人的架势，真是帅呆了！"

"是啊！真是想不到，这个叫白婕妮的女生居然敢在开学第一天就旷课，还倒霉地撞到了姚学姐的枪口上，为她点支蜡烛哀悼一下！"

"嘁！这算什么？你刚才没听姚学姐说，这个白婕妮仗着自己长得漂亮，已经抱上了学习小组的大腿，真是个好运的家伙！我也好想认识学习小组的学长们呢！"

"才不是呢！你刚才没看学校论坛上的帖子吗？明明就是她故意勾引学习小组的诺恩学长的，听说她还骂诺恩学长是色狼，真是太可恶了！"

"真是的，怎么会有这样的女生啊！亏我第一眼还觉得她长得漂亮，气质又好，原来全都是假象！呜呜，还我们诺恩学长的清白！"

……

听到这里的我，几乎要倒地不起，内心已经泪流成河。

姑娘们！我真的没有骗你们，那个诺恩，他真的是个色狼啊！如假包换，绝对正品！你们要相信我啊！

4

很久很久以后，当我回想起这一天时，还会有一种崩溃的冲动。

因为，不管后来发生了多少事情，我都依然坚信，我在艾利学院的第一天，绝

真命无敌幸运星

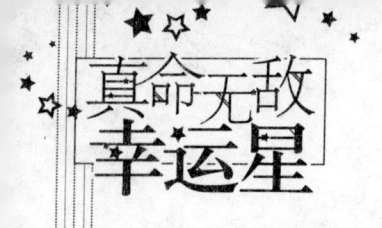

对是我此生中最黑暗的一天!

没有之一!

也许是感应到了我无比糟糕的心情,等到下午放学的时候,外面的天空突然晴转多云,很快又乌云密布,大部分同学都由家人开车接走了,只剩下很少一部分人,三三两两地凑在一起共用雨伞,开心地结伴回家。

只剩下我一个人。

对,你没看错,就是我自己!曾经浅草学院的校花,隐藏在民间深藏不露的外星人研究天才——白婕妮,被同学们抛弃了!

呜呜!我眼睁睁地看着所有人头都不回地离开了教室,没有人问我家在哪里,没有人问我有没有带伞。

事实上,从我走进这间教室的第一刻起,我就遭到了所有人的排斥,而原因很简单——我惹到了学生会,还"勾引"了传说中"最神秘的学长"——诺恩!

不知道是哪个讨厌的家伙,居然把早上古代戏剧社里的场景拍了下来,还起了一个超级吸引人眼球的题目——有图有真相!新入学心机女"脱衣"勾引学长诺恩!

这是什么鬼题目?拍摄者你给我出来,我要跟你理论理论!

而且,拍就拍了,为什么还把我拍得这么丑?

图片上的我披头散发,完全没有气质可言,整个人好像泼妇一样,一只手抓着衣服挡在胸前,另外一只光溜溜的胳膊举在空中,脸上还一副咬牙切齿的狰狞表情。

而对比我,站在一旁的诺恩简直就是闪闪发光的完美存在,就好像拍摄者所有的注意力都集中到了他身上似的,就连他脸上嫌弃又愤怒的表情,看起来都是那么让人心疼,只想好好安慰他。

这场景,活脱脱就是电视剧里演的誓死捍卫清白的桥段啊!

只不过,捍卫清白的那个人变成了诺恩,被捍卫、被拒绝、被抨击、被谴责的那个人——

是我!

第一章

明明我才是受害人啊！

呜呜！

我要抗议！我要申诉！我要……

呜呜……

无数泪水从我脆弱的心灵流下，最后在我的胸腔里形成了汪洋大海，就像是外面突然倾盆而下的大雨一样。

天色越来越暗了，我一个人坐在座位上，孤单地听着外面"哗哗"的雨声。爸爸妈妈常年出差在外，我在这座城市里也没有特别要好的朋友，一遇到这种天气，我就只能眼巴巴地看着别人家的父母来接孩子，而我只有两种选择——要么淋成落汤鸡，要么等雨停。

虽然我并不怕淋成落汤鸡，但是一想到万一淋了雨不小心感冒了，家里没有人能照顾我，学校的课程也会被耽误，便最终选择了等雨停，虽然我不知道雨什么时候会停。

而面对这种情况，我也已经习惯了。

幸好一个多小时后，这场突如其来的大雨毫无预兆地停了。

我推开教室门，一股湿润中夹杂着泥土清香的空气扑面而来，让沮丧的我精神为之一振。

走喽！回家！

我拍了拍手，给自己鼓了把劲，背着书包走出了教学楼。

天已经黑了，学校里的路灯依次亮起，照得地上聚成的小水洼泛出星星般的光芒。虽然此时同学们都已经走得差不多了，我也不太认识路，可是当我小心地摸了摸脖子上挂着的吊坠后，心情突然间变好了一点。

没关系，白婕妮，有幸运星保佑你，一切都会好起来的！

我哼着歌曲，蹦蹦跳跳地绕开地上的小水坑，开始想念家里温暖的热水和柔软的床铺了。

快点！快点！快点回家啦！

可是我忘了一点，连白天我都分辨不清的路，到了晚上我就更找不到方向了。

真命无敌幸运星

走到路灯稀少的地方时，我不得不承认一个事实——

这个地方，我根本没有来过，即使是在上午晕头转向找教室的时候。

连星光都没有的夜色中，借着远处昏黄的路灯，我只能看到一大片树林，树枝随风摇曳，看起来阴森又恐怖，仿佛里面随时会跳出怪物，张开血盆大口扑过来。

我"唰"地抬起胳膊抱住自己，浑身的鸡皮疙瘩不断往外冒。

这……这到底是哪里啊？艾利学院里怎么会有这么可怕的小树林？

不对，小树林？

我迟钝的大脑缓慢启动，终于想起了一件被我遗忘了的事情。

这个小树林，我早上就见过。

啊！不是，是早上就听说过。

此时，我的眼前终于浮现出早上被我当作恶作剧的短信——

"学院东侧小树林晚上惊现吸血鬼，请所有同学入校后远离此地！"

怎么办？怎么办？

我真的好想逃跑，但是双脚却像是粘在了地上一样，双腿发软，连一步都迈不出去。

没关系，没关系。我深深吸了一口气，试图让自己安下心来：白婕妮，你以后可是要做研究外星人的专家，怎么能连这点小小的状况都不能处理？以后面对真正的外星人怎么办？

一想到这里，似乎有一股巨大的勇气从苍穹上直射而下，然后贯通了我的七筋八脉，让我瞬间找回了理智。

虽然还是控制不住手脚发抖，但是我终于成功地从书包里拿出已经被我冷落了一天的手机。一想到自己的"光辉形象"此时还在论坛首页上展示着，我就连打开它的欲望都没有了。

不过，现在管不了那么多了！

我用颤抖的手指点开了早上那条短信，然后拨通了那个发短信的电话号码。

"嘟嘟嘟——"

仿佛被拉长的嘟音过后，终于有个天使般的声音在电话那头响起："你好！这

第一章

里是艾利学院保安部！"

"救命啊！"听到那个属于成年男人的醇厚声音，我一瞬间好像找到了主心骨，对着手机发出一声凄厉的哭喊，"我不小心迷路了，现在在学院东侧小树林，救命啊！"

电话那头有一阵短暂的沉默，然后比刚才小了很多的声音才再次响起："好的，我知道了！请耐心地等待一下，我会立即过去。"

挂掉电话，我哆哆嗦嗦地站在树林边缘，一步都不敢挪动。终于，等到双脚都快发麻的时候，我听到了一阵急促的脚步声，眼前出现了一道温暖的手电筒光芒。

"在这里！"

我像是航行了许久终于看到灯塔的船员一般，一下子跳得老高，双手拼命挥舞着，试图引起来人的注意。

很快，一个看起来四十几岁的保安大叔来到了我的面前，他穿着整齐的保安制服，双手还戴着白得晃眼的手套，看起来一副很可靠的样子——如果，他不是苦着一张脸就更好了。

一定是我把他从温暖的值班室里叫出来，所以他才会不高兴吧？

想到这里，我的内心滋生出一丝内疚的情绪，深深地向他鞠了一躬："大……大叔，对不起，我不是故意的，我只是迷路了才走到这里，因为不认识路才麻烦您！"

也许是我良好的态度打动了大叔，他脸上的表情好了那么一点点，并且终于愿意和我说话了。

"不怪你啦！"大叔长长地叹了口气，伸出手拍了拍我的肩膀，"小姑娘为什么这么晚才回家？"

"我忘记带伞了，只好等雨停了再回家。"我有点不好意思地低下了头，说道。

"原来是这样！"大叔点了点头，然后像是在催促一样说道，"那我们快点走吧，我送你到校门口。"

"嗯，好的！"

真命无敌
幸运星

我赶紧走到大叔身边，正要开口感谢他，没想到大叔突然像是打开了话匣子一样，长吁短叹起来："其实要不是因为你是个女生，我都不想来这边呢。昨天就是我在这里发现了吸血鬼，真的太可怕了，现在想想还一身冷汗。小姑娘，你以后可千万不要再走到这边了！"

"啊？"我吃了一惊，连忙追问了起来，"原来是大叔您发现的啊，那您看清了吗？真的是吸血鬼吗？"

"当然！"大叔又是骄傲又是后怕地拍了拍胸口，"那个吸血鬼裹着一身黑衣，连头都包起来了，脸白得吓人，嘴唇红得像血，两只眼睛就像是两个黑窟窿……"

"啊！对了！"说到这里，大叔突然像是想起了什么一样，狠狠地拍了拍额头，"那个吸血鬼还长了一头白发，真是吓死人了！"

"白……白发？"我结结巴巴地重复了一遍，听起来真的好可怕呢！

不知不觉中，我们已经距小树林有一段距离了，我觉得自己的心跳也渐渐恢复正常，正要继续问大叔一些问题，却突然听到大叔一声大喝："谁？"

啊？有人吗？

我赶紧闪身躲到大叔身后，顺着手电筒光，我眼尖地看到一个黑影从我们的面前一闪而过，带起的风刮得我脸上一凉。

"是那个吸血鬼！"

不知道大叔究竟是从哪里判断出来的，总之刚刚还一脸后怕的他突然猛地停下脚步，然后转身就朝黑影消失的方向冲去。

"大叔！"我在后面大叫。

大叔头也不回地吼了一声："你快回去，我去抓吸血鬼！"

什么？抓吸血鬼？大叔您以为自己是身负异能的吸血鬼猎人吗？

还有，我不认识路啊，怎么回去？

"大叔，您等等我！"

无奈之下，我只好撒开双腿，沿着大叔跑去的方向追了上去。

上帝啊，一定要保佑我和大叔不被吸血鬼咬到啊！

第一章

我在心里祈祷了无数遍，还是紧跟在大叔身后冲进了小树林。

我也不知道自己究竟是哪里来的勇气，一时之间居然忘记了害怕，脑海里只剩下一个念头——大叔是来救我的，我不能让他一个人面对可怕的吸血鬼。

"大叔！大叔！"

一冲进树林，就不停有从树叶上滑下的冰凉的雨滴落进我的衣领，我紧紧地握着胸口的吊坠，不顾一切地在树林里奔跑着。

黑漆漆的树林里，我下意识地去寻找大叔手电筒的光，然后跌跌撞撞地跟了过去。

"你给我站住！今天绝对不会再让你跑掉了！"

伴随着大叔的怒吼声，我终于赶到了决战现场，小心翼翼地靠在树林尽头的围墙上。

果然，在一片被几棵树环绕的开阔地上，大叔正伸出双手，想要抓住前面那个敏捷的身影。但是那可恶的身影居然一闪身掉转了方向，朝我这边冲过来。

喂！这边是围墙啊！

"小心！"

我听到大叔提醒道，然后手电筒的光照到了我的身上。

我下意识地一松手，已经被我的手心焐得温热的幸运星滑落到胸前，并且在手电筒的照耀下折射出一点微光，眼前距离我不到一米的身影突然定格，那从头罩到脚的黑袍几乎和夜色融为一体。

就是现在！

我一咬牙，拿出吃奶的力气，一个饿虎扑食的动作，直接把那个身影扑到了地上。

"吸血鬼！你受死吧！"

"嗯嗯！嗯嗯嗯……"

身下的人开始剧烈地挣扎，为了压制他，我只好拼命地搂住他不放。不知道是不是被我勇敢和吸血鬼搏斗的英姿吓傻了，赶来帮忙的保安大叔手里的手电筒的光一直在晃动，和他的声音一样。

031

真命无敌幸运星

"小……小姑娘，你……你……你没事吧？"

"我没——啊！"

好吧！我承认，这是我今天第五次不顾形象地尖叫了。

虽然非常有损形象，但是我已经无能为力了。

此时此刻，我特别想对大叔说一句："不，大叔，我有事！很大很大的事！"

因为，即使手电筒的亮度有限，但是也足以让我看清被我压在地上的人那张满是羞愤表情的脸。

保安大叔没有说错，这个"吸血鬼"真的有一头白色的……啊不，是银色的头发，脸色苍白，嘴唇鲜红，但他的眼睛不是两个黑窟窿，因为我白天见过，那是蓝色的，非常少见的蓝色，像大海一样浩瀚，只不过此时正"嗖嗖"地朝我放着冷箭。

很显然，这不是吸血鬼，而是跟我冤家路窄的——

诺恩！

第二章

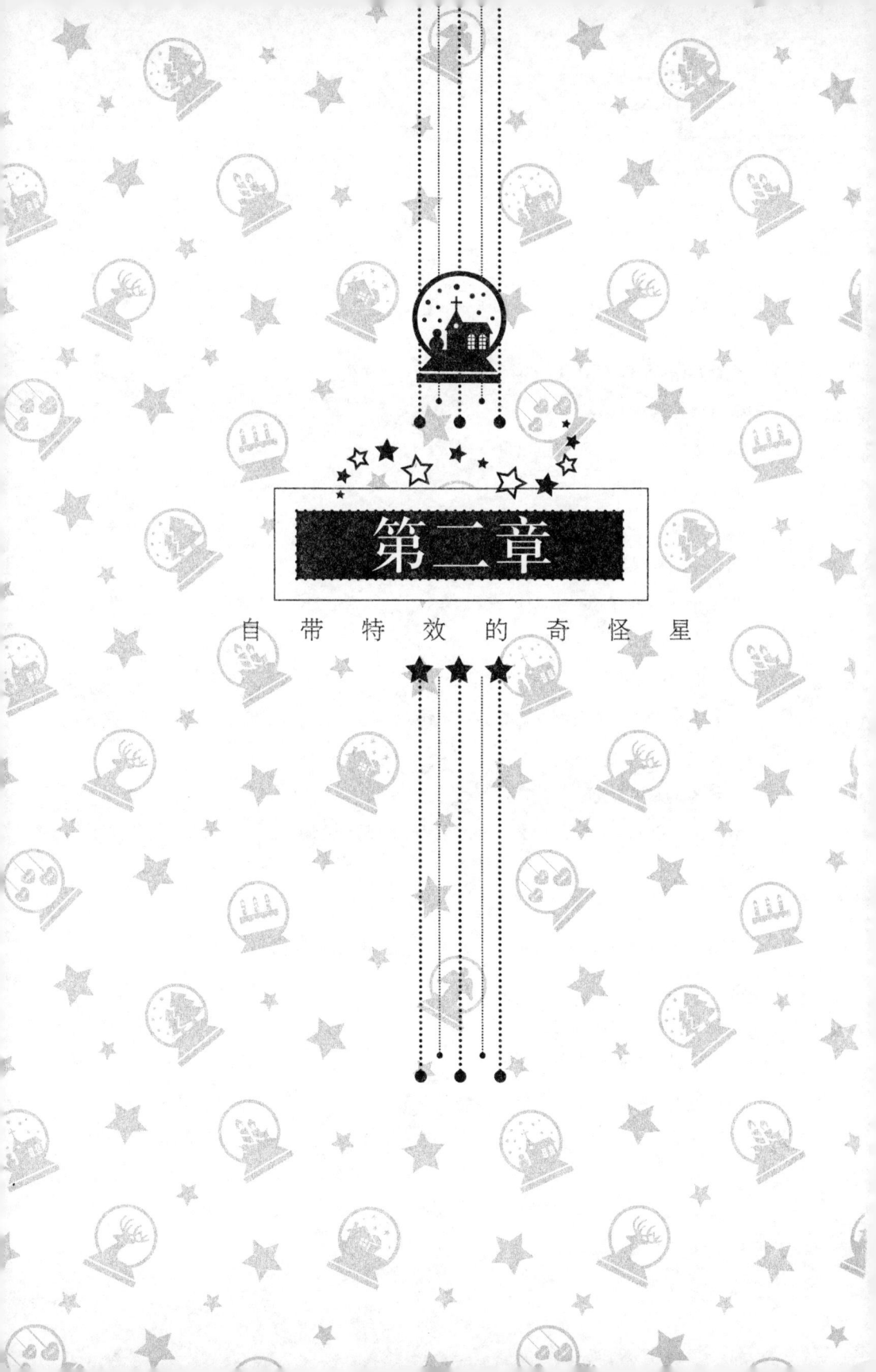

自 带 特 效 的 奇 怪 星

真命无敌幸运星

1

看清那张脸的时候，我的脑海中闪过第一个念头——

怎么会是诺恩？

紧接着，第二个念头横空出世——

完全是天雷滚滚！

"嘎嘎嘎——"

仿佛有无数只乌鸦拍打着翅膀从我的头顶得意地飞过。

我保持着骑在诺恩身上的动作，对这一切究竟是怎么发生的，完全反应不过来。

"嗯嗯嗯……"

愤怒的诺恩还在地上疯狂地挣扎，但不知道是怎么回事，他从头到尾居然连一句话都没说过。

不对劲！太不对劲了！

我觉得自己好像发现了什么，刚刚因为震惊而凝固的血液一下子欢快地流淌了起来。

哈哈！真是老天开眼！

上午我才说过绝对不会放过他，晚上就抓了他一个现行，我感觉自己的血液就要沸腾了。

"说！大晚上你在学校里干了什么坏事？是不是偷了什么珍贵的珠宝，怕被发现才塞到了嘴里？还不快给我吐出来！"

一股大仇得报的兴奋感席卷了我的全身，让我完全忘记了这片黑暗的小树林里其实还有一个人，直到保安大叔的声音传来："奇怪，这个吸血鬼看起来好像挺面熟的啊，似乎在哪里见过……"

我抽搐着嘴角看向大叔，却见他正紧皱着眉头，目光上上下下，手电筒也上上

第二章

下下，不断扫过被我英勇地压在地上的诺恩。

而诺恩呢？此时正用简直要杀死人的目光瞪着我，同时身体还在剧烈地挣扎，眼看着就要脱离我的掌控了。

不好！

我心里暗叫一声，再也顾不上旁边的保安大叔，赶紧加大了力气镇压诺恩的反抗。

他伸手，我躲开！

他抬腿，我扑倒！

他翻滚，我……

我和他一起翻滚！

于是，在阴暗潮湿的小树林里，两个愤怒的身影开始了近距离撕扯，制造出来的效果简直堪比欧美动作大片，而且旁边还有保安大叔的倾情配音——

"哎呀！不要打了！都快点停下来啊！"

"小心！那边有棵树！"

"天啊！这到底是怎么回事啊？"

……

另一边，两个扭成一团的人还在进行着不明所以的对话——

"你给我老实点！快点交代这么晚在这儿干什么！"

"嗯嗯嗯……"

"为什么不说话？是不是心虚？"

"嗯嗯嗯……"

"今天你不说清楚休想逃掉！"

"嗯嗯嗯……"

……

这家伙怎么只会发出这一种声音啊？不知道的人还以为他是哑巴呢。看来果然是不把我放在眼里！

太过分了！

真命无敌幸运星

我累得气喘吁吁，瞪着他，再也说不出话来。

我好不容易再次把他压在身下，黑暗里只有保安大叔的手电筒若有若无地照在他的脸上，他脸上的光线忽明忽暗，最后只剩下一双亮得吓人的眼睛，"嗖嗖"地放着冷箭。

他……想干什么？

就在一瞬间，天地突然一阵旋转，等到我回过神来的时候，自己已经被一股很大的力量掀到了地上，终于反败为胜的诺恩开心地咧开了嘴巴，一股辛辣的气息扑面而来。

看清了他嘴里含着的东西后，我瞬间产生了一种晕倒的冲动。

下一刻，他一个鲤鱼打挺从地上跃起，直接撇下我和被这一变故惊呆了的保安大叔，一个闪身，朝树林深处跑去。

而在他的身后，反应过来的保安大叔突然伸出右手狠狠地一拍大腿，然后眉飞色舞地叫了出来："哈哈！我想起来了，你不是吸血鬼，你是那个什么学习小组的诺恩吧？银色头发的那个……咦？人呢？"

大叔震惊地看着空荡荡的地面，然后目光呆滞地看向凄凉地坐在地上的我，难以置信地问道："他……他又原地消失了吗？"

"不，他跑掉了。"我听见自己轻声回答道。

嘴里还含着一大把辣椒！

我在心里补充。

深一脚，浅一脚。

左飘飘，右飘飘。

当我终于像踩着棉花一样回到家里时，距离放学已经过去整整四个小时了，也就是说，现在已经是晚上九点钟了。

在这四个小时里，我先是被同学们抛弃，一个人孤零零地在教室里等雨停，然后是迷路走到了小树林，无奈之下向学校保安部求救，紧接着和保安大叔勇斗"吸血鬼"，最后发现原来所谓的"吸血鬼"就是我的仇人诺恩，他还含着一口我最讨

第二章

厌的辣椒……

　　抱歉，我已经叙述不下去了。

　　怀着极其悲痛的心情，含着两眼心酸的热泪，我草草地洗了个澡，裹着浴袍走出了卫生间。

　　超过两百平方米的复式楼里灯火通明，长期住户却只有我一个。爸爸妈妈都是空中飞人，从我十三岁考进浅草学院的那一年起，他们就以我已经长大为由，留给我一张定期往里面汇钱的银行卡，便毫不犹豫地奔赴他们的事业前线。

　　这几年来，除了过年，我基本上都见不到他们。渐渐地，我也习惯了一个人的生活，并且靠自己的努力考上了鼎鼎大名的艾利学院。

　　"女儿，你好棒！为了奖励你，妈妈给你的卡里汇了一笔钱，你想买什么尽管买啊！"

　　远在大洋彼岸的妈妈匆匆在电话里夸奖了我一句，很快就挂断了电话，因为她还有一个订单需要谈。

　　"乖女儿，爸爸这边有个重要项目走不开，给你汇了一笔钱，你和同学们出去好好放松一下，不够再跟爸爸说哦！"

　　……

　　我攥着一张突然又多了两笔"巨款"的银行卡，一个人在家里度过了整个暑假。

　　"爸爸、妈妈，我在艾利学院过得一点都不开心，你们知道吗？"

　　想到一天来的遭遇，我深深地叹了口气，端起已经热好的牛奶，径直走向窗台处一架最新款的高倍天文望远镜，这可是我攒了好几年的零花钱买来的宝贝。

　　打开窗户，外面刚刚下过雨的天空阴沉沉的，即使是高倍望远镜，也依然什么都看不到。但是不知道为什么，只要我站在这里，想到望远镜的那头有无数不知名的星球上也许存在着人类根本不了解的外星文明，外星人驾驶着先进的飞船在天空遨游，无论多糟糕的心情都会豁然开朗。

　　我小小的伤感，在浩大的宇宙面前，又算得了什么呢？

　　所以，管你是色狼还是吸血鬼，我都不要在意，通通都要踢走！踢走！

037

真命无敌幸运星

我抬起脚,狠狠一个回旋踢,想象着那个可恶的诺恩被我一脚踢到了九霄云外。

"嗖——"脚上的拖鞋就像一颗流星一样,从窗户飞了出去。

"砰!"

"到底是哪个缺德鬼!大半夜不睡觉往楼下扔拖鞋!把垃圾桶都砸倒了知不知道!"楼下突然响起收垃圾的老大爷愤怒的咆哮声。

楼上的我盯着光着的右脚,不好意思地缩了缩脖子。

啊……失误!纯属失误!看来,只要是跟诺恩扯上关系就没好事!

2

被大雨冲刷过的天空呈现出最纯净的湛蓝,阳光如同剔透的水晶般耀眼,湿润的空气中似乎还夹杂着泥土的芳香,碧绿的藤萝上,露珠在阳光的照耀下闪着七彩光芒。

艾利学院的小树林里,早起的鸟儿悄悄从树叶中探出头,叽叽喳喳地呼唤着同伴,此起彼伏的鸟叫声拉开了新的一天的序幕。

而在小树林围墙后面一栋被隐藏的建筑中,突然爆发出一阵夸张的大笑。被吓坏的鸟儿纷纷振翅高飞,争先恐后地逃离了这个总是状况不断的地方。

"喂!花千叶,你别太过分!"

充满欧洲古堡气息的客厅里,一个垂头丧气的身影坐在沙发上,他身体周围似乎笼罩着几乎可以化为实质的怨气,衬得他的脸色更加苍白,月光般柔顺耀眼的银色长发也失去了光泽,有几缕不听话地垂在额前,随着他说话的动作轻轻拂动,露出两个非常搞笑的黑眼圈,顿时增加了几分喜感。所以,即使是他神情极其不满地瞪视着对面沙发上已经笑得打滚的少年,也没能阻止对方继续发出夸张的笑声。

"哈哈,好的,诺恩,我不笑了,哈哈哈……不好意思,我真的控制不住,我只要一想起花草们目睹了你和一年级的小学妹打架的情形,我就……哈哈哈……你这是一夜没睡吗?怎么会有这么大两个黑眼圈啊?真是……哎哟,我笑得肚子痛!"

第二章

虽然嘴里说着抱歉的话，但是这个叫花千叶的少年脸上可没有一点抱歉的表情，相反，他蜜金色的柔软短发下，眼角微微上扬的黑色瞳仁里似乎还闪烁着戏谑的光芒，仔细看的话，应该还有一丝幸灾乐祸的成分，而且只要他抬头看到诺恩现在的形象，就会不由自主地鼻翼翕动，嘴角抽搐，超级想笑的样子极大地破坏了他可以媲美漫画美少年的完美面孔。

眼看着诺恩苍白的脸色变得越来越难看，不怕死的花千叶好像根本就没有意识到危险，他眨巴着一双眼睛，转过头去大声地问道："鲁西法，你说是不是很搞笑？哈哈！"

华丽的水晶吊灯下，酒红色头发的少年随意地靠在身后的原木色餐桌上，听到花千叶的问话，他浓黑的眉毛微微一挑，白皙的手指轻轻拂过挡住了眼睛的酒红色发丝，如同太阳神阿波罗般阳刚帅气的面孔上闪过一丝笑意。

"当然！"他点了点头，然后又疑惑地皱起了眉头，"不过我很奇怪啊，诺恩你为什么不使用任意门呢？既然已经被发现了，你使用任意门不就可以立即逃开吗？难道你对那个学妹……"

刻意被拉长的尾音消失在诺恩突然涨红的脸色中，听到鲁西法的猜测，诺恩就像是被踩到了尾巴的猫一样，一下子蹦得老高，从未有过的尖锐嗓音把头顶的吊灯都震得晃了几晃。

"才没有！我怎么可能对那种女生有兴趣！如果不是……"

"如果不是那个女生是他的魔法主人的话。"

突然，一个如同叮咚流淌的清泉般清脆的声音插了进来，所有人都不由自主地望了过去。

在众人的视野中，靠近阳台的一把躺椅上，一个一直拿着手机发短信的身影缓缓坐了起来。随着他的动作，房间里的一切都好像被打上了柔光，他只是慵懒地坐起身，却带着一股令人心悦诚服的气势，吸引了所有人的注意。

他不过是一个看起来十七八岁的少年，有着比最精致的玉器还要莹白的面孔，斜飞入鬓的浓黑眉毛，仿佛蕴含着夜空中最闪亮星星的迷人双眸，虽然只是穿着一件简单的白袍，却不会削减他身上天生尊贵的气息。

真命无敌幸运星

而且，他说的话实在是太令人震惊了，直接导致另外三个人全都陷入了失语状态。

最先反应过来的是作为当事人的诺恩，一向以维持面瘫表情为日常任务的他难得地露出了震惊的神色，甚至连说出口的话都结巴了起来："天……天一凤，你……你怎么知道？"

"前前刚才告诉我的啊！"少年晃了晃手里的手机，饶有兴味地打量了好像被雷劈到了的诺恩两眼，似乎觉得这样还不够，所以毫不犹豫地继续补充道，"而且我还知道，那个名叫白婕妮的学妹之所以能成为你的魔法主人，是因为她脖子上挂着的那颗幸运星吊坠。要不然，你昨天怎么会两次开启任意门都失败了呢？哈哈……"

说到最后，他终于从那种高傲、冷漠的状态中脱离，加入了嘲笑诺恩的行列："哈哈哈哈！恭喜你哦，诺恩，终于找到了自己的魔法主人。"

"是啊是啊！希望你以后的生活不要太热闹！"

"以前对我们的嘲笑以后会加倍还给你的，不用客气。"

……

知道了真相的众人你一言我一语地调侃着诺恩。

而诺恩也丝毫没有辜负他们的期望，只见他脸上的表情好像万花筒一样，一会儿是沮丧，一会儿是愤恨，一会儿是无奈，最后全都汇聚成了扭曲："我不想要魔法主人，我要让她以后离我远远的！"

"啊？真的吗？"花千叶立即唯恐天下不乱地凑了上来，"要不你用任意门带她去一些可怕的地方，像是鬼屋啊、悬崖啊之类的，说不定她一害怕就再也不敢出现了。"

"那怎么行？"诺恩像看白痴一样看了花千叶两眼，然后非常不满地说，"这种好玩的地球探险活动，一定会让那个平凡的地球人超级开心的，说不定还会缠上我。我才不要！"

花千叶一脸无奈地看着他。

不甘示弱的鲁西法连忙拍了拍胸脯："那我就用魔法变出一些假虫子或者假

蛇之类的，你拿去吓唬吓唬她。女生都胆小，说不定……咦……你怎么这样看着我？"

对面的诺恩一脸"你傻了吧"的表情，不屑地摇了摇头："虫子和蛇是多么美丽的生物，在我们的星球上因为太稀有都是要被保护起来的，怎么能把这么美好的东西送给她？"

"扑哧——"

一股笑意涌到了鲁西法的嗓子眼，但被他强行憋了回去。

最后出场的当然是学习小组的组长——天一凤，吸取了前两个人的教训，天一凤并没有急着开口，而是用那双仿佛能看透人心的眸子盯着诺恩看了一会儿，然后嘴角勾起一抹神秘莫测的微笑："如果我没猜错的话，你已经想出对付你的魔法主人的办法了吧？"

"那是当然！"终于有人猜到了，诺恩高高地挺起了胸膛，得意地环视了一圈，然后从口袋里"唰"地掏出一把五颜六色的宝石，充满自信地说道，"我要把萨特星球上最多、最丑陋的东西送给她，每天都送她一大堆，很快她就会吓得不敢再出现了，哈哈！"

他仿佛已经看到了不远的将来，那个戴着幸运星吊坠的女生带着一脸惊恐的表情大叫着："快拿走！拿走这些讨厌的东西！"

这一刻，他已经沉浸在解决了自己魔法主人的兴奋中，丝毫没有注意到其他三人脸上奇怪的神情。

"那么你就去做吧，我们都支持你哦！"

异口同声的话从三个人嘴里说出来，他们互相对视了一眼，然后嘴角不约而同地挂上神秘的笑意，开始无比期待将要到来的一切。

3

"丁零零——"

"丁零零——"

……

真命无敌幸运星

烦人的闹铃像魔音一般在寂静的房间里响了无数遍，我裹着柔软的被褥在粉红色的公主床上痛苦地翻滚了好几圈，才艰难地睁开了眼睛。

"早上好呀，美丽又可爱的白婕妮小姐！"

清晨柔和的阳光带来了满满的元气，前一天经历的所有不愉快都被我远远地甩在了身后。

遇到困难就退缩可不是我白婕妮的风格，新的一天到来了，白婕妮你要加油哦！

我用最快的速度爬起来。

二十分钟后，我对着镜子里的自己满意地点了点头。

镜子里的少女有着一头美丽的黑色长直发，精致的瓜子脸，圆圆的大眼睛，清澈明亮的瞳仁，弯弯的柳眉，长长的睫毛，白皙无瑕的皮肤，薄薄的双唇。

伸出手，我再次整理了一下身上藏蓝色的新生制服和胸前的校徽，然后重重地一挥手："完美！出发！"

今天可是艾利学院的开学典礼，我一定要趁这个机会扭转大家对我的糟糕印象。至于诺恩那个家伙，君子报仇，十年不晚，我和他的过节，就暂时往后放放吧！

我一边幻想着结束现在这种被孤立的生活，一边喜滋滋地跨进了学校大门。

可是三秒钟后——

"喂！你就是白婕妮吗？"

突然，一个留着圆圆蘑菇头的矮个子女生像炮弹一样冲到我的面前，并且用和她的身材极其不相称的超大声音对着我问了一句。

啊……这年头难道已经开始流行这么另类的打招呼方式了吗？

我有点吃惊，总觉得好像有哪里不对，但是由于太想和同学们打好关系了，所以我努力忽略了眼前这个女生实在称不上礼貌的态度，彬彬有礼地点了点头："是呀，我是白婕妮。请问你……"

"哈！原来真的是你！"没想到的是，那个女生根本没等我说完，脸上就流露出超级厌恶的神色，噼里啪啦地吼出一长串话，"我告诉你哦，不要以为你长得漂亮，就能吸引诺恩学长的注意！我们都不会支持你的，哼！"

说完，她用仿佛含着刀子的目光狠狠地瞪了我一眼，然后双手叉腰，气势汹汹地离开了。

怎么回事？学校论坛难道还有关于我的帖子吗？难道那件事还没过去？

事实证明，我这个推断一点都没错。

因为接下来，我简直要被围观同学的口水淹死了。

"咦？你看到了吗？刚才走过去的那个就是白婕妮哦，果然漂亮！"

"哼！光漂亮有什么用，所有试图靠近诺恩学长的女生，都是我们的敌人！"

"对啊对啊！而且她的手段也实在太不入流啦！诺恩学长是学习小组中最后一个单身的了，我们一定要保护好他！"

"对！我们要组成统一战线，打倒白婕妮，保护诺恩学长！"

……

"咔嚓——"

一根没有打扫干净的枯枝在我的脚下阵亡了。

拜托！那个臭色狼，大半夜穿着黑袍子乱晃，还喜欢吃辣椒，我真的对他一点兴趣都没有，我拿最喜欢的外星人发誓！

在无数的白眼中，我一路仓皇逃窜到了教室，结果还没坐稳就听到班长宣布开学典礼马上就要开始了，所有同学都要出席。

我有气无力地跟在同学们后面走出了教室，根本就没有心情欣赏学校里的美景，耳边全都充斥着大家对我和诺恩关系的猜测。盛大的开学典礼在我的心不在焉中结束了，除了远远地看到了传说中校长先生的身影之外，我早上期待的扭转在同学们心中印象的事情根本没有发生。

而且奇怪的是，校方居然没有对之前的"吸血鬼"乌龙事件做出解释。明明昨天晚上保安大叔已经看到了所谓的"吸血鬼"的真面目，为什么不对大家说明呢？

我摇摇头，这都不关我的事，瞎操什么心。只要以后不跟诺恩扯上关系，这些流言迟早都会散去的。但是，还没走两步，我就听到了旁边的窃窃私语，而且总有奇怪的目光在打量我。

真命无敌幸运星

"嗡嗡嗡……"

好像蜜蜂嗡鸣一样的声音不停地在我的耳边盘旋,我忍不住想张开嘴第一百零一次替自己解释,可是话刚到嘴边,耳边却传来了一阵尖叫——

"天啊!是学习小组的学长们!"

前面突然爆发出一阵巨浪般的欢呼声,下一刻,似乎周围的所有女生都疯狂了,她们就像是电视里报道的那些毫无理智的追星族一样,双眼放光地朝一个方向冲去。

啊……好夸张!

我瞪大了眼睛,这里不是传说中只有精英才能考上的艾利学院吗?为什么我看到的却是一群大呼小叫的花痴?

花痴就算了,你们能不能把被夹带着不由自主地往前跑的我放下?

我奋力挣扎着,但花痴们的力量实在是太强大了,直接导致我不由自主地跟着跑了起来。

喂!我对什么学习小组根本没有兴趣啊!想想有诺恩那种家伙存在的组织就不会是什么好东西,我不想看见他们啊!

嗯……下一秒,我所有的吐槽瞬间都卡在了嗓子眼。凭借比一般女生高了那么几厘米的身高优势,我终于看清了大家痴迷的对象。

清晨灿烂的阳光下,正走过来的几个人如同上帝的宠儿,他们似乎汇聚了这个世界上所有的美好,黑发的天神,酒红色头发的太阳神,蜜金色发丝的阳光帅哥,还有……

还有一个我不想提的人,先忽略掉。

在这群帅哥的身边,还走着三个女生。其中挽着"天神"的是我曾经见过一面的向前前学姐,她依然是一副活力十足的模样。

"太阳神"的身边是一个身材高挑的美女,亚麻色的长卷发、秀气的脸庞和温柔的气质,与旁边酒红色头发的学长形成了一幅奇异的和谐画面。

还有一位文静的学姐,和阳光帅哥手拉着手,她似乎还不太适应被众人围观的感觉,一路上都微微低着头。

第二章

最后……

最后一个我虽然真的很讨厌，但是也不得不承认，诺恩这个家伙单从外貌上来说，和他们站在一起真的毫不逊色。他们拥有同样出色的容貌，天神的优雅，太阳神的热烈，阳光帅哥的可爱，诺恩的神秘……

在七个人当中，只有诺恩形单影只，这更是激起了围观女生们血液中的花痴因子，恨不得自己立即填补上他身边的空位，和他一起接受大家的追捧。

"诺恩学长，看这里！我们好爱你！"

"花千叶学长真的好帅！我最喜欢这种类型了！"

"还是鲁西法学长最帅，看我一眼我都会晕过去！"

"要说帅，谁能比得上我们天一凤学长！不行了，我也要晕了！"

……

在此起彼伏的"要晕倒了"的感慨中，不知道是不是被那句"看这里"吸引，浑身都散发着"生人勿近"气息的诺恩居然真的朝这边极其冷淡地一瞥，结果却引得一群女生发出幸福的尖叫，甚至有几个已经激动得东倒西歪。

不会真的要晕过去吧？我吓得想要赶紧后退，却忘了自己前后左右都是人，于是下一秒，我自己都不知道是怎么回事，好像绊到了谁的脚，一个没站稳，然后周围两米范围内的所有人都像是多骨诺米牌一样，一个接一个地倒了下去。

"啊！谁踩到了我的脚！"

"喂！不要拉我的衣服！"

"哎呀！你把我的手臂拽疼了！"

……

一片混乱中，女生们再也顾不上维持自己在男神面前的形象，以各种姿势趴在了地上。

而我在倒地前的一瞬间，似乎感觉脖子上一轻，有什么东西从衣服里面滑了下去。

"啊！我的幸运星！"

我发出一声凄厉的大叫，手忙脚乱地想要从地上爬起来。但无奈的是，因为活

真命无敌幸运星

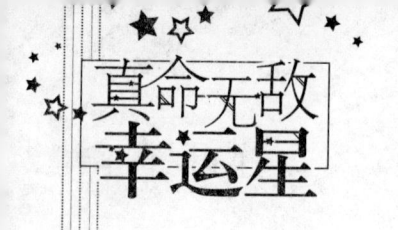

动空间实在太小，我左边那个女生的胳膊还压在我的身上，让我几次努力都以失败告终。

就在我努力和她的胳膊抗争时，所有人都像突然被按下了静音键，整个空间一片安静。

"又是你！"

突然，一个咬牙切齿的声音在我的头顶上方响起。刚把女生的胳膊移开的我被这个声音一吓，"啪"的一声又摔回了地上。

果然，每次遇到诺恩都没好事。

我趴在地上，以一种极其屈辱的姿势抬起头愤恨地瞪向他，结果却看到他的眼睛比我瞪得更大，其中还饱含着嫌弃、厌恶等情绪，仿佛看到我是一件让他非常不开心的事情。

哼！刚好，我看到你也很不开心！

我大大地翻了个白眼，紧接着眼角余光突然一闪，一个亮晶晶的东西映入了我的眼帘。

如同最清澈的海水一样的宝蓝色，暗夜里最闪亮的星星的形状，加上我专门去饰品店里挑选的红色系绳。

我的幸运星！

可是它怎么会在诺恩手里？

他把它当成垃圾一样悬在指头上，不仅离他的身体远远的，还一副随时都有可能丢掉的表情。

不要啊！

一瞬间，我的全身生出了无穷的力气，飞快从地上爬了起来。

而比我更快的，居然是那群刚刚还在喊痛的女生，她们像是得了间歇性遗忘症似的迅速爬了起来，而且立即换上了一副好像什么也没有发生过的表情，一个个极其淑女地发出各种甜腻的声音。

"诺恩学长，你好，我是一年级二班的莉莉，很高兴认识你哦！"

"诺恩学长，今天我带了美味的便当，能请你一起吃午餐吗？"

第二章

"诺恩学长,这是我亲手编的幸运手链,请你收下好吗?"

......

此起彼伏的话语里,诺恩像是根本没听见似的,一双湛蓝的大眼睛里"嗖嗖"地射出寒光,整个人好像冷气机一样不停地往外释放着冷气,吓得那些正在拼命吸引他注意的女生声音越来越小,直到再也听不见。

死一般的寂静中,我浑身燃烧着熊熊火焰,风一般来到了他的身边。

"还我的幸运星!"

我伸出手就要去夺他手里的东西,结果还没碰到,眼前就是一花,一个流星状的物体砸到了我的额头上,我条件反射般伸手去接,冰凉而熟悉的触感提醒了我那是什么。

"拿着你的破东西,滚出艾利学院!"

我还没反应过来,一个仿佛携带着几万斤火药的声音就在我的耳边迅速炸响,我抬起头看清了眼前那张黑得堪比锅底的脸,他眼睛里还闪烁着凶狠的光芒。

如果怒火可以化成实质,我觉得自己肯定已经被烧成灰烬了。

这个家伙!他......他竟然把我的幸运星当成武器扔过来!

我的幸运星,它不仅是饰品,更是关系到我全家和谐安定的宝贝。至于原因......这个以后再说啦!总之,我绝对不允许任何人轻视和侮辱它!

"浑蛋!"我紧紧地握着幸运星,同时用全身最大的力气骂出了声,"你才是破东西!你才要滚出艾利学院!谁允许你碰我的幸运星!你给我道歉!"

我愤怒地瞪着他,简直不敢相信这个世界上还存这么可恶的人。

但是,更可恶的还在后面。

让人没想到的是,在我吼完之后,那个连一点内疚之意都没有的人,脸色居然更黑了,眼睛里的寒光也已经快结成冰块了,整个人从里到外都散发着恐怖的气息,而且如果仔细听的话,还能听到他把牙齿咬得咯吱咯吱响的声音。

咦?明明错的是他,他怎么比我还要生气啊?

为了不输给他,我只好把头扬得更高,并且努力让自己的目光显得杀气腾腾。

谁怕谁!

真命无敌幸运星

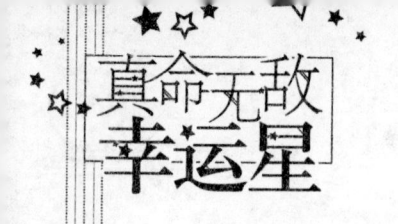

"我从来不向别人道歉，尤其是……"他微微一顿，目光不屑地扫过我的脸，"让人讨厌的人！"

让人讨厌的人？

熊熊怒火瞬间烧毁了我最后的理智，我对着仍然昂着头以为自己多么高贵的诺恩发出一声讽刺的嗤笑。

"我讨厌，你又能好到哪里去？昨天被我抓住的手下败将，大半夜吃辣椒的怪物，被人当作……"

"闭嘴！"我的话还没说完，眼前的人就好像被踩到了痛脚似的，一下子从地上跳了起来，拳头在我的眼前凶猛地挥舞着，"竟然敢说辣椒的不是！你不要以为我不敢打女生，再惹到我，小心我把你揍扁！"

"哼！以为我怕你啊？有本事来咬我啊，看我不把你打趴下！"

我把脖子一扬，准备和他抗争到底。

结果下一秒，我剩下的话彻底憋在了喉咙里，再也说不出来。

因为，刚才还扯着脖子和我大吵的诺恩，在我说出让他来咬我的话之后，他居然真的咬了……

啊！不是咬我，是咬辣椒啦！

他居然从口袋里掏出一大把火红火红的辣椒，一下子全塞到了嘴里。

"咔嚓，咔嚓——"

一阵令人毛骨悚然的咀嚼声响起，我目瞪口呆地看着诺恩一边瞪着我，一边用雪白的牙齿咬着那些光看着就让人觉得恐怖的辣椒，那样子真的好像在吃我的肉一样。

我浑身一激灵，心底弥漫起一股凉意。

变态果然是变态，连味觉都和我们正常人不一样。

呜呜，我想逃跑了，怎么办？

"天啊！诺恩学长怎么了？"

背后响起一个女生惊讶的声音。

"能怎么了？一定是被白婕妮气坏了呗。学长真是太可怜了，我真的好想冲上

第二章

去抱抱他啊！"

"我也是，我也是，想不到学长连吃辣椒都能吃得这么帅，好迷人哦！"

……

我差点一头栽倒在地。

喂！花痴们，你们判断的标准就是看脸吗？

就在我的内心几乎滴血的时候，那个被我划归"不正常"行列的变态已经以变态的速度吃完了辣椒，然后投过来一个"你给我等着"的眼神，在一众花痴崇拜的目光中走掉了。

走掉了，走掉了，走掉了……

我在心里重复了三遍，还是不敢相信这个戏剧化的结尾。

不是正在吵架吗？吵得正在兴头上，他吃掉一大把辣椒就走掉是怎么回事？是辣椒安抚了他吗？

而另一边，刚刚已经完全被我忽略的学习小组成员终于从不远处走了过来。虽然因为一大片人摔跤的闹剧，还有之后我和诺恩的对峙，大家似乎已经遗忘了他们几个，但是这个世界上有一种人天生就是会发光的，即使暂时被掩盖，等到他们出现的时候，还是会在第一时间获得所有人的关注。

那些呆滞的花痴瞬间复活了。

可是，在一大片突如其来的尖叫声中，那个最先走到我面前的如同天神一样的黑发男生意味深长地看了我一眼，绯红的嘴唇里淡淡地吐出两个字——

"保重！"

然后头也不回地走了。

"婕妮学妹，你……唉！多保重吧！"紧接着走过来的向前前学姐投过来一道同情的目光，便追赶前面的男生去了。

然后，一个、两个、三个、四个……

后面的四个人一一走过来，每个人脸上都是看了一场好戏之后的兴奋之情，眼神中却又难掩同情，最后什么都没说，从我的身边慢慢经过。

一系列变故后，一头雾水的我已经完全愣住了。

真命无敌幸运星

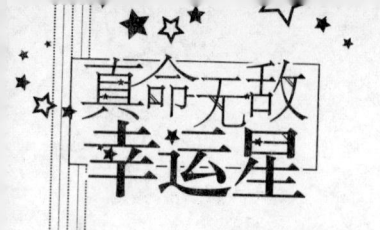

今天我出门没看皇历，才会这么倒霉吧？

而更倒霉的是，在他们的身后，一个不起眼的地方，我突然看到了一个熟悉的身影。

一个一脸严肃的马尾辫女生正用冷冷的目光看着我，然后低下头，在有些眼熟的小本子上写着什么。

"天啊！上课铃已经响了好久，我们怎么还在这里？快跑啊！"

"啊？只顾着看学长们了，我都没有听见！等等我！"

"糟了！糟了！下一节是班主任的课，我们死定了！"

……

嘈杂的脚步声伴随着一连串尖叫声响起，眨眼间，所有人都跑得一干二净，只剩下我和还在埋头苦记的姚姗姗。

瞬间，我觉得气温下降了好几度。

完了！我的好日子彻底到头了！

我握着手心的幸运星，突然陷进了巨大的恐慌里。我在艾利学院的新生活，好像更糟糕了！

第三章

思 维 奇 特 的 宝 石 星

真命无敌幸运星

1

琅琅的读书声已经响起，在顶着地中海发型的老师不满的目光中，我像游魂一样向座位飘去。

而在我经过的地方，所有同学都用幸灾乐祸的目光看着我，偶尔还会有窃窃私语飘进我的耳朵。

"这个白婕妮胆子好大哦，才开学两天就迟到了两次，真是让人无语！"

"是啊，也不知道这样的人是怎么考进艾利学院的，难道是靠那张脸吗？哈哈！"

"什么呀，那张脸现在也没用了。你没看到刚才诺恩学长多讨厌她吗，还让她滚出学院，看来她一定是得罪了学习小组。"

"得罪学习小组算什么，得罪学生会的姚姗姗部长才可怕。她回来得这么晚，一定是被姚姗姗学姐教训了吧！"

……

我听不见！听不见！

我不停地催眠自己，终于在七嘴八舌的嗡嗡声里回到了座位上。

"都安静点！现在是上课时间！"

终于，地中海老师把手中的黑板擦重重地拍在了讲台上，教室里瞬间安静下来。

我感激地看了老师一眼，正好和老师望过来的目光相撞，只不过，老师的神色看起来可一点都不愉快。

"我警告某些同学，不要以为考上艾利学院就万事大吉了，在这里如果不遵守纪律，迟到早退，惹是生非，扰乱学校秩序的话，一定会受到严惩的！好了，迟到的同学赶紧把课本拿出来！"

第三章

老师紧皱着眉头瞪了我一眼,就回过头去继续上课了。

我的心里却久久无法平静。

老师是说我吧?一定是说我吧?

呜呜……我的内心瞬间泪流成河,无数怨念在我的头顶盘旋,形成了蘑菇云,然后再一朵一朵地汇聚成一行大字——

诺恩!我恨你!不光是这辈子,还有下辈子,下下辈子,千秋万代,生生不息!

"阿嚏!阿嚏!"

不远处的一间教室里,正在认真自习的诺恩突然打了两个大大的喷嚏,这立即引来了旁边坐着的花千叶无情的嘲笑。

"哈哈!诺恩,你不是说你们萨特星人的体质百毒不侵吗,怎么也会有这种感冒的症状?"

"我没有感冒!"诺恩不满地从书本里抬起头,湛蓝的眼眸里似乎有什么飞快地闪过,但是最终归于沉寂。

总觉得好像有什么地方不对劲,他的脑海里闪过一个念头。

这种好像星球大战前夕的感觉真是让人既兴奋又期待,很久都没有激烈跳动过的心脏突然以平时两倍的速度在胸腔里震动,这种即将迎来挑战的感觉,还真的不赖。

他耸了耸肩,准备继续和书本里的习题奋战。

不过,一向看热闹不嫌事大的花千叶可没那么容易放过他,他抬起手摸了摸鼻子,然后做出一副认真思考的模样,但是仔细看的话,就能发现那双仿佛蕴含着天幕上最亮星星的眼睛里闪着狡黠的光芒。

"不是感冒啊?"他用手指轻轻拂过蜜金色的发丝,煞有介事地点了点头,"那一定是因为那个原因啦!"

说完,他戳了戳前面坐着的天一凤和鲁西法,神秘兮兮地问他们:"你们说是

真命无敌幸运星

不是？"

"嗯！"

虽然刚才诺恩和花千叶的声音都很小，但是凭他们的能力，自然听得清清楚楚，所以两人非常配合地点了点头，然后一起用同情的目光看了看诺恩。

顶着这样的目光，诺恩终于没法继续维持淡定了。

"那个原因是什么？"他紧紧盯着旁边的三人，非常好奇地问道。

"咦？原来你不知道啊！"花千叶冲着天一凤和鲁西法偷偷眨了眨眼睛，然后回过头来非常严肃地说，"地球上有句老话，说打一个喷嚏是有人想你了，打三个喷嚏是感冒了……"

"那打两个喷嚏呢？你怎么漏说了。"诺恩纳闷地问。

"打两个喷嚏嘛……"

"是什么？"诺恩赶紧追问。

"是有人骂你啊，哈哈哈！"

花千叶笑得前仰后合，诺恩的脸色却越来越黑。

他终于知道自己心里的不对劲是哪里来的了，看来应该是那个讨厌的丫头了。

湛蓝的眼眸里掠过一丝危险的情绪，诺恩把右手插进口袋，摸了摸早已准备好的"武器"，露出一个志在必得的笑容。

另外三人非常默契地交换了一个眼神，然后默默转开了目光。

好戏就要开始了！

"丁零零……"

清脆的下课铃声在寂静的校园里响起，教室里一片欢腾。

同学们飞快地收拾好桌上的物品，三三两两结伴冲出了教室，很快教室里就只剩下我一个人了。

我有气无力地趴在桌子上，毫无食欲。肚子却非常不配合地发出"咕噜噜"的声音，提醒着我去慰劳辛苦了一上午的它。

第三章

算了,还是吃饭去吧,只有吃饱了才有力气叹气啊!

无奈之下,我只好揉了揉可怜的肚子,打起精神走出教室。通往学校食堂的路上已经看不到人影了。逃离了那种令人窒息的环境,呼吸到外面新鲜的空气,我终于觉得自己的心情好了一点。

一路上,我慢腾腾地走着,第一次有时间看学校里的风景。这才发现原来整个艾利学院就好像一个大花园一样,到处都是郁郁葱葱的树木和五颜六色的鲜花,偶尔还会有清脆的鸟叫声传来,为安静的校园带来一股生机勃勃的活力。

远远地,我看到了学校餐厅淡黄色的屋顶,一时间肚子更饿了。

再转过一个拐角就到了。我深吸一口气,好像已经闻到了饭菜的香味,加快步伐走了过去。

但是下一刻,我的眼前一黑,一个巨大的黑影好像从天而降一样,突然出现在我的面前。

然后,一个夹杂着兴奋的奇怪声音如同恶魔之音一样钻进了我的耳朵——

"喏,给你!"

这个声音……这个声音是……

我浑身一激灵,下意识地抬起头。

首先映入眼帘的,是一双比极地海水还要清冷的蓝色眼眸,然后是轮廓分明的俊美脸庞、高挺的鼻梁、永远殷红如血的薄唇、如同精灵般尖尖的下巴和标志性的银色长发。

是诺恩!

八级警报在我的心中迅速拉响,我条件反射般双手抱胸,瞪大了眼睛大声质问道:"喂!你想干什么?"

我可没忘了这家伙的黑历史,第一次遇到时他就偷窥我换衣服,早上才又结了一次梁子,现在他要给我东西,用脚指头想也知道不会是什么好东西了……

一股危机感从我的内心深处升起,我偷偷环顾了一下四周,正是午餐时分,根本没有同学从这里经过,这儿又是个隐蔽的拐角,这家伙不会是想报复我吧?

真命无敌幸运星

可是……可是他的手心里还躺着一大把闪闪发亮的东西，在阳光下反射出耀眼的光芒，几乎要闪瞎我的眼睛。

"你那是什么表情？"

一个冷冰冰的声音从对面传来。

我惊讶地望过去，才发现不知道怎么回事，诺恩原本白得几乎透明的脸黑得像是要滴出墨汁来，一双湛蓝的眼眸里翻滚着熊熊怒火，尖尖的下巴高高扬起，鼻孔里发出足以冻僵人的冷哼。

"在我们星……在我们那里，身高没有超过一米八的女生都是残次品，谁会对你有兴趣？我不过是想把这堆垃圾宝石送给你而已，哼！"

说完，他还投给我一个超级蔑视的眼神，好像我做出的动作是对他巨大的侮辱似的。

一米八？残次品？垃圾宝石？

这几个词的威力不亚于原子弹，直接把我的理智炸飞了。

喂！什么叫"身高没有超过一米八的女生都是残次品"？哪个地方有这种奇怪的规定？又不是巨人国。凭我165厘米的身高，在女生中绝对不算矮。

还有，还说什么"在我们星"，"星"什么？星球吗？你还真以为自己是外星人啊！

我正要翻一个鄙夷的白眼给他，下一秒却愣住了，这……这是什么？

直到此时我才看清，诺恩所谓的一堆"垃圾宝石"，居然是货真价实的宝石！

比初春刚刚萌芽的叶子还要生机勃勃的翠绿，比最清澈的海水还要安静神秘的冰蓝，比少女深藏心底的爱恋还要优雅梦幻的浅粉……一颗颗宝石点缀在白皙的手掌间，仿佛阳光下流动的溪水，让人的心跳不由自主地加快，再加快！

"我不过是想把这堆垃圾宝石送给你而已……"

在急促的心跳声中，我突然想起诺恩刚才的话，整个人好像突然被扔进了冷藏室一样，瞬间冷静了下来。也就是说，这些美丽得好像不属于这个世界的宝石，竟然是被当作垃圾送给我的？

第三章

有没有搞错啊?

一瞬间,我真的有一种扒开眼前这家伙的脑袋看看的冲动。他是疯了吗?还是说,这其实是他的阴谋?

一瞬间,八级警报升为九级,我下意识地后退了一步,警惕地望着他。

"你为什么要给我这些?是不是想害我?"

"害你?"我的问题似乎让他愣住了,不过很快,他就像是回过神来一样,脸上露出诡异的表情,说出口的话更是让人无法理解,"对,没错,我就是想害你,才把最讨厌的东西送给你。怎么样?害怕了吧?"

他得意地晃了晃脑袋,一脸"快把讨厌的东西拿走"的样子,握着宝石的手离我又近了一些。

我抽搐着嘴角,望着那堆被当作垃圾的宝石,似乎已经听到了它们悲伤的哭泣声。

这年头竟然真有人视金钱如粪土,佩服!

我像看着一个大傻瓜一样看着诺恩,完全无法想象这个人的大脑究竟是怎样的构造,才会让他做出这么奇怪的事情。

"我不要!"

作为一个有原则的人,我是坚决不允许自己和疯子或者变态产生什么交集的,所以下一刻,我果断拒绝了,尽管心痛得在滴血。

天知道出于身为一个女孩子的天性,我对这些亮闪闪的东西是多么痴迷,而且那些宝石上流动的瑰丽光芒,总让我有一种特别熟悉的感觉,好像在哪里见过一样。

"不要?"

为什么诺恩在听到我的拒绝之后反而一脸"果然如此"的表情?而且,不仅如此,他还一脸厌恶地看了看手中美丽的宝石,那样子就像是看着一堆馊掉的食物一样,简直嫌弃得下一秒就会把它们扔得远远的。

好奇怪啊!难道这些宝石其实……

真命无敌幸运星

不过还没等我想清楚,眼前就突然一花,不知什么时候,诺恩已经抓住了我的手,一边把那些宝石一股脑地塞给我,一边用奇怪的语气飞快地说:"不要不行!这些讨厌的东西就该是你的!"

"啊!"手被握住的温热感陌生而奇异,我在短暂的呆愣过后,条件反射般握住拳头,然后剧烈挣扎起来,"你放开我!色狼!该死的诺恩!放开我!"

我气喘吁吁地正想采取更加激烈的行动,就在这时,从食堂方向突然传来一大片纷乱的脚步声,同时还有人在大声呼喊——

"那边好像有人在叫诺恩学长,我们快去看看吧。"

"嗯嗯,我也听到了,是个女生的声音呢!"

"看来我们的诺恩学长有危险,我们赶紧去救他呀!"

……

脚步声越来越近,我吓得停止了挣扎。

诺恩抓住机会掰开了我的手,把温热的宝石塞了过来,然后露出一个"终于摆脱讨厌的东西了"的得意笑容。

不过,很快他就笑不出来了,拐角另一头,噼里啪啦的脚步声好像潮水一样迅速涌来,他嘴角的笑容迅速僵掉,然后懊恼地拍了一下脑袋,抬起头给了我一个复杂的眼神,接着眼睛一闭,破罐子破摔一般冲着拐角大喝出声:"任意门!"

喊!这一次,我终于大大地翻了个白眼,更加肯定这家伙脑子不正常了,尖酸刻薄的话从嗓子眼喷涌而出:"别白费力气了,你以为这是科幻世界啊。你要是真有任意门,还不如说自己是外……"

最后两个字卡在我的喉咙里,我眼睁睁地看着一米之外的墙壁瞬间扭曲,然后显现出一个散发着金黄色光芒的门的形状,而刚才还在被我吐槽的诺恩向前一跨,下一秒就消失在了门里。

很快,一切恢复平静,草地上空空荡荡,没有了诺恩的身影。

我目瞪口呆地站在原地,因为吃惊双手无力地垂下,五颜六色的宝石掉了一地。

第三章

那群大呼小叫的女生终于出现在我的面前,但是我已经完全听不清她们在说些什么了,满脑子都是刚才的情形。

我伸出手狠狠地掐了自己一把,好痛!

这不是做梦吗?

突然塞给我一堆宝石的诺恩,凭空出现的任意门,还有像潮水一样涌过来的女生们……

我拍了拍额头,最近我一定是被诺恩那家伙传染了,才会变得不正常起来,竟然在光天化日之下幻想出任意门这种穿越空间,只有外星人才有的技能,看来我的确需要好好休息一下了。

对,赶紧回去休息一下,就不会幻想出这么荒谬的场景了。

我抬起脚,想要离开,但是不知道是不是之前受到的冲击过大的缘故,下一秒,我居然眼前一黑,双腿一软,直接晕了过去。

2

我觉得自己生病了,真的!

而且是很严重的、精神方面的疾病。

自从那天在一群女生的注视下晕倒后,不知道怎么回事,整个艾利学院里都流传着"一年级的白婕妮疑似中邪了"的说法。

她们的理由很简单,明明大老远听到我在喊救命,而且叫出了诺恩的名字,但是等她们赶到时,现场却只有我一个人。

这还不算,关键是我当时一脸呆滞的样子明显很不正常,再加上地上还散落了一大堆奇形怪状的彩色石头,有人好奇地捡起,竟然意外地发现那些不是石头,而是宝石!

于是,在"中邪"的同时,我又被扣上了一顶"败家富家女"的帽子,竟然把宝石随地丢着玩。

不过,在我慷慨地表示那些宝石可以任由她们随意分配后,终于收获了一些人

真命无敌幸运星

的好感，用她们私底下的话说就是——

"哎呀，那个白婕妮还真是大方呢！这么漂亮的宝石都能送人，果然有钱啊！"

"哈哈！人傻钱多的'白富美'。看不出来白婕妮竟然这么深藏不露，我们和她走近点没错啦！"

"你们还记得那天她晕倒时喊了一句什么吗？好像是诺恩学长的名字呢。难道她对诺恩学长因爱生恨才会变得这么奇怪？明显脑子不太正常啊！"

"唉！肯定是她想用宝石诱惑诺恩学长，结果陷进了自己的幻想里，才会变得这么可怜。"

"算了算了，以后我们不要针对她了，和一个脑子不正常的人计较那么多干什么。"

……

姹紫嫣红的小花园里，隔着一排繁茂的冬青树，被她们定义为"脑子不正常"的"可怜"的我无语地坐在一棵大树下，听着另一边几个女生七嘴八舌地表达着对我的同情，心里真不知道是该高兴还是该悲伤。

说起来，这还是我进入艾利学院后第一次有人愿意为我说话，虽然她们说的话很多地方还有待商榷，但是好在她们已经说了不会再针对我。

我应该感到开心不是吗？然而为什么我心里的感觉却这么复杂呢？

那些宝石原本就不是我的，给了她们我也不后悔，什么"中邪"啊、"人傻钱多的'白富美'"啊，这些评价我也不在乎，然而"诺恩"这个名字却成了我心底一根刺，不停地提醒着我当时发生的一切。

虽然我真的很不想承认，但是昨天我从昏迷中醒过来后，那些散落在地上的宝石提醒了我，这一切不是做梦，不是幻觉，是实实在在的现实！

诺恩他……竟然拥有神奇的任意门技能！

在不得不面对这个事实后，之前一直想不明白的事情突然全都串联到了一起。

为什么第一次在古代戏剧社时诺恩会突然出现，在被我发现后又一直叫着"任

第三章

意门"想要离开。只有这个能完美地解释他会突然出现在一个不到十平方米的、空荡荡的、根本没法藏人的小房间里。

而昨天，那群女生明明马上就要到眼前了，但是他竟然能利用仅有的几秒钟时间，凭空召唤出一扇门，然后迅速溜掉了。

难道是特异功能？可是我从来没听说现代社会存在瞬移这项特异功能啊！

就在我百思不得其解的时候，昨天夜里我竟然做了个梦。

梦中那个送给我一大串红辣椒的外星王子再次出现了，只不过这一次他不再顶着一张没有五官的平板电脑脸，反而诡异地从辣椒后面露出一双湛蓝的大眼睛，然后是玉石般光洁的面孔，高挺的鼻梁，红润的嘴唇，棱角分明的下巴，最后加上比飞船外的星光还要耀眼的银色长发，共同组成了一张熟悉的脸——

诺恩！

"啊！"我张大嘴巴，发出一声无声的尖叫，双手揪住自己的头发，重重地靠在了身后的树干上。

就是这个梦！这个诡异的梦！它提醒了我另外一种可能，一种我绝对不愿意去想，更不愿意相信的可能——

诺恩他……莫非是个外星人？

啊！我简直快要被脑海里的念头折磨疯了！

上帝啊！你是在耍我吗？这个离奇的猜测如果是真的，那岂不是说，我最喜欢的外星人，和我最讨厌的诺恩，他们之间可以画等号？

不要啊！

我痛苦地闭上了眼睛，试图逃离这一切。

但是，根本没用。

就像是真的中了邪一样，自从这个念头在我脑海中出现，虽然情感上百般不愿意相信它是真的，但是理智还在不停地找着证据。

事实提醒着我，他一次次凭空出现和离开，根本就是完美的证据。更何况，我还亲眼见到过。

真命无敌幸运星

所以，你现在看到的就是双手揪着头发，两眼无神地仰望着天空，整个人呈现出一种生无可恋状态的我。

梦里的外星王子变成了诺恩，现实中的诺恩很有可能是外星人，那我是要继续厌恶诺恩，还是要用理智战胜情感，以后努力和诺恩做朋友好研究他呢？

啊啊啊！好纠结！我到底要怎么办？

头皮一痛，几根头发被我扯了下来。

疼痛终于阻止了我把自己揪成秃子的行为，我盯着手心黑亮的发丝，突然想起一个非常严重的问题。

我自己在这里纠结有什么用？当务之急，是利用一切可以利用的方法，赶紧确定诺恩的身份啊！

对！就是这样！

先搞清楚他到底是不是外星人，然后再纠结也不迟。

找到了目标的我迅速从地上爬了起来，然后拍干净身上的草屑，大步朝花园外走去。

不过，究竟要怎么确定我的猜测呢？

我皱着眉头走在回教室的路上。现在是午休时分，校园里只有三三两两的行人，他们说说笑笑地从我的身边经过。

有朋友真好啊！我羡慕地望着他们的背影发出感叹。

咦？朋友？我猛地停住了脚步。

对呀！我差点都忘了，诺恩并不是一个人，他是学习小组的成员，从他身边的人着手调查，会不会容易一点呢？

脑子里灵光一闪，一张脸浮现在我的脑海里。

哈哈！我的眼前一亮，虽然我不认识学习小组的人，但是我认识学习小组成员的女朋友啊！

这几天，拜身边的花痴们所赐，我已经知道了向前前学姐的身份，想不到她竟然是学习小组组长天一凤学长的女朋友。她那么热情可爱，一定会帮我的吧？一定

第三章

会吧？

想到这里，我赶紧掏出手机，找出第一天遇到向前前学姐时被她强制要求存储的手机号码，然后兴奋地拨了过去。

在等待电话接通的间隙里，不知不觉间我已经走到了教室门口。

为了能有一个安静的环境，我并没有进入教室，而是转身走进了和教室连通的小储物间。这里是堆放卫生工具的地方，一般不会有人来，我在这里约前前学姐见面，应该不会被人听到吧？

手机里的嘟嘟声响了好久，一直都没有人接听。我挂掉电话想了想，反正离上课还有一段时间，学姐看见未接来电会给我回电话的吧。我索性在角落里找出一张小凳子，擦了擦灰尘坐了下来。

时间一分一秒地过去，就在我无聊得几乎要睡着的时候，周围似乎有了一点动静。

难道是有同学进来了？我惊讶地睁开了眼睛。

于是，我人生第二次眼睁睁地看着面前的墙壁变得扭曲，一张欠揍的脸从金色的门里跳了出来，又是诺恩！

还没想清楚自己该以什么样的表情面对他，我就看到了他怀里抱着的那盆东西。

哇！好臭呀！

我迅速捂住鼻子，所有对外星人的好奇都抵不过阵阵袭来的刺激性气体，因为被手遮挡，我的声音变得瓮声瓮气的："喂！这是什么？快拿走！"

天啊！我简直要窒息了，这个世界上怎么会有这么臭的植物，哦不，是花！你对得起"花"这个称谓吗？

我控诉地看着眼前这盆巨大的"臭花"。只见一个人都合抱不过来的花盆里，没有茎，也没有叶子，只有一朵直径超过一米的超级霸王花，鲜红的花冠上，密密麻麻的白色斑点看起来特别恶心，并且不停地散发出阵阵腐臭的气味，简直就是杀人不见血的化学武器。

真命无敌幸运星

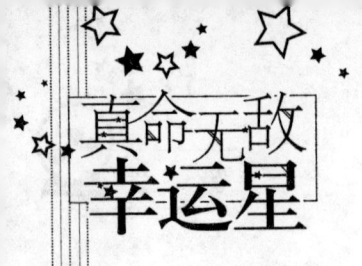

"为什么要拿走？这是我咨询了花千叶之后专门送给你的大礼。"看到我厌恶的样子，罪魁祸首诺恩竟然一脸幸灾乐祸的表情，同时用那种非常欠揍的语气对我说道，"总之这就是你的，不要太感谢我哦！"

说完，他还特别可恶地把花盆挪得离我又近了些。即使捂着鼻子，依然有浓浓的臭气不停地往我的鼻孔里钻。

我忍！我忍！

我忍不了啦！

臭气已经刺激得我失去了理智，完全不经大脑的话下一刻便从我的嘴里冲了出来："诺恩，你这个变态！别以为你可能是个外星人，我就会容忍你！赶快把这盆臭花给我弄走啦！"

话音刚落，刚才还一脸得意的诺恩表情突然一顿，似乎有可怕的气息从他的身上冒出来，那双蓝宝石般的眼睛里射出危险的光芒，下一刻，他已经冲过来揪住我的衣领，几乎把我从地上提了起来。

"什么外星人！你再敢胡说，小心我……"

"啊……"我的喉咙里发出痛苦的声音，根本就顾不上听他到底说了些什么威胁我的话，只知道自己的呼吸快要中断了，"放……快点放开我！"

憋着最后一口气，我伸出双手死命地去掰他的手腕，却根本撼动不了他铁钳般的大手。

咯咯……他怎么手劲那么大，我现在连呼吸都有些困难了，我这算不算是为了心爱的外星人研究事业贡献出了自己的生命？

可是，就在我胡思乱想的时候，脖子上突然一松，充满了臭味的空气争先恐后地涌进鼻腔。

"咯咯咯！"我捂着脖子大声咳嗽起来。

"臭丫头！我再次警告你，不要乱说话！如果不想迎接我的怒火，就赶紧滚出艾利学院！"

想不到，刚刚松开我，那个可恶的家伙又嚣张地在我的耳边叫嚣了起来。

第三章

是可忍，孰不可忍！

我愤怒地抓起身旁的扫把，劈头盖脸地朝那张讨厌的脸挥了过去。

"讨厌！变态！你才该带着你的臭东西滚开！"

下一秒，我却挥了个空，就在刚才诺恩站着的地方，只剩下了最后一丝残留的光晕，而我的面前，简直是臭气与灰尘齐飞，害得我大声咳嗽了起来。

"砰——"

祸不单行，就在我拼命屏住呼吸，想要隔绝臭气的时候，小隔间的门突然被撞开了，一大群同学纷纷带着奇异的表情出现在了我的眼前。

然后，巨大的臭气袭击了所有人的感官。

"天啊！这是什么呀，怎么会这么臭？"

"白婕妮，你怎么把大王花搬到教室里来了？快点弄走啦！"

"太恶心了，居然会有人养这种花。白婕妮，你是不是脑子有毛病啊？"

……

接连不断的质疑声和谴责声灌进我的耳朵，我张口结舌地想要辩解，但是还没开口，就被一个更加尖锐的声音打断了。

"你们班在干什么？整栋教学楼都是从你们教室里传出的臭气，是谁在捣乱？"

"唰"的一声，同学们飞快地让开，然后一个娇小的身影出现在了小隔间的门口。

当我看清她手里熟悉的小本子和笔时，一股绝望的情绪油然而生。

完了！

这一刻，我真的恨不得自己能像诺恩一样，凭空召唤出一扇任意门飞快地逃掉。因为这次出现的不是别人，正是那个以铁面无私闻名的学生会纪律部部长——姚姗姗！

"姚学姐，我……"

我试图垂死挣扎，但是很不幸地话还没说完就被打断了。

真命无敌幸运星

"又是你！"等到看清小隔间内的情形后，姚姗姗的眼睛里闪过一道冷厉的光芒，"白婕妮，你还真是让人吃惊啊！"

"不是我！"我慌乱地举起双手，想要证明自己的清白。

但是根本没用，因为在说完那句话之后，姚姗姗已经转过身，在众人敬畏的目光里甩着马尾辫走了。

"咚咚咚——"

她踏出的每一步都像是踩在我脆弱的心上，这一刻我简直是从身体深处爆发出一声大喊："不要啊！姚学姐你听我解释啊！"

我抬脚准备追上去，却被人群迅速拦住了。

"白婕妮，你不能走，要走也得把这讨厌的家伙带走吧！难道你想让我们在臭气中上课吗？"

"就是啊！你自己不正常也不要拖累别人嘛！人家今天早上才喷的香水，都变成臭的啦！"

"呕……不行了，我要吐了！"

……

一片混乱中，我只能眼睁睁地看着姚姗姗走出了教室，再回过头的时候，那盆奇臭无比的大王花还咧着大嘴，似乎在对我发出无情的嘲笑。

十分钟后，当终于给我回了电话的前前学姐出现在我的视野中时，我已经快被同学们谴责的目光穿透了。

呜呜……这盆该死的臭花实在是太大了，我试着搬了一下，完全搬不动，而且根本没有人愿意帮我。所以在看到前前学姐的一刹那，我就像是见到亲人一样扑了过去。

"学姐——"

可是，还没等我接近，学姐就捂着鼻子后退了一步，嘴里还大叫着："婕妮，你不要过来，实在是太臭了！"

我……我不要活了啦！

第三章

我欲哭无泪地看着学姐，深深地觉得自己被全世界抛弃了。

3

好在学姐是个善良的人，最终她还是战胜了对臭气的厌恶，和我一起齐心协力把那盆臭花搬出了教学楼。

只不过，一路上凡是我们经过的地方，所有人都像是见到了瘟神一样躲得远远的，甚至还有人真的跑到垃圾桶边吐了起来，整个校园都陷入了对臭气的恐慌中。

终于把花扔到了学校最角落的垃圾堆里时，我和前前学姐两个人从头到脚都染上了臭气。

带着怨怒，我气呼呼地把事情经过说了一遍。

而知道了真相的前前学姐笑得超级夸张："哈哈哈！诺恩，居然是诺恩！哈哈哈哈！他真是太可爱了，居然想出这种损招……哈哈哈！"

我无语地看着前前学姐笑得满脸通红的样子，怎么也无法理解诺恩那家伙和"可爱"两个字哪里沾上了边。

可爱？是可恨好不好！

我默默地在心里反驳了一句。

至于为什么要在心里反驳，抱歉，因为我已经完全没有说话的力气了，好累呀！

因为这一系列事件，直到和前前学姐分别之后，我才想起自己忘了问学姐关于诺恩真实身份的事情。

不过，这个已经不重要了，既然是我跟诺恩之间的事情，自然需要我亲自来解决。我就不信了，就凭我白婕妮对外星文明的了解，还抓不住诺恩的狐狸尾巴，哼！

总之，我一定要让他在全校同学面前现出原形！

说到做到，在接下来的日子里，我就像是打了鸡血一样，开始处处留心观察诺恩。

真命无敌幸运星

只是根本就不用我寻找机会,那家伙就像是和我杠上了一样,只要是我出现的地方,不超过一分钟,他绝对后脚就会跟着出现。

而且,每次随着他的到来,我的身边总是会出现一些莫名其妙的东西,不是稀奇古怪的宝石,就是价值连城的艺术品,有时候他还会恶作剧地丢给我一大块香喷喷的红烧肉,然后一脸"你怕了吧?快求饶吧"的表情……

我真是快被这个家伙打败了,他的脑回路怎么会绕这么多圈?他到底是怎么在地球上存活下来的啊?

终于,在他又一次在课间出现,并且把我成功地堵在了教学楼隐蔽的拐角处时,我盯着他递过来的一大把不知道什么种类的宝石,突然扑上去一把抓住了他的手。

"哈哈!终于被我抓到了吧!看你还怎么用任意门!"我得意地摇晃着脑袋,然后在他僵硬的表情里大声质问道,"说!你到底是从哪里来的?到底是不是地球人?"

但是,眼前的这个人是怎么回事,他怎么突然一副快要晕倒的样子?而且脸红红的,甚至连脖子和耳朵都红了起来,难道是太生气了?

那也不至于气成这个样子吧?

"喂,你……你快放开我!"

下一秒他说话都结巴了,明明是很凶狠的语气,但是配上他红扑扑的脸颊和不停颤动的蝶翼般的长睫毛,怎么看怎么让人觉得可爱。

咦?可爱?我为什么会觉得他可爱?明明是可恨才对吧?

想到这里,我立即调整了情绪,粗声粗气地反击道:"不说清楚你的身份,休想让我放开你!"

说完,我的手抓得更紧了,同时为了防止他逃跑,我甚至把他的整条手臂都抱在了怀里。

但是,这样一来,我们俩之间的距离近到可以忽略不计,而诺恩刚才还只是绯红的脸庞,竟然迅速红得像个熟透的西红柿,整个人都僵硬得像一尊完美的蜡像。

第三章

他到底怎么了？为什么这么不对劲？看起来也不像是生气啊。他的脸红成这个样子，难道是……

害羞？

一个不可能的想法浮现在我的脑海里。

"你……你……我不知道你在说什么！"还没等我想清楚，诺恩整个人突然剧烈挣扎起来，他一边挣扎一边大吼，"快……快点放开我啦！"

咦？真是越看越像啊！

我的心里突然涌出一股奇怪的感觉，脸上的温度似乎也在缓慢地上升。

就在我走神的时候，诺恩用力挣脱了出去，然后像是躲避瘟疫一样，转身就想逃跑。

这怎么可以？他还没回答我的问题呢！

我着急地想要再次冲上去抓住他，但他的动作实在是太快了，一眨眼的工夫就跑开了两米远。

这次再让你溜掉，我就不叫白婕妮！

既然你不肯老实交代，就别怪我不客气了！

看着他仓皇逃窜的身影，我露出一抹奸诈的笑容，然后气沉丹田，放声大喊："喂！都快过来看啊！诺恩学长在这里！"

"哗啦啦——"

本来一片安静的走廊里突然响起了地震般的脚步声，一大群狂热的粉丝迅速地出现了。

说时迟，那时快，趁着诺恩还没从震惊中回过神来，我冲过去伸出双手朝他猛地一推——

"哇！真的是诺恩学长，原来我没有听错啊！"

"天啊！学长怎么会出现在我们教室门前，难道是来看我的？"

"才不是！你没看学长看的是我的方向吗？啊！我的心跳得好快，幸福为什么降临得这么突然？"

真命无敌幸运星

"不要挡路啊！我都看不见学长了！"

……

在众人的视野里，那个如同天神般的少年玉树临风地站在走廊里。阳光照在他令人窒息的绝美脸庞上，勾勒出一圈耀眼的光晕。那让人心醉的蓝色眼睛瞪得大大的，银色的长发迎风而舞，整个人散发出震撼人心的美感。

没错，的确震撼。只不过，只有我知道他现在肯定已经吓傻了，哈哈！

我捂着嘴发出无声的大笑，内心的幸灾乐祸几乎要冒起泡泡了。

让你给我制造状况！让你开任意门！让你毁了我的校园生活！去吧！有本事就在众目睽睽之下开你的任意门去吧！

我最后望了一眼那个被包围在人海中的身影，心里窃笑着转身下楼。但是刚走了两步，我就再也迈不动腿了。

啊啊啊！谁能告诉我，我上辈子是做了多少亏心事，这辈子才会总是被抓现场！

就在离我不到十级的楼梯上，姚姗姗目光森然地站在那里，淡粉色的嘴唇紧紧抿成了一条线，厚厚的镜片后面，棕色的大眼睛如同两盏高强度的探照灯，"嗖嗖"地朝我的身上打着强光，那架势就像是会立即冲上来把我就地处决一样。

抱歉，我很没出息地腿软了。

"学姐……"我听见自己比猫叫大不了多少的声音从嗓子里挤出，但是下一刻，就被对方强大的气势掩盖了。

"白婕妮！我代表学生会正式通知你，因为你入校以来的糟糕表现，你已经被列入了学生会重点监督的黑名单，请你好自为之！"

仿佛在最深的北极海底浸润过的冷冰冰的声音扑面而来，冻得我一个哆嗦，但是残存的勇气和理智告诉我，这次一定要和她说清楚，我不要活在监视之下啊！

"学姐！"我带着一脸痛苦的表情，三步并作两步冲过去拉住了姚姗姗的袖子，"真的不怪我啊，都是诺恩那个家伙，是他总是来找事，我是无辜的啊！我……"

第三章

"无辜？"听到我的控诉，姚姗姗连眉头都没动，她箭一样的目光扫过我抓着她袖子的手，吓得我立即缩回了手，然后比刚才更冷的凉水兜头朝我泼了下来，"看来，你还没有认识到自己的错误。你以为把一切都推到学习小组成员的身上，我就没办法了吗？是谁给了你这个胆子？嗯？"

凌厉的话语激得我下意识地反驳了一句："我没有！"

"我说你有就是有！难道你敢质疑我的话？"

顶着姚姗姗几乎要吃人的目光，我的胸膛里突然生出了一股怒气。

凭什么！凭什么每次都是我的错！我只是想在艾利学院安安静静读几年书，我招谁惹谁了啊！

这一刻，被压抑了许久的情绪一下子爆发了出来，我扯着嗓子吼道："学姐，你要处罚我，要把我列入黑名单，总得有个原因吧。这种不分青红皂白的结论，我不服！"

"不服——不服——"

狭窄的楼梯间里似乎回荡着我的回声，身后喧闹的走廊也安静下来。我转过头去，发现刚才还像沸腾的开水一样激动的花痴女们纷纷露出一脸呆滞的模样，然后不知道是谁带的头，人群突然"哗啦"一下散开了，但是她们又不肯离去，一个个躲在墙角瞪着好奇的眼睛关注着这边的动静。

随着人群的散开，刚才还被包围的诺恩终于走了出来。我望过去时，正好对上他惊讶的目光，看样子他似乎想要说些什么。

哼！能说些什么？肯定是些落井下石的话！我真是倒了八辈子霉，才会遇见他！

不过，在诺恩开口之前姚姗姗再度开口了，不同于她刚才冰冷的声音，此时的她看过来的目光就像是看着一只微不足道的蝼蚁一般。

"我的话就是学生会的结论，你有任何异议都请保留，因为——"她微微挑起眉毛，眼中闪过厌恶的光芒，"你没资格质疑我的决定，更无权干涉我的行为，你能做的，就是给我老实点！"

真命无敌幸运星

说完,她像是一只高傲的孔雀般,甩给我一个骄傲的背影,留下目瞪口呆的众人离开了。

"好可怕!谁惹上姚姗姗就死定了!"

"这个白婕妮真是够倒霉的,不知怎的,总是撞到姚姗姗的枪口上!"

"唉!我要是她,真是恨不得去撞墙才好!"

……

听着背后响起的窃窃私语声,一股怨气从心底涌起,然后我鼻子一酸,狠狠地回头瞪了已经从人群中突围的诺恩一眼。他的脸上闪过一丝担心的神色,嘴巴张开好像要说些什么,但是——

如果不是他,我怎么会落到这种地步!我不要再看见他,不要再出现在大家面前,我要找个地方痛痛快快地哭一场!

"呜呜呜……哇哇哇……"

十分钟后,我一个人躲到教学楼顶的天台上放声大哭,惊得在天台上休憩的几只小鸟"扑棱棱"地扇着翅膀飞走了。

"呜呜呜……哇哇哇……"

我更加伤心了,连小鸟都嫌弃我,我活在这个世界上就是为了说明"倒霉"这两个字是怎么写的吗?

楼下应该已经开始上课了,但是我才不要管,我都已经迟到两次了,还在乎多旷一节课吗?总之我白婕妮现在就是要发泄!发泄!

"呜呜呜……哇哇哇……"

哭声越来越大,我一屁股坐到了地上,把头埋进臂弯里,想象着世界上其实只有我一个人。

没有爸爸妈妈,没有朋友,整个艾利学院只有我一个人,连下雨了都没有人来接我!艾利学院这个地方就是不适合我吧?

不知道哭了多久,总之我哭得嗓子都哑了还没停下来,只不过号啕大哭变成了小声呜咽。

哭也是很耗体力的，我觉得自己哭得都饿了。

我正犹豫着是不是要继续哭下去，旁边的水塔后面突然传来一个懒洋洋的声音："哭够了就下去吧，害我半天都没睡着。"

"啊？谁在那里？"正在抽噎的我一下子哽住了，然后等这口气呼出来的时候，因为惊讶，我竟然开始打嗝。

怎么会有人在这里？他什么时候来的？是不是我刚才痛哭的样子都被他看见了？

伴随着不间断的打嗝声，我一骨碌从地上爬了起来，甚至连身上的灰尘都顾不上拍，便用最快的速度走到了水塔另一边。

不行！我一定要看清楚这个人是谁，然后威胁他不准把今天的事情说出去，否则……

等到我终于看清水塔后面的情形时，所有威胁的话都说不出口了。

作为一个手无缚鸡之力的女孩子，谁会在见到一个身高超过180厘米的男生时还有威胁对方的勇气呢？

更何况，这个男生看起来还是这么的……嗯……怎么形容呢？

另类？

对，另类！

我从来没有想到，在艾利学院这种精英学校里，还会有这么另类的男孩子。他没有穿学校统一的制服，而是一身纯黑色的松松垮垮的机车服，身上还挂着……一、二、三……整整七条闪闪发光的银链子。而且他坐在那里，一双长腿随意地交叠着，整个人像没有骨头一样靠在身后的水塔上，给人一种放荡不羁的感觉。

"看够了吗？"一个戏谑的声音传进我的耳朵。

"没。"我下意识地回答，然后等到发现自己说了什么的时候，一张脸迅速涨红，说话也变得结结巴巴起来，"对……对不起，嗝……我不是……不是那个……嗝……意思！"

真命无敌幸运星

越着急我打嗝越严重，不用测量都知道我现在脸上的温度都可以摊鸡蛋了。

太丢脸了。

"哈？还挺有趣的！"让人没想到的是，他根本没有一点被冒犯的意思，甚至连姿势都没有改变，只是微微闭上了眼睛，"看完了就走吧，我还要继续睡觉。"

没有了那双亮得吓人的眼睛的注视，我终于觉得自己的呼吸顺畅了一些，打嗝也奇迹般地止住了，也有勇气打量男生的脸了。

不看不知道，一看之下，我才发现这个男生长得还挺帅的。

齐眉的黑色碎发随意地垂在额头上，一双透着玩世不恭神色的眼睛此刻微微闭着，浓密的睫毛和他的人一样带着一股慵懒的感觉，干净的皮肤毫无瑕疵，连毛孔都细致得可以忽略不计，轮廓饱满的嘴唇光泽红润，却带着说不清的倔强的弧度。

而最引人注目的是，他细碎的发丝下露出的左耳上，一颗绿色的钻石耳钉静静地躺在那里，一阵风吹过，耳钉在黑色发丝的映衬下闪烁着翡翠般的绿色光芒，然后又迅速被发丝盖住。

这个男生，真的是艾利学院的学生吗？

"我当然是艾利学院的学生，而且我还知道你，白婕妮同学！"

啊？直到再次听到那个戏谑的声音，我才意识到自己刚才竟然把心中的疑问说了出来。

真是太尴尬了，质疑别人，竟然被当事人听见了。我赶紧低下头道歉："对不起，我……"

"从我见到你到现在，你已经道过两次歉了，我有那么可怕吗？"男生摇了摇头，终于移动了一下身体。他睁开了亮晶晶的眼睛，但声音听起来还是充满了慵懒的气息："自我介绍一下，我是一年级四班的艾凯奇，很高兴认识你，被学生会盯上的白婕妮同学。"

"你……"听到他这样说，我的心里很不是滋味，嘴里也不由自主地嘟囔了出来，"被学生会盯上又不是我愿意的！"

"当然不是你愿意的！"这个自称艾凯奇的男生挑了挑一边的眉毛，然后拍了

第三章

拍旁边的空位,"来,反正我也睡不着了,这么好的天气,我们聊聊天啊,说说你有什么不开心的事,好让我开心一下啊!"

虽然他的话真的很不中听,但是不知道为什么,我竟然没有生气,反而真的在他的身旁坐了下来,然后竹筒倒豆子一样把这些天遇到的倒霉事都说了出来。

当然,关于诺恩可能是外星人的猜测,在没有确定之前,我是不会说出来的。

"你说,明明不是我的错,为什么学生会总是找我的麻烦呢?难道我看起来就那么好欺负吗?"

我气呼呼地做了最后的总结,然后眼巴巴地看着听得兴致盎然的艾凯奇,期待着他能说一些公道话。

不过,三十秒过去了,一分钟过去了……

直到分针在我的手表上整整转了两圈,那个看起来一直在认真听我说话的艾凯奇才张开了嘴巴,然后——

他打了一个大大的哈欠!

"好困啊!"他眨了眨水汪汪的眼睛,然后无所谓地拍了拍我的肩膀,"哎呀,你说的事情其实也没什么大不了的,看开点就好了!再说了,虽然规矩是他们制订的,但是你打破规矩不就好了?"

说完,他再也没看我一眼,自顾自地闭上眼睛,似乎很快就陷入了睡眠。

我……我……

我一口气没喘上来,差点晕过去。

我居然相信这个吊儿郎当的家伙会安慰人,看来我脑子真的有毛病了。

我摇了摇头,从艾凯奇的身边站了起来。

算了,反正我们也不熟,他能听我倾诉半天已经不错了,不过——

"那个……"我犹豫着重新蹲了下去,然后伸出手小心地晃了晃艾凯奇的胳膊。在他睁开眼睛疑惑地看过来时,我别扭又不安地缩回手摸了摸鼻子:"你能不能别把今天的事说出去啊?"

说完,我紧紧地盯着他,希望他能给我一个肯定的答案。

真命无敌幸运星

不管怎么样，刚才我的样子实在太丢脸了，如果被其他人知道，我一定没办法再在艾利学院待下去了。

"你想太多了。"艾凯奇无所谓地耸了耸肩，"我对学院里那些装腔作势的家伙可没好感，比起他们，倒是你更对我胃口。"

说完，他闭上眼睛又要睡觉。

"那个……谢……谢谢！"

我感激地对着他鞠了一躬。

等了半天他都没再说一个字，好像真的已经睡着了。

我轻轻地从他的身边走过，最后看了一眼他好像什么都不在乎的表情，突然觉得自己乱糟糟的心渐渐安定了下来。

虽然这个家伙看起来很另类，但其实心肠还蛮好的嘛！

离开天台的最后一秒，我抬起头看了看头顶的天空，深深地吸了一口气。

逃避和懦弱的时光结束了，属于我白婕妮的战场，我回来啦！

第四章

完全跑偏了的英雄星

真命无敌幸运星

1

中国古时候好像有位老祖宗曾经说过一句话……喀喀……这里请允许我借用一下,那句话叫什么来着?啊,对了——

"夫战,勇气也。一鼓作气,再而衰,三而竭……"

这句话的意思就是说,打仗的时候,敲第一遍鼓时勇气是最旺盛的,等到第二遍鼓时勇气就开始衰退了,等到第三遍鼓时……得!不用说了,勇气就跟气球被戳破了一样,瘪了!

抱歉,虽然我一直自诩是个德智体美劳全面发展的新时代好少女,但是这又不是教育节目,我提这个并不是为了证明自己有多么的学识渊博(不过如果你们一定要这样认为我也没意见,哈哈),而是为了指出一个非常令人悲伤的事实,那就是——

我就是那句古语里"三而竭"的瘪了的气球,那天从天台上离开时雄赳赳气昂昂准备和诺恩大战一场的气势,已经像是秋天里树上的落叶,风一吹,在空气中打着旋飞走了。

因为,诺恩那家伙已经整整三天没有出现了!

对于一个对研究外星人有着极大热情的人来说,还没确定身份的研究对象突然消失,这怎么也算不上一个好消息。

虽然,这个研究对象对我来说就是个麻烦综合体。

课间,我心不在焉地做着课间操,一双眼睛滴溜溜地朝高年级的队伍瞟。可惜的是,尽管我已经把眼睛瞪到了最大,但除了黑压压的一片人头,我什么也没看到。

叹了一口气,我继续回过头挥舞着四肢。真不知道学校怎么突然要求大家做课间操,这么好的天气,应该允许大家自由活动寻找外星人……啊,不,是自由活动熟悉校园、沟通感情才对嘛。

第四章

不对劲！真是太不对劲了！

我的感叹还没结束，上帝就伸出了他的黄金手，毫不犹豫地在我的额头上写了个"衰"字。

"白婕妮！"

完了！我的动作无奈地被定在了一个白鹤亮翅的造型上，眼睁睁地看着那个携带着强烈气势的身影像龙卷风一样刮到了我的面前。

"做操时间，你在东张西望什么？你还有没有一点纪律观念？知不知道纪律两个字该怎么写……"

噼里啪啦……

我眼睁睁地看着时刻都处在斗士状态的姚姗姗嘴皮子上下翻飞，那眼神恨不得直接把我人道毁灭，好像我做了什么十恶不赦的坏事一样。

我不知道"纪律"两个字该怎么写，但是我知道"倒霉"两个字该怎么写。我在心里弱弱地反驳道。

和诺恩突然凭空消失不同，这几天，我们的这位女王大人——姚姗姗同学，简直像是在我身上安装了定位仪似的，只要我敢做出一点点不合适的举动，比如说打扫卫生时不小心碰掉了一本书，走在路上无意间摔了一跤，课外活动时没注意踩死了一棵小草等等，只要一转头，马上就能看到姚女王甩着她的小皮鞭……啊，不，是打开"御用"小本子记录我的罪行。

如果不是有两次我是亲眼看着她从人群中走出来的，我简直都要怀疑这个人一夜之间也和诺恩一样具备了外星人才有的穿越空间能力了呢。

这种人才，窝在小小的艾利学院实在是太憋屈了，怎么也得是特工局之类的机构才配得上我们的姚女王嘛！

我不停地腹诽着。

等到终于听完了"姚特工"的训话，课间操也结束了，最后她扔下一句"再被我抓到一次，你就彻底完了"的威胁，才算是暂时放过了我。

不过，我一点也不开心。

我沮丧地跟着大部队朝教室走，旁边一个路过的短发女孩不知道是不是看我实

真命无敌幸运星

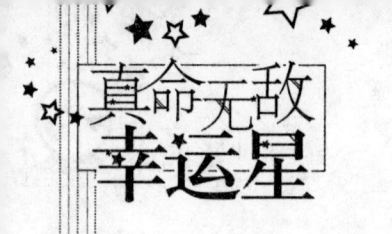

在太可怜的缘故,居然伸出了友爱之手拍了拍我的胳膊,然后一脸同情地安慰了我一句:"那个……白婕妮,你下次小心点,不要再被姚部长抓到了哦。"

说完,她还朝我眨了眨眼睛,瞬间让我感觉到了一股春天般的温暖。

可是,这股温暖还没从我的心里蔓延至全身,和这个女孩一起的卷发妹就赶紧把她拉开了,空气里还飘来一句不满的责怪:"哎呀,淼淼,你跟她说那么多干什么,难道你也想得罪姚学姐?"

"当然不是啦,我只是看她好可怜,再说她也不是故意的……"

她这句话没说完就被打断了,卷发妹恨铁不成钢地瞪了她一眼:"总之你听我的没错啦,以后离那个白婕妮远一点,万一被她连累到就不好了,你没见大家都躲着她走吗?"

"啊?哦,我知道了。"

……

交谈声渐渐远去,只留下我一个人站在秋风扫落叶般的严寒里,刚才那股温暖还没来得及扩散已经被冻住了。

再看看周围的同学,离我最近的也在三米之外。果然,我被大家孤立了。

真是恨不得时间倒回三个月前,即使是报考全市最差的学院,我也不要来艾利学院受这种折磨。

我磨磨蹭蹭地走到一年级的走廊,耳边却传来一个炸雷般的声音,那咆哮的音量震得我耳膜都在颤动。

"喂!你这个人到底有没有一点班级荣誉感?上课迟到,做操不穿校服,集体活动不听指挥……我们班已经因为你被扣掉了整整五分!你难道就不觉得羞愧吗?啊?"

我怀着复杂的心情转过身,想要看看究竟是哪个倒霉鬼和我一样在大庭广众之下被训斥,结果映入眼帘的却是一张满不在乎的脸,而且这张脸还是如此熟悉。

小麦色的脸庞如同上帝的杰作,每一个棱角仿佛都经过了精心的雕琢,只不过此时写满了不耐烦,一双斜飞入鬓的眉毛高高地挑起,琉璃般的黑眸充满慵懒之意,睫毛投下淡淡的阴影,唇角紧抿,透着一股不屑一顾的猖狂,给人的感觉就是

第四章

他根本没在听对方的话。

果然，有这种想法的可不止我一个人，刚才那个咆哮的男生脸涨得通红，气得嘴唇都哆嗦了起来："你……你到底有没有在听我讲话？"

旁边围观的人群里也有人看不过去帮腔道："喂！艾凯奇，班长跟你说话你为什么不回答？我们都快被你害死了！"

"就是啊！这个艾凯奇简直太不像话了，根本没有一点学生的样子，天天穿着机车服，他以为那样很了不起吗？"

"真是的！再这样下去，期中测评我们班一定会得倒数第一的，都怪他！"

"对！他应该向我们道歉，向全班同学道歉！"

……

潮水一般的指责声中，被指控的对象——那个和我在天台上有过一面之缘的艾凯奇无所谓地掀了掀眼皮，然后伸出手指掏了掏耳朵。

随着他的动作，那颗在发丝中若隐若现的绿色耳钉露了出来，在阳光下反射出魅惑的光芒。不过这次可没人欣赏，因为大家看到他目中无人的态度都更加气愤了，指责声一浪高过一浪。

"艾凯奇！"

班长咬牙切齿地念出艾凯奇的名字。他两眼喷火地冲过去一把揪住了艾凯奇的衣领，另一只手攥成了拳头，眼看着就要砸到艾凯奇的脸上。

周围的人都倒吸一口凉气，却没有一个人上去阻拦。艾凯奇自己倒看不出一点惊慌的样子，他无所谓的模样看起来更欠揍了。

一场暴力事件马上就要发生在眼前，就在这千钧一发的时刻，我不知哪根神经不对，突然高举着双手，好像投降一样边大叫边冲进了人群。

"喂！刀下——拳下留人啊！我道歉！我替他道歉！"

我张开双臂，一下子跳到了艾凯奇的身前把他护在身后，那个拳头在距离我的鼻尖只有0.01厘米的地方停住了。

所有人似乎都被这个变故惊呆了，就连刚才还愤怒到恨不得把艾凯奇揍到九霄云外的班长也露出了一副被雷劈了的表情，嘴唇颤抖地问道："你……你是谁？"

真命无敌 幸运星

"我是他的朋友,艾凯奇的朋友!"我挺起了胸膛,努力表现出一副大无畏的模样来。天知道面对一个足足高出我二十厘米的男生,其实我的双腿已经发软了。

"我替他向大家道歉,请大家再给他一次机会,大家都是同学,要互相友爱嘛,哈哈!"

我干笑了两声,觉得自己的脸都要扭曲了。

谁知道被保护的那个人却不领情,只听一个粗声粗气的声音从我的背后传过来:"你让开,白婕妮,不用你多管闲事!"

"闭嘴啦!"

我回过头狠狠瞪了艾凯奇一眼,然后转过头来又是一副讨好的表情。

"这位同学,你是艾凯奇的班长对吗?能不能请求你放过艾凯奇这次,我替他向你道歉,这次确实是他不对!"

"你……"背后那个幽灵般的声音再次响起。

这次我毫不客气地抬起脚后退了一步,然后再重重地踩下去,终于让他成功闭嘴了。

那位足足高了我一个头的班长非常不情愿地收回了自己揪着艾凯奇衣领的手,然后在我真诚的目光下点了点头:"好吧!这次就算了,下次……"

"没有下次!没有下次!"为了防止他说出更多的话引得身后那个"火药桶"爆炸,我赶紧做出一副感激的模样,抓着艾凯奇的胳膊后退了两步,"谢谢,谢谢啊!那我们就先走了哦!"

终于从人群中成功逃离,我浑身都冒出了一层冷汗,刚才真是太险了!

"咦?我想起来了,那个女生不是最近总被学生会盯着的白婕妮吗?艾凯奇那家伙怎么会和她认识?"

"谁知道呢!不过看起来她也不像是艾凯奇那种人啊,怎么会老是撞到学生会的枪口上?"

"嘿!还不是因为白婕妮入校的第一天就和诺恩扯上了关系。姚姗姗和学习小组那点事,谁不知道呢……"

"……"

第四章

后面的话随着距离的拉开完全听不清了,但尽管只是短短几句话,已经让我打了一个寒战。

姚姗姗、诺恩、学习小组……

这几个词像是长满了尖刺一样在我的心头翻滚,刚刚成功救人的喜悦转瞬间就被浓浓的疑惑代替。

"姚姗姗针对我,难道和学习小组有什么关系?"

我喃喃地开口,真是怎么也想不明白。

"当然有!你以为谁都和你一样以为自己是单纯的倒霉啊?"

我转过头,发现不知什么时候,艾凯奇已经停下了脚步,整个人像没骨头似的靠在身后的一棵大树上,双手枕在脑后,摆出一副仰头望天的姿势,不知道在想些什么。

如果不是周围根本没有其他人,我都怀疑刚才那句话不是眼前这家伙说出来的。

好歹我刚才也救了他一次,要不是我,他说不定已经被揍得鼻青脸肿了呢,这个家伙难道连个谢字都不会说吗?

"你知道怎么回事对不对?告诉我啦,难道是……"我被脑海中突然闪过的念头惊到了,连声音都变了调,"难道姚姗姗暗恋诺恩,而诺恩拒绝了她,所以她因爱生恨,才看我不顺眼?这也太……"

此时此刻,我的脑海中足足有不下十部苦情夺爱电视剧的情节一一飞过,最后定格成一个大写的"囧"字。

拜托!如果是这样,那我也太冤枉了吧?我明明就和诺恩那个家伙一点关系都没有,我更是对他半点兴趣也没有,我……

好吧,后半句不是真心话,因为我的确对他是有兴趣的,只不过和大家以为的"兴趣"完全不同啊!

"啪——"

一个栗暴落在我的额头上,我捂着额头抬起头,愤怒地质问那个来不及缩回手的家伙:"喂!你做什么啊?"

"怎么了？"艾凯奇用那种看傻子一样的目光看了我一眼，然后抬起头用鼻孔对着我发出一声嗤笑，"喊！你以为谁都和学校的花痴们一样迷恋学习小组那帮家伙啊？那几个人除了脸和身材还能看之外，哪里有值得人追捧的地方？"

咦？听起来他似乎对学习小组很不屑啊？

我赶紧竖起了耳朵，等待他的下文。

果然，接下来，艾凯奇就像是打开了话匣子一样滔滔不绝地说起来。绿色的耳钉随着他说话的动作不停地从发丝里露出来，看样子它的主人情绪非常激动呢。

"那个姚姗姗，自以为是纪律的维护者，对所有破坏既定规则的人都毫不客气，但是因为学习小组那帮家伙住在流光城堡里，除了花痴们的追捧之外，还有学校校长给他们的特权和优待，姚姗姗根本就没法对他们下手，所以才对一切和他们扯上关系的人都抱着敌对态度。说起来你也真是够倒霉了，开学第一天就和诺恩闹出了绯闻，她当然处处看你不顺眼了！"

"什么绯闻，那是意外！意外懂不懂？还有那个诺恩，根本就是一个色……嗯……根本就是一个坏蛋，谁愿意和他扯在一起啊！"

知道了自己被处处针对的原因，我真是气不打一处来，哪有这样不分青红皂白就给人定罪的？我也太冤枉了吧？

"现在你能做的，只有远离和学习小组有关的一切，那样说不定姚姗姗还会放过你。"

留下这样一句话，艾凯奇直起身体，挥了挥衣袖，不带走一片云彩地从我的眼前离开了。

只不过，在马上就要消失在我视线中时，他居然又回过头朝我摆了摆手："喂！虽然你今天真的是在多管闲事，不过，还是谢啦！"

真是个别扭的家伙。

2

在平静的学院生活和对梦想的执着追求之间选一个，你会选哪个？

斩钉截铁地说选梦想？

第四章

　　抱歉，我选前一个哦！

　　是的，我决定暂时放弃追究诺恩真实身份的计划，专心做一块布景板……哦，不，是乖乖女，目标只有一个，那就是让姚姗姗把目光赶紧从我的身上移开！

　　每天都被当作活动靶子的感觉，真是糟透了！

　　不过，在做出这个决定的时候，我忘记了中国还有句古话叫作天不遂人愿！

　　世界上的事情就是这么奇怪，在我刚刚对诺恩的真实身份产生怀疑，迫切需要一个机会确认自己的猜测时，那家伙却像是蒸发了一样，消失得无影无踪。

　　而当我下定了决心，准备实施"远离诺恩，远离学习小组"的计划时，老天爷又跟我开了一个大大的玩笑。

　　在度过了一个没有诺恩也没有姚姗姗的愉快的周末后，周一一大早，我背着自己最喜欢的印满蓝色星星的书包，戴好形影不离的幸运星，一边啃着亲手做的美味面包，一边哼着不知名的歌曲，蹦蹦跳跳地走出了家门。

　　今天的天气可真好啊！碧蓝的天空澄澈得好像一望无际的大海，灿烂的阳光如同海面上的波澜，在空气中投射出美丽的弧度，路旁小楼上不知谁家种的菊花开了，一团团如同朝霞一样，让人一眼望过去就心情大好。

　　我迈着轻快的步伐走在路上，暖暖的阳光照在我的头顶，连空气中都似乎弥漫着好心情的气息。

　　已经过了整整一周，身边走过的同学似乎对我也没么关注了，大家一起开心地聊着周末的经历，时不时发出一阵阵愉悦的笑声，我的嘴角也跟着弯了起来。

　　一切都在朝我希望的方向发展，直到——

　　"喂！诺恩，你还愣在这里干什么？没看见婕妮学妹已经走过来了吗？你给我快点！"

　　突然，从我右手边不远处的灌木丛后面传来一个刻意压低了的声音，然后一阵窸窸窣窣的响动之后，又一个不太情愿的声音飘了过来。

　　"我觉得……嗯……还是不要了吧？上次回去后你不是说她被学生会的那个女生气哭了吗？万一这次再哭怎么办？女生哭起来好麻烦的！"

　　"咦？你这话的意思是说，不打算再找白婕妮的麻烦了？"

"不是啊!我只不过没想到更好的办法而已,我……"

"好啦好啦!啰唆死了!我才不要白白陪你在这里蹲半天,曼罗还等着我吃早餐呢,你给我出去吧!"

"哗啦"一声——

一个狼狈的身影从灌木丛后扑了出来,而伴随着他好不容易才站稳的身体,已经被惊呆的众人还能够清晰地看到一只脚从他的屁股后面缩了回去。

这一刻,我真是后悔啊!刚才我为什么没有趁着大家津津有味地偷听他们对话的时候跑掉呢?为什么要站在这里像猴子一样被大家围观呢?我现在再跑还来得及吗?

当然来不及了!

因为下一刻,被人踹出来的诺恩已经抬起了头,然后两道直勾勾的视线瞬间定格在了我的脸上。

"扑通,扑通……"

我听到了周围一大片绝对比擂鼓要响得多的心跳声,甚至,也包括我自己的。

而且那群花痴居然没有尖叫,反而都倒抽一口凉气,纷纷摆出双手捧胸的姿势,无数双眼睛里已经冒出了桃心。

这一刻,我真的不得不承认,诺恩这家伙虽然从性格上来说有点疑似变态,但是单单看脸的话,还真是——

帅啊!

不同于当下最流行的阳光美少年,诺恩的身上似乎总是带着一种神秘和冰冷的气息,形成一种另类的美感。也许是还没来得及换上校服,今天的诺恩穿着一件银色的长款风衣,风衣上同色的金属扣在阳光下反射出耀眼的光芒,为他整个人增添了一些温度。但即使是这样,他的脸色也依然是不同于其他人的苍白,仿佛一件易碎的瓷器。而当他那双深邃的蓝色眼眸望过来时,所有人似乎都能听到大海的叹息,好像只要他站在那里,就是一幅美得惊心动魄的名画——当然,如果这幅名画的头顶没有顶着两片可笑的叶子的话。

不过,那两片叶子怎么移动起来了?甚至只是一眨眼的工夫,它们就飘到了我的面前。

"喂！这是给你的！"

突然响起的声音瞬间打破了现场的宁静，在一种不知名情绪的驱使下，我鬼使神差般伸出手，一脸迷茫地接过了一个长方体形状的东西……我低头一看，居然是饭盒。

这次竟然不是宝石？

我有点诧异地盯着这个除了白色之外没有任何装饰的简单饭盒，然后在诺恩的注视下非常无奈地打开，然后，一股浓郁的红烧肉香气扑面而来，瞬间让我的口水泛滥成灾。

只见面前的饭盒里整整齐齐地摆放着十几块色泽诱人的红烧肉，从那鲜亮的色泽和浓郁的香气来看，明显刚出锅不久。闻味道，应该是学校餐厅大厨每周只做一次的杰作，每次端出来都是不到五分钟的时间就被抢光了，害我只吃到过一次，一直念念不忘到现在。

毫不夸张地说，我甚至听到了身后的人群中不断响起的吞口水的声音。

不过，他为什么给我这个？不会又有什么倒霉事跟着来吧？

脑海中瞬间警铃大作，我抬起头紧张地环视四周，果然看见了无数羡慕嫉妒的目光。我敢肯定，如果我接受了这份红烧肉并且吃下了它们，绝对不超过半天，我就会再次变成全校女生甚至包括男生的公敌！

因为，花痴虽然分性别，对红烧肉的喜爱却是不分性别的啊！

所以，下一刻，我就忍痛把它递了回去："我不要！还给你！"

天知道诺恩这家伙怎么每次都送稀奇古怪的东西，如果这就是他所谓的找我麻烦报复我的话，也实在太可笑了吧？

不是送我亮晶晶的宝石，就是送我香喷喷的红烧肉，除了那盆讨厌的大王花是个意外，似乎每次他出现都没带给我什么实质性的伤害。

不过，这次可不一样，众目睽睽之下，我可绝对不能因为自己不停分泌的口水而败给一份红烧肉！

"不要？"

087

真命无敌幸运星

一声几乎变了调的质问从一个帅哥嘴里吐出来,却并没有让它变得好听一点,相反,甚至还和他的帅脸形成了极大的反差,就好像是一个明明可以当偶像演员的人突然之间跑去当谐星了一样。

而且不管怎么看,我似乎都能从他瞬间亮起来的眼睛里看出一种名叫"兴奋"的情绪来,这股兴奋来得简直莫名其妙,让我瞬间起了一身鸡皮疙瘩。

明明我都拒绝了,为什么这家伙看起来却很高兴?

我赶紧把求救的目光投向身后的人民大众,却悲哀地发现那群只看脸的女生竟然丝毫没有发现不对劲,一个个两眼瞪得跟灯泡一样,甚至有人支着下巴摆出了一副看戏的姿势。

"你为什么不要呢?这个不好吃吗?你不喜欢吗?"一连串问题从他嘴里吐出来。

可惜我已经无暇分析他语气里的兴奋是怎么回事了,本着决不能让他得意的念头,我下意识地做出了和我真实想法截然相反的回答。

"对,不好吃!你赶紧拿走吧!"

"真的吗?哈哈!原来你讨厌红烧肉啊!哈哈哈!"

下一刻,如同阴沉了很久的天空突然放晴,又仿佛经历了寒冬之后春回大地,诺恩的脸上绽放出无与伦比的灿烂笑容,甚至让时间都产生了一秒钟的停滞。

我回过神的时候,听到了身后近乎疯狂的尖叫声。

"啊啊啊!我看到诺恩学长笑了呢!真是好美!"

"天啊!我不是在做梦吧?这还是我在艾利学院整整两年第一次见到诺恩学长笑呢!"

"怎么办?我有一种想要溺毙在他笑容里的冲动,你们都不要拉我!"

"我也是!我也是!真的好羡慕白婕妮啊!如果诺恩学长能对我笑一次,我真是死了都甘愿!"

"嗯嗯嗯!这一刻我突然不讨厌白婕妮了,只要是能让诺恩学长露出笑容的人,就是艾利学院的功臣啊!"

……

第四章

而她们嘴里说的功臣——我，此时此刻已经完全感觉不到自己的存在了。

那个引发了轰动的人到现在还不明就里，居然捧着那盒红烧肉围着我转起了圈，一边转还一边得意地大笑。

"哈哈！终于找到让你讨厌的东西了！怎么样？是不是觉得很不舒服？你的脸这么红，一定是太难受了吧？哈哈哈！"

没错！我真的很不舒服，很难受！但是和那盒红烧肉根本没有任何关系，一切的原因都在于——

喂！诺恩，把你那会让人心跳加速的脸挪开一点啊！我的心已经快跳出胸腔了！而且我身体里血液的流动速度即将突破极限，鼻子里痒痒的，似乎有什么蠢蠢欲动，想要流出来……

简直要人命了！

我一只手捂住鼻子，另一只手紧紧按住胸口，眼睛想闭又舍不得闭，耳朵里嗡嗡响，整个世界在我眼里都只剩下了那双盛满了笑意的蓝眼睛，好像一个旋涡一般，把我所有的理智都吸了进去。

这一刻，我突然有些理解周围的花痴们了，被他这样专注地看着，会产生一种全世界他只关注你的错觉。

好想他的眼睛里一直都只有我一个人……

身后似乎有越来越多的人聚集了过来，四面八方好像都是尖叫声，我根本不知道自己是怎么从人群中突围，又是怎么回到教室的，只知道当我彻底清醒过来的时候，自己竟然再次光荣地迟到了。

唯一值得欣慰的是，我并不是唯一一个迟到的人，这个看我后面跟着的一大群还沉浸在迷醉的情绪里不能自拔的女生就能知道了。

而且，据说这天早上，学院里超过一半的班级上课到达率不足50%，缺课的大部分还都是女生。

又据说，平时足足可以容纳四辆汽车并排行驶的学校主干道上，竟然出现了建校以来第一次堵塞，导致校方以为出了什么大事，紧急调动保卫人员前来疏通。

再据说……

真命无敌幸运星

总之,这个普通的早上,已经在所有人的嘴里变成了一个传说,特别是那些近距离看到过诺恩笑容的女生,走在路上腰都挺得特别直,每当有人跑过来询问她们当时的情形时,她们都露出一脸梦幻般的笑容,浑身上下都散发着甜蜜的气息,好像让诺恩露出笑容的是她们一样。

咦?我为什么用了这种酸酸的语气?

下课后,我一个人坐在窗边,听到旁边几个女生正在用超级夸张的语言形容着诺恩难得一见的笑容,在叙述的过程中,她们重点描述了自己当时是多么的幸福,多么的震撼,那语气里的优越感让倾听的人都露出了羡慕的目光。

但是从始至终,没有人提起我,整件事情中,没有我的存在,更没有那盒最后不知道去向何方的红烧肉,从头到尾似乎都只有诺恩一个人。

哦,不对,还有一群花痴。

算了,被遗忘了也好,早上来的时候我不就期待着自己的学院生活能从此平静吗?那就先从被忽视、被遗忘开始吧。

我在心里酸溜溜地安慰自己。

天知道这种奇怪的情绪是从哪里来的。

不过,还没等我搞明白自己心情的变化究竟是怎么回事,老天就对我露出了阴险的笑容,冥冥之中和我形影不离的霉运之神似乎在说:"被遗忘?怎么可能!"

于是,这天放学后,我又遇到了一个最不想看见的人。

"白婕妮同学,鉴于你今天早上的不适当行为引发的严重后果,我以学生会纪律部的名义正式通知你,你必须接受处罚!处罚的内容就是——一个人打扫干净学院的医学实验室!"

"轰隆"一声,晴朗无云的天空突然传来一阵响雷,震得我欲哭无泪。

为什么?为什么?为什么当我已经接受了自己被遗忘的事实,现在姚姗姗却要跑来告诉我,即使所有人都忘了,还有她记得!

求遗忘啊!姚部长!姚特工!姚学姐!拜托你和你的小本子都迅速忘掉我这个人吧!

第四章

3

"该死的诺恩!都怪你!没事笑什么笑啊?结果你一笑可好,快把我害死了,呜呜呜!"

我一只手拿着抹布,另外一只手抓着拖把,站在医学实验室的门口已经整整十分钟了。

对,你没看错,在我舍弃了尊严撒娇卖萌求饶未果后,我还是被铁面无私的姚姗姗女王拎到了这里。

"限你一个小时内打扫干净,到时我会来检查,如果有一点不合格,你就留在这里打扫一夜吧!"

在打开了实验室门上的大锁,并且把我野蛮地推进去之后,满面寒霜的姚姗姗好像宣判我死刑的阎罗王一样站在那里,嘴角含着一抹残酷的笑意,然后趁我被房间里的情景震惊得完全说不出话的间隙,把罪恶的双手一伸——

房间里的光线突然一暗,身后响起了门被关上的声音。我颤抖着转过身,还没来得及喊出声,就听到了"咔嚓"一声脆响,门已经从外面被锁上了。

"不是吧?姚学姐,不要留我一个人在这里啊!"

我拼命地去拉扯面前的那扇门,它却纹丝不动,外面响起了姚姗姗冰冷的声音——

"你就老老实实地在里面打扫吧!时间到了我会来给你开门的!记得扫干净一点!"

说完,脚步声逐渐远去,留下我一个人还在门里面发出绝望的呐喊:"喂!给我开门啊!不要这样!这里好恐怖啊!谁来救救我?呜呜呜!"

回答我的只有一片安静。

终于喊累了,我才发现时间只剩下五十分钟了,可是我站在这里,连一步都不敢挪动。别说不敢挪动了,就连多看里面一眼我都吓得半死。

知道什么叫医学实验室吗?转头看看墙角那一排惨白的骷髅,那黑洞洞的双眼看起来像不像在微笑?再看看另外一边架子上摆放的各种干枯的动物标本,有不到

真命无敌幸运星

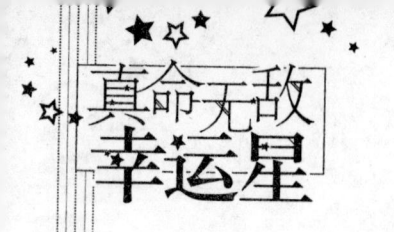

巴掌大的小白鼠，有支棱着两只耳朵的灰色兔子，还有色彩斑斓的蝴蝶，虽然它们活着的时候或许很可爱，可是等到它们变成一个个标本的时候，那感觉，真的好阴森啊！

更何况现在是太阳即将落山的时候，窗外橘红色的夕阳透过对面小小的窗户照进来，给房间里的一切镀上了一层红光，远远看过去，真的好像血一样。

直到此时，我才悲哀地发现，这个房间里目前的活物，确切地说有生命的个体，除了我之外，只有窗台上养着的一盆吊兰，但是吊兰又不会说话，更不会帮我打扫，我还是只有一个人。

怎么办？我觉得自己马上就要崩溃了，完全不知道该怎么熬过这一个小时。而且听姚姗姗的意思，如果我在这一个小时内不打扫干净的话，她还会罚我在这里打扫一整夜。

联想一下伸手不见五指的深夜里，一个花季少女被囚禁在一间摆满了骷髅架、动物标本和被福尔马林泡着的各种内脏的阴森实验室里，一边发出幽幽的哭声，一边把抹布伸向……

呜呜！还不如直接杀了我算了。

谁来救救我呀！

可是这么阴森的地方根本就不会有人过来，我把耳朵贴在门上，整整十分钟都没听见外面有任何声音。

看来，真的只能靠自己了。

我用了自己人生中最大的勇气，转过身朝里面跨了一小步。

真的是一小步，因为最多只有五厘米，但即使是这样，我觉得自己离那些恐怖的骷髅架又近了好多，那些黑黢黢的洞口好像要把我吸进去了。

有没有人来救救我？我到底做错了什么，要跟这些恐怖的标本待在一起？为什么我就不能安安静静地过我的学校生活呢？

一想到有可能要在这里待一夜，我一直被压抑着的害怕和恐惧终于爆发："啊啊啊！"

我直接把手里的抹布和拖把一扔，握紧了幸运星，放声尖叫了起来。

第四章

"别叫了！吵死了！"

突然，这个除了我的尖叫声外几乎死寂的空间里传来了第二个活人的声音，尽管带着不耐烦却让我觉得很温暖。

尖叫戛然而止，我泪眼迷蒙地抬起头，一个高大的身影携带着落日的余晖，从窗前向我走来。

虽然他脸上的表情极其不耐烦，但是在看到他的一瞬间，我简直连想都没想，直接从地上站起来冲过去抱住了他。

"呜呜！诺恩你这个坏家伙！都怪你！要不是你，我怎么会被罚打扫实验室？这里这么可怕，我晚上一定会做噩梦的，呜呜呜……"

我语无伦次地一边骂一边诉苦，他的身体无比僵硬，但是我根本管不了那么多，至少这个身体是热的，管他是外星人还是地球人呢，只要是活的就好，不要让我自己一个人待着就好。

这一刻，我真的无比感激诺恩，我不想知道他为什么会突然出现在这里，哪怕又是为了来捉弄我、报复我也没关系，以前所有的过节我都可以不计较了，只要他在，一切都好！

足足哭了好几分钟，直到紧贴着我脸的诺恩的衣服由温热变得冰凉，我才发现自己已经流不出眼泪了。

奇怪的是，尽管身体一直僵硬得不得了，但是诺恩始终没有推开我。

理智终于从九霄云外回到了我的身体里，我不好意思地松开了双手，眼睛偷偷地朝上瞟了瞟。

实验室里没有开灯，一切都朦朦胧胧的，不知道是不是错觉，我觉得诺恩的脸红红的，甚至连脖子都是红彤彤的一片。

一定是夕阳照的吧？我觉得自己找到了理由，便低下了头，用非常小的声音说了两个字："谢谢！"

谢谢你能来，不管出于什么原因。

"咯咯……"他似乎被口水呛了一下，一阵惊天动地的猛咳后，目光在房间里不断游移，却根本连看都不看我一眼，说话也粗声粗气的，"不是说学生会罚你打

真命无敌幸运星

扫实验室吗？要从哪里开始？"

"啊？"我一下子惊呆了，难以置信地问道，"你怎么知道？"

"我……"他的目光突然停滞了一下，然后朝身后的窗户瞟了一眼，接着回过头来结结巴巴地回答，"那个……是向前前啦！她放学后从这里经过，听到你在这里哭，所以……所以打电话给天一凤，我……我正好在，天一凤就派我过来……帮忙。"

短短一段话被他分成了好多句才说完整，明明是毫不在意的语气，可是那一脸别扭的样子看起来还挺可爱的，我忍不住"扑哧"一声笑了。

谁知这一下可惹到了他，他把眼睛一瞪，说："喂！到底要不要打扫呀？"

"要！要！要！"

我赶紧点头，跑过去把抹布和拖把捡起来，还没想好递给他哪个，他一下子就都抢过去了，而且态度特别不好地冲我吼了一句："你别添乱，一边待着去！"

"啊？哦！"

我也不知道自己为什么那么听话，居然点点头真的跑到窗边待着去了。

真的好奇怪，明明几分钟前这个阴暗的实验室在我的眼里还像龙潭虎穴一样可怕，可是几分钟后，就因为这里多了一个人，还是一个和我极其合不来的人，一切都变得似乎没那么恐怖了。

我看着诺恩走过去打开了实验室的灯，然后把袖子一挽，拿着抹布就忙碌了起来。

实验室里安静得只有我们两个人的呼吸声，还有在擦东西的过程中偶尔响起的碰撞声。

头顶明亮的白炽灯下，诺恩的身上已经不再是早上那身银白色的装束，他规规矩矩地穿着艾利学院统一的制服，藏蓝色的制服让他的身材显得更加挺拔，雪白的衬衣解开了两颗扣子，随着他的动作，精致漂亮的锁骨时不时露出来。他眉眼低垂，红润的嘴唇微微张着，隐隐地似乎有汗水从饱满的额头渗出，渐渐打湿了额前细碎的头发。

"那个……"我忍不住开口，"要不我来帮忙吧！"

第四章

"别添乱！一边待着去！"

他忙里偷闲扫过来一眼，手下的动作更快了。

虽然被他凶了一句，但是不知道为什么，我的心底反而淌过一股暖流。这应该是我来到艾利学院后第一次与他和平共处，以往每次遇到，不是争吵，就是他塞过来一大堆莫名其妙的东西。今天早上，如果不是他跑过来塞给我一盒红烧肉，又不知道哪根筋搭错了围着我一边转一边笑，我怎么会被姚姗姗抓到……

我不是怪他啦，虽然一开始特别恨他没错，但是从他刚才出现在这里开始，之前那些不愉快似乎已经离我很远很远了。

更奇怪的是，不知道是不是他的出现给了我力量，我竟然从他不好的口气里听出了一丝丝关心。因为不管什么原因，他在我最害怕最需要的时候出现，就是我的英雄。更何况，他并没有带给我什么实质性的伤害，只是因为他而让我间接受到了影响，他的本性其实也并不坏吧？

不知道是不是看一个人顺眼了，便看他所有的行为都顺眼了，我居然下意识地在给他找理由，还从他之前的行为中寻找善意，比如，他早上引发艾利学院震动的那个微笑。

"那个……"我再次开口，"你今天早上为什么要笑啊？"

但没想到的是，听到我这个问题，他居然特别意外地看了我一眼，那眼神好像在说我脑子不正常似的。

"我哪有笑？"他看起来一副特别无辜的模样。

"喂！不要以为你长得帅就可以说谎哦！"我一下子急了，两三步冲到他的面前，盯着他那张曾经让我血压飚升的俊脸，噼里啪啦地反驳道，"全校女生都可以做证，你明明就笑了，而且还让那么多花痴围着你看，害得学校的路都堵塞了，要不然我才不会被姚姗姗惩罚来这里打扫卫生呢！"

一口气说完，我叉着腰，不满地看着他，看他还怎么否认。

他没有再否认，而是露出了一副认真思考的样子。整整一分钟后，他皱得紧紧的眉毛才一下子舒展开，恍然大悟地点了点头："嗯……你说那个呀！我是笑了啊，你不是不喜欢那盒红烧肉嘛！"

真命无敌幸运星

不喜欢那盒红烧肉？

我一头雾水，愣住了，我喜不喜欢红烧肉和他笑不笑有什么关系？为什么我根本听不懂他的话呢？

我还想继续询问，他却突然推了我一把："你走开点，快要碰到这具骷髅了！"

啊？我条件反射般转过头去，正好和被高高摆放在台子上的骷髅来了个近距离对视。

"不要！"我发出一声惊呼，捂着胸口向后退了一大步，这才发现自己刚才因为太过激动，居然跟着诺恩走到了骷髅旁边。

好可怕！

我赶紧退回窗边，还在细致地擦着骷髅的诺恩发出一声低不可闻的嗤笑，我的脸一红，刚想反驳回去，但是话到嘴边又咽了下去。

算了，看在他帮忙的分儿上，不和他一般见识，哼！

过了一会儿，我到底还是没忍住心底的疑问，忍不住又问道："你干吗以前老是送我宝石啊？那些东西不是很珍贵吗？你从哪里弄来的？"

"珍贵？"

我应该庆幸吗？终于有一个问题引得诺恩抬起头来回答了，虽然他脸上的表情看起来十分不解，一双仿佛能看透人心的眼睛瞪得大大的，头微微地歪向一边，手里的动作也停止了。

"那种遍地都是的垃圾，只有最低等的种族才会拿它们换取一点生活用品。你不会觉得它们很珍贵吧？"

咦！他那种好像看到了什么不可思议的事的表情是怎么回事？为什么隐隐还有点担心的样子？难道我觉得宝石很珍贵不正常吗？

不知道是不是我的错觉，我总觉得，如果我顺着他的话回答说宝石很漂亮、很珍贵，对他来说就是一个巨大的打击。

这种神奇的预感究竟是怎么回事？

我的嘴巴张了又张，特别想说一些违心的话，就像今天早上我说红烧肉不好

第四章

吃、很讨厌的时候一样，说不定还能看到那几乎能照亮整个世界的笑容。

一回忆起那个笑容，我的心脏就再次不争气地剧烈跳动起来，一股热气从胸腔蔓延到了脖子上，然后是脸，最后连耳朵都开始发烫了。

天啊！好热！

我赶紧掩饰地抬起手扇了扇风，别过脸看了看窗外，嘴里还语无伦次地嘀咕着："哎呀！不知不觉天竟然快黑了呢，看来要加快速度了，对，要加快速度！姚姗姗说不定快来了呢！"

提到姚姗姗的名字，我赶紧抬起手腕看了看手表。

天啊！不知不觉间，距离姚姗姗定的一个小时只剩下八分钟了。

我再也没有心情和诺恩聊天，甚至也忘记了害怕，赶紧跑过去拿起拖把拖起了地。怎么办怎么办，标本还没有擦完，地面也还没有打扫干净，姚姗姗女王不会真的让我在这儿待一晚上吧？

就在我的心思全都飞走的时候，耳边却传来调侃的声音："你怎么这么怕姚姗姗啊？"

我不想说话了，诺恩倒是有了聊天的兴致，他似乎觉得我像个陀螺一样在实验室里乱转的样子很有趣，竟然一边擦桌子，一边好奇地问道。

"哼！你要是三天两头被人找碴，你也会很郁闷吧？"我抬起头翻了个白眼，提起这个就一肚子委屈，"你都不知道最近她天天找碴的理由多么奇特。"

一时间，整个实验室里响起了我控诉的声音："什么做操动作慢啦，中午在学校里乱晃啦，走路摔跤啦，在餐厅里端着盘子撞到别人啦，甚至有一次，竟然说我校服穿得不整齐，违反学校纪律佩戴首饰。天啊！这是什么怪理由？我哪有佩戴什么首饰？不就戴了一颗幸运星吗？而且还塞到了衣服里，又没像其他女生那样……嗯……"

一个还抓着抹布的大手突然捂住了我的嘴巴。一股极具摧毁力的刺激性气味直冲我的鼻子，我差点被熏晕了过去。

而之所以没有晕过去，是因为旁边有一个人在气急败坏地大吼："闭嘴！"

啊？发生了什么事？

真命无敌幸运星

我已经被熏得完全没办法思考了，怎么也不明白刚才还在好好聊天的诺恩为什么一下子抽风了。而且他看起来好生气啊，一双眼睛亮晶晶的，鼻孔里还在"呼呼"地喘着粗气，看样子恨不得直接把我吞到肚子里去！

我到底哪里惹到他了啊？

"放开我！"我松开拖把拼命去掰他的手。

求求你先把抹布拿开啊，那个刚擦过骷髅呀！

我觉得自己已经快吐出来了。可是他明显没有听到我的心声，堵着我嘴巴的手甚至一紧，那块脏兮兮的抹布都要塞进我的嘴巴里去了。

诺恩你这个大坏蛋！你是故意的吧！

就在这时，门外有了动静。

我赶紧停止挣扎，竖起耳朵一听，果然有脚步声，并且越来越近了。

天啊！姚姗姗来了！

瞬间，我身上的汗毛都竖起来了，因为我突然想到一个非常、极其、超级严重的问题——

实验室的门是锁着的，而且实验室在四楼，请问我该怎么解释旁边捂着我嘴的那个家伙是从哪里来的啊？

难道我要说："你好！姚部长，诺恩他其实可能不是地球人，疑似是从外星来的……"

拜托！如果这样说的话，我敢肯定，明天我就不会出现在艾利学院了，姚姗姗一定会像踢皮球一样把我直接踢出艾利学院的！

而旁边的诺恩也听到了外面的声音，他终于把捂着我嘴巴的手拿了下来，然后两只眼睛瞪得大大的，一脸不知所措的模样。

我赶紧用眼神示意他，你是个外星人啊！赶紧用你的任意门技能逃跑啊，在我面前就不要掩饰了！

但是，他依然站在那里不动。

我快要疯了，一颗心像是被架在火上烤一样，额头上的痘痘都要冒出来了，又不敢大声提醒他，只好压低了嗓音问他："你的任意门呢？"

第四章

"现在不能用了！"他沮丧地低下头，顺便还瞪了我一眼。

喂！你瞪这一眼是什么意思？又不是我让你的任意门消失的。再说这么重要的技能怎么能在关键时刻掉链子呢？你到底还是不是外星人啊？

就在我们大眼瞪小眼时，外面的脚步声已经近在咫尺。

我仿佛已经看到了姚姗姗得意的嘴脸，甚至预见了自己像流星一样被踢远。

我好不容易才考上艾利学院，就要这么灰溜溜地离开了吗？

不要啊！

残酷的现实终于激发了我的灵感，我的目光在扫过角落里两张摆放着各种各样器皿的桌子时突然一亮。

有啦！

我一把拽过诺恩，拖着一米八几的他朝角落里走去："快点！你蹲到下面去！"

"才不要！我……"他梗着脖子试图反抗。

我跳起来，一把按住他的肩膀，用力地把他按得稍微矮了一点点："不想明天一起被指指点点的话，你就躲到下面去！"

"可是我……"

"没有可是！"

在经过一番激烈的眼神斗争之后，最终诺恩被我有生以来最恐怖的气势吓倒，不甘不愿地蹲下了，只是那望着我的眼神好像一只被残忍对待的萨摩耶犬，让我的心不由自主地一软。

不要心软！白婕妮，你没听到外面已经响起哗啦啦的钥匙碰撞声了吗？

见鬼！这个家伙吃什么长大的，怎么长得这么高啊？

眼看着诺恩蹲下后还比桌子高出了一个头，我不得不使出吃奶的力气死死摁低他的头，不停地把他往里面推。

"喂！别推了！我的头卡住了！"

桌子下面响起诺恩痛苦的低号。

不过我已经顾不上了，手脚并用地使出了全力。

真命无敌幸运星

呼！终于推进去了！

我拍了拍手站起来，努力晃了晃脑袋。

耳边怎么有类似什么东西折断的"咔嚓"声呢？一定是我听错了吧？

我把脑袋里的疑问甩出去，再挤出一个扭曲的笑脸，接着挥舞着拖把迎向了门边的身影。

"嗨！姚学姐！我打扫完了哦！"

第五章

爱闹别扭的傲慢星

真命无敌幸运星

1

当夜色的最后一层轻纱消失在晨光里，米花市新的一天到来了。

对艾利学院的女生而言，这是属于她们最幸福的时光，因为每天早上的七点四十五分，在一条通往高年级教学楼的小道上，都会准时出现四个光芒四射的身影。

被誉为完美王子的学习小组组长天一凤，无论走到哪里都闪闪发光的学习之星鲁西法，仿佛从漫画里走出来的阳光少年花千叶，还有永远冷着一张脸的神秘学长诺恩。

人类追求美的力量是无比强大的，从这四位明星般的男生在艾利学院出现的第一天起，不论刮风下雨，这条小道上永远都不缺乏迎接他们的身影。

而这一幕，在学习小组的其中三位陆陆续续有了女朋友之后也没有丝毫改变，甚至近几天来还有了更加疯狂的趋势。

"你说，今天我们能见到诺恩学长吗？好想看他再笑一次啊！"

"我也是，我也是！只要他肯笑，我愿意拿我所有的零花钱去换！"

"呜呜！人家本来最喜欢花千叶学长的，但是自从那天见到诺恩学长笑过一次后，害得人家都移情别恋了。花千叶学长，对不起！"

"你们都别说啦！那天我根本就没看见，今天说什么我都得挤到最前面去！谁都不要拦我！"

……

叽叽喳喳的议论声里突然响起了一个高八度的声音："来了！来了！大家都准备好拍照的工具啊！1、2、3！开始！"

一声令下，刚才还乱七八糟的队伍瞬间分成了两队，中间空出了一条足够四个人并排行走的道路，然后——

第五章

"诺恩学长!笑一个!"

"诺恩学长!笑一个!"

"诺恩学长!笑一个!"

……

"咔嚓——"

一直躲在大树后面的我一个趔趄,踩断了一根枯枝,差点和地面来了个亲密接触。等到好不容易扶着树干站稳了身体,我觉得自己的下巴都要掉了。

要不要这么夸张啊?

我目瞪口呆地看着不远处的女生们一个个两眼放光地喊着口号,那排山倒海的气势震得我头顶的树叶都在哗啦啦作响。

真是彻底被这群花痴打败了!

下一刻,我从大树后面鬼鬼祟祟地探出头,努力踮起脚想要看清正迎着阳光和口号声走过来的几个人。

什么?你问我和那些花痴有什么区别?

当然有!虽然我来这里也是为了看诺恩,但是我和她们的目的可不一样,我是为了……

咦?为什么只有三个人?

我揉了揉眼睛,再次看过去。

没错啊!凭我双眼都超过5.0的良好视力,我确定那边走过来的确确实实是三个身影,一个不多,一个不少!

中间那个一直保持完美微笑的优雅男生是天一凤,他右边那个仿佛随时都在耍酷的酒红色头发的男生是鲁西法,左边那个好像聚集了天底下所有灵气的精致男生是花千叶,如果我没有猜错的话,昨天早上就是他一脚把诺恩从灌木丛后面踹出来的。

不过,那个被他踹过的人呢?那个总是一脸冷酷,有时候还会抽风,但关键时刻又仗义又别扭又可爱的诺恩呢?

真命无敌幸运星

女生们的口号不知道什么时候已经停了,但是她们很快找到了新的兴奋点。

"咦?今天花千叶学长穿了一件粉色衬衣呢,真的好符合他的气质。哇!帅得让人想流口水!"

"鲁西法学长也越来越酷啦!啊,我要醉倒在他的眼神里了,真的好迷人!"

"不!我还是最爱我们的天一凤学长!那优雅的气质,简直秒杀电视里所有的明星。我要爱他一万年!"

……

嘈杂的声音里,终于有一个弱弱的声音冒了出来:"可是,我最爱的诺恩学长没有来啊!"

但是,这句话就像是辽阔海面上的一朵小浪花,很快就被周围更大的热情淹没了。

你们这群感情不专一的花痴!

我愤愤地盯着前方已经陷入癫狂状态的女生们,真的好想扯开嗓子质问——

明明两分钟前你们还在喊着统一的口号,两分钟后竟然就忘记了还有诺恩这号人吗?他虽然神秘,但不是隐形人啊!特别是在这种早上固定的统一亮相时间,平白无故地缺席了一个,你们就不感到奇怪吗?

我呼哧呼哧地喘着粗气,自己把自己气得半死,但最终还是只能眼睁睁地看着花痴们和被花痴的对象们一起像退潮的海水一样从我的眼前消失得干干净净。

喧闹的道路重新恢复了平静,树后的我却像一棵风干了水分的白菜一样蔫头耷脑地走了出来。

诺恩怎么没有出现?

这是此刻我脑海中唯一的想法。

我有气无力地走在路上,不禁回想起昨天晚上的情形。

……

"马马虎虎还算合格,早上的事情就算是一笔勾销了,但是其他账,我会慢慢再跟你算的!"

第五章

不知道是不是也有点害怕的缘故，姚姗姗并没有像她之前说的那样仔细检查，而是站在实验室门口草草浏览了一圈，就大发慈悲地放过了我。

我大大地松了一口气。

真是太好了！我正发愁如果她非要进去仔细检查，我该怎样才能让她绕开角落里的那两张桌子呢。

毕竟诺恩那么大一个人蹲在桌子下面，如果真的走近的话，想不注意到都难。

"谢谢学姐！谢谢学姐！"我赶紧露出谄媚的笑容，顺便自告奋勇地说，"那我留在这里再做点收尾工作，实验室的门我来锁就好了。"

赶紧走吧！赶紧走吧！走了我好把诺恩放出来啊！

我用希冀的目光殷切地望着姚姗姗，结果她却眼睛一瞪，非常不爽地看了我一眼："实验室里都是学校的重要财产，我怎么可能把钥匙交给你？万一你拿走一件两件，我怎么跟学校交代？你还是老实点给我出来吧，别想背着我耍花招！"

说完，她就一把抓住我的手臂，硬生生把我拽出了门，然后飞快地把门外的大锁锁上，好像生怕我死活赖在里面不走似的。

我真是彻底无语了。

要不要防我跟防贼似的啊？我发誓我对里面的东西一点兴趣都没有！

可是，不管我内心怎样挣扎，动作多么迟缓，最终还是被强势的姚姗姗盯着走出了校门。而等我好不容易熬到和姚姗姗分开，然后用最快的速度跑回实验楼前时，却发现连大楼的门都被锁上了。

姚姗姗，算你狠！

我咬牙切齿地围着实验楼转了好几圈，最后只好灰溜溜地离开了。

至于诺恩，我想，他肯定已经使用任意门离开了吧，毕竟，这可是他的看家本领！

整整一夜我都在这样安慰自己，但内心深处总是有点不安，好像有什么东西被我忽略了。所以，一大早，我就跑到学习小组必经的路上来蹲点，还不断催眠自己："只要看到诺恩出现，我就不用再内疚了。"

真命无敌幸运星

可是为什么来过之后，我心里的不安却更强烈了呢？而且，这种强烈的不安还在持续。

在接下来的几天里，我的双腿就像是不听使唤似的，总是不由自主地向高年级的教学楼走去，然后在到达三楼靠左一间教室的门口时，还会装作无意地向里面瞥上一眼，在收获一大堆莫名其妙的目光后，满心失落地离开。

那个噩梦般的实验室我也去过了，去的时候刚好看到有学长在里面整理，我找了个理由进去转了一圈，摆放玻璃器皿的桌子下面空空荡荡的，哪里还有诺恩的身影。

没有！还是没有！

教室、餐厅、体育场、图书馆……

所有诺恩可能去的地方我都找过了，最后都徒劳无功。

他不会……又蒸发了吧？

吃完午饭，我一个人在校园里游荡，头上好像顶着一团乌云似的，和欢乐的校园气氛格格不入。

但是，更让我心烦的是旁边那些女生的议论。

"咦？这不是白婕妮吗？她这几天为什么总往高年级跑啊？"

"还能为什么？肯定是又想去吸引诺恩学长的注意力呗。幸好诺恩学长不在，否则她肯定又该丢脸了，哈哈！"

"不过说起来有点奇怪呢，听说诺恩学长已经好几天没来上课了，不会是生病了吧？"

……

啊啊啊！我真的忍不了了！再找不到诺恩，我会被自己的罪恶感压垮的！

所以当我意识到的时候，自己已经站在了古代戏剧社的门口。身为天一凤的女朋友，前前学姐应该知道诺恩到底去了哪里吧。

我不要再猜下去了，不管是被前前学姐嘲笑也好，被花痴女生讽刺也好，总之我一定要知道诺恩到底怎么了。

第五章

下定了决心后，我抬起手敲响了门。

"咦？婕妮学妹？你怎么来了？"来开门的果然是前前学姐，看到我的一刹那，她惊讶地瞪大了眼睛，然后露出惊喜的笑容，"不会是想通了，要来加入我的戏剧社吧？哈哈！欢迎欢迎！"

她张开手臂扑了上来。

面对她满满的热情，我反而没法直接开口了，只能绕着弯子说话："前前学姐，谢谢你那天的帮忙，要不是你……"

真是的，这几天只顾着找诺恩了，都忘了和前前学姐说声谢谢，实在是太不应该了。

"哎呀，不就是帮忙搬盆花嘛，那天你不是已经感谢过我了吗？又不是什么大事。"前前学姐没等我说完就豪爽地挥了挥手，一副不在意的模样，然后就又继续她感兴趣的话题，"婕妮学妹，你对什么样的角色感兴趣？我为你量身打造一个怎么样？我跟你说哦，我刚构思了一个故事……"

"不是啊，前前学姐！"无奈之下，我只好打断了她，"我说的不是搬花那件事，是你帮忙叫诺恩过来帮我打扫实验室的事情啊！"

"实验室？诺恩？那是什么时候的事？我怎么不知道？"被打断的向前前并没有不高兴，只是她一脸迷茫地看着我，好像根本不明白我说的是什么。

我觉得好像哪里出了问题，但还是耐着性子解释道："就是周一那天啊，下午放学后，姚姗姗不是罚我去打扫医学实验室吗？我因为害怕在里面哭，你在外面听到了，就打电话给天一凤学长，然后天一凤学长派诺恩过来帮我。难道……不是这样吗？"

我不确定地叙述完，双眼紧盯着她。

对面的前前学姐脸上的迷茫终于消失了，但是我还没来得及高兴，就见她迅速露出一种非常奇异的笑容，连语气也变得怪怪的："你说的这些，都是谁告诉你的？诺恩吗？"

"是啊！"我点点头，刚想顺着这句话问问诺恩的情况，结果下一秒却突然看

真命无敌幸运星

见她眼睛一弯,一阵惊天动地的笑声从她的嘴里发了出来。

"哈哈哈!原来我还做过这样的好事,这简直比我写的剧本还精彩,哈哈哈……"

"学姐……"我完全不知道发生了什么,一头雾水地站在那里,尴尬极了。

是不是我说错了什么?怎么前前学姐的反应这么奇怪?

终于笑够了,向前前晃了晃脑袋,意味深长地看着我:"看来,你今天来找我不是为了加入戏剧社吧?是想问诺恩的事对吗?"

看到前前学姐这个表情,我的脸"唰"地一下发烫,整个人似乎都在往外冒着热气。

"啊……不是……是……其实……"一大堆语无伦次的话过后,我看着她越来越古怪的笑容,索性心一横,直接问了出来,"前前学姐,你知道诺恩这几天为什么没来上课吗?他是不是出了什么事?"

"是不是出事了,你去看看不就知道了?"前前学姐冲我眨了眨眼睛,然后拍了拍我的肩膀,"你等一下,我打个电话,然后带你去探病哦!"

说完,她就转身走进了里面的小隔间,只剩下我一个人站在回音不断的房间里。

去探病!

诺恩那家伙还真生病了啊?是因为那天帮我所以受伤了吗?

我的脚尖不停地在地上点着,还没完全退去热度的脸再度发烫,一颗心在胸腔里越跳越快,不安的情绪却越来越浓……

而在我犹豫不决的时候,雷厉风行的向前前已经打完电话走了出来。

"好啦,走吧!"

她温暖的手拉住了我的手,我瞬间为自己找到了理由——我是被前前学姐拉去的,绝对不是我主动要去的!

对!没错!就是这样!

所以,诺恩,等会儿见到我,你千万不要误会哦!

第五章

2

诺恩会不会误会,我不知道,但是等我通过某种神奇的方式到达传说中的流光城堡时,我可以肯定,面前的这三位,哦不,是四位——包括前前学姐在内,他们全都误会了。

"当当当当!看我带谁过来了?哈哈哈哈!"

伴随着自带的出场音乐,我还没从"进入流光城堡的方式就是抽出小树林围墙上的一块砖"这种神奇的发现中回过神来,耳边就响起了向前前夸张的大叫声。

一定是我进入的方式不对!

我揉了揉眼睛,然后再睁开,结果发现自己还是站在一座只有在电视上才见过的城堡里。

真的是城堡!在我的头顶上方,高高的穹顶上画着色彩鲜艳的壁画,环形的墙壁上雕刻着美丽的鸢尾花,繁复精致的宫廷吊灯垂挂在客厅中央,长长的原木色茶几上摆放着造型古朴的银色烛台,烛台上甚至还有一支熄灭的蜡烛。

一切都是那么的不可思议,我甚至都想伸手掐自己一把,试试看会不会醒过来。

不过,还没等我实施虐待自己的行为,更加具有冲击力的画面就出现在了我的面前。

向前前的话音刚落,原木色茶几旁的乳白色沙发上就同时站起了三个人,看样子好像一直在那里等着似的。

错觉,一定是错觉!

堂堂学习小组成员怎么会等我这个名不见经传的小人物呢?他们一定是在商讨什么大事吧?

不过,为什么他们的眼神看起来那么奇怪呢?

"咦?居然真的是婕妮学妹!婕妮学妹你好!我是花千叶哦!"蜜金色头发的少年笑得像一只狡猾的狐狸,歪着头上上下下地打量着我。

真命无敌幸运星

"啊……学长好！"我想起他脚踹诺恩的功绩，赶紧弯腰问好。

"喀喀！我是鲁西法，也很高兴见到你！"鲁西法学长酷酷地冲我点了点头，看起来一脸严肃，眼神里却充满了兴致。

我有点尴尬，但还是勉强维持着笑容："学长好！"

"欢迎你来到流光城堡做客，我是天一凤，我们见过面的。"最后走过来的温柔少年有着一双如同春水般温暖的眼眸，他伸手拉过还在挤眉弄眼的向前前，宠溺地摸了摸她的头发，再看向我时已经恢复了客气的笑容，"婕妮学妹，请坐。"

嗯……终于有个正常的了。

我刚想道谢，就被突然插话进来的花千叶打断了。

"哈哈！来来来！婕妮学妹坐这里，我们刚才还提到你。快说说你是怎么把诺恩那家伙整成那个样子的？我们真的好崇拜你啊！"

躲开花千叶学长热情的双手，我的脸一下子发烫，哪里还敢坐下呀，双手连连摆动："没……我没整他，我……"

我都快哭了。

花痴女生们，你们都来看看，你们崇拜的学长们原来比你们还要八卦，呜呜……

我把求助的目光投向正拉着天一凤学长的手臂甜蜜私语的向前前，期待她能救我于水火。

"好啦好啦！你们就放过婕妮吧！"收到我的求救信号，前前学姐的眼珠滴溜溜一转，然后笑着过来拉住我的手，回过头去瞪了起哄的花千叶一眼，"婕妮可是过来看望诺恩的，陪你们聊什么天！"

说完，她还朝我挤了挤眼睛，一脸为我着想的模样，而且善解人意地指了指楼上："快去吧，婕妮，诺恩那家伙说不定都等急了。哈哈！你们可以当我们不存在哦！"

"我……"我已经不知道自己还能说些什么了，看着一旁花千叶遗憾的表情和向前前暧昧的笑容，我预感到自己如果留在这里说不定会招来更多取笑，只好装作

第五章

没有听懂前前学姐的话，低声道谢后朝楼上走去。

直到此时，我才终于看清，原来整座城堡除了楼下的大厅之外，上面的几层全都被分成了一个个房间，各种不同花色、不同风格的房门紧紧关着，给人一种很神秘的感觉。

顺着原木楼梯走到二楼，我正在犹豫应该往哪个方向走时，楼下突然传来前前学姐的指点："往右！往右！没关门的那间就是哦！"

转头一看，从我的右手边数过来第二个房间的银白色金属门果然是开着的。

几乎是下意识地，我就确定了这一定是诺恩的房间。

而此时，楼下的四双眼睛正炯炯有神地盯着我，花千叶还一脸跃跃欲试的表情，看样子恨不得冲上来和我一起进去。

太可怕了！

我的心脏一抽，几乎连想都没想，便迅速冲进了那扇门，并且顺手"砰"的一声关上了门。

"哈哈哈哈……"

就在关上门的瞬间，楼下的大笑声立即响起，而且从声音分辨，就数花千叶和向前前的音量最大。

我……我为什么这么手欠啊？为什么要关门？我不过就是来探病而已，又没有什么机密的事情，这下真是跳进黄河也洗不清了……

就在我懊恼不已的时候，耳边传来一声冷哼，不用猜也知道是谁了。

我哭丧着脸转过身，结果却对上了一双哀怨的眼睛，诺恩正坐在床上用力地瞪着我，那样子好像我欠了他很多钱不还一样。

比起楼下的人，眼前的这个家伙更可怕啊！

几天不见，他整个人瘦了一圈，本来就苍白的脸色都快成透明的了，尖尖的下巴更是让人心惊，看来真的病得不轻。而且他根本不说话，就那样死死地瞪着我，让我觉得心理压力好大。

喂，你为什么不说话，我们这样大眼瞪小眼，很尴尬啊！

真命无敌幸运星

看他半天没有说话的迹象，我只好慢腾腾地开了口。

"那个……我……"我搜肠刮肚地找着开场白，最后决定还是先把那天的事情说清楚，"那天我真的不是故意的。你也听见了吧，姚姗姗非要把我一起拉走，其实后来我回去过，但是实验楼的门也被锁了，我又没有你的手机号，所以才……"

我眨眨眼，努力想让他感受到我的诚意。

不过，他这全身不能动的样子，到底是怎么了啊？

"哼！"

在我的眼神询问下，他的脸色渐渐缓和，但看起来还是很生气的样子，好不容易开口说话，声音里也充满了控诉。

"你知道你犯的错误有多严重吗？"他一把掀开被子，露出了一副被包裹成木乃伊般的身体来，愤怒地看着我，"那天你把我塞到桌子下面的时候没听到骨头断裂的咔嚓声吗？世界上居然会有你这么野蛮的女生，我全身的骨头断了好几处！而且你竟然还没义气地跑了，有你这样对待救命恩人的吗？害我只好打电话给天一凤他们，最后被他们嘲笑了几万次才获救……"

我敢肯定，这一定是诺恩有生以来说过的最长的一段话了，而且说完后，他还一边喘气一边瞪着我，好像在看我会不会内疚似的。

老天！我何止是内疚，我已经快内疚死了。

我现在才想起来，那天最后手脚并用地塞他进去时，的确听到过类似于"咔嚓"的声音，但我以为那是外面姚姗姗开锁的响声啊，我怎么会知道……

呜呜呜！完全说不下去了，我的内心已经被内疚的潮水淹没，那左一圈右一圈裹在他身上的纱布更是刺痛了我的眼睛，还有他那谴责的目光，让我觉得自己简直是个罪人！我从来不知道，原来内疚这么折磨人，折磨得我鼻子都酸了。

下一刻，我就听到了自己哽咽的声音："对不起，我不知道会这样……"

我后悔得肠子都青了。如果我早知道那天会造成这样的后果，我宁可被姚姗姗罚打扫实验室一夜，也不想诺恩因为我变成这个样子。

"喂！受伤的是我，你做出一副要哭的样子干吗？让人很烦啊，知不知道！"

第五章

就在我马上要哭出来的时候，坐在床上的诺恩突然露出一脸别扭的表情，粗声粗气地冲着我大喊，"不要哭！我又没死，就是受了一点伤而已……"

说完，他似乎想到了自己现在的身体状况不仅仅是"一点伤"，一脸懊恼地伸手把被子又盖了回去，然后把头转向一边，嘟囔了一句："反正我也没想把你怎么样嘛！"

这家伙……

如果不是时间、地点不太对，我简直要破涕为笑了。

没见过这么爱闹别扭的人，明明是不想让我那么内疚，结果非要用这种凶巴巴的语气说出来，还真是嘴硬心软呢！

房间里一下子安静下来，我鼻腔里的酸涩感慢慢消退，取而代之的是胸膛里渐渐升起的暖意。

其实说起来，除了第一次见面时那场乌龙的偷窥事件，这么长时间来，诺恩那些奇怪的行为虽然让我很生气，但其实并没有对我造成什么伤害，反倒在我最需要帮助的时候，他出现在了我的身边，而我却害他变成了这个样子。

巨大的内疚再次占领了我的心，我迫切地需要一个机会来弥补自己的罪过，我……

咦？为什么我会捕捉到诺恩偷偷瞟过来的视线呢？难道他……一直都在偷看我？

可是，偷看我干什么？是不是我刚才认错的态度还不够诚恳，所以他还是有点不满？

那怎么行？要知道我现在都恨不得把心直接掏出来捧到他面前了。

"学长！一切都是我的错，要打要骂你尽管来，我绝对没有一句怨言！"

关键时刻，我把心一横，眼巴巴地等着他宣判。

可是，一分钟过去了，两分钟过去了，三分钟过去了……对面的诺恩还是没有开口，但是脸上挣扎的神色越来越明显，看起来似乎想说些什么，却一直在犹豫。

"学长，你有什么话直接说，所有的惩罚我都可以接受！真的！"我赶紧再添

真命无敌幸运星

上一把火。

"那个……"他迟疑地抬起头,眼神闪烁了一下,好像终于下定了决心,"算了!看在你还有悔改之心的分儿上,我就勉为其难原谅你好了。不过这几天我活动不便,可能需要你帮点忙。你如果因为以前的事情不愿意的话……"

对我来说如同天籁般的声音传过来,一瞬间我简直心花怒放,立即扑了过去,小鸡啄米一样狂点头:"我愿意!我愿意!"

我把胸脯拍得砰砰直响,双眼迸射出希望的光芒:"以前的事情全都一笔勾销,以后只要是能让学长开心的事情,我都愿意做!在学长康复之前,我会一直照顾学长,直到学长满意!"

我充满哀求地看着那个能决定我命运的人,无比希望他能感受到我发自内心的真诚。

也许是我的态度实在太过坚决,诺恩好像有点被吓到了,他难以置信地看了我一眼,半响才点点头:"那……那好吧,你可不要后悔。"

"不后悔!绝对不后悔!"我的话掷地有声,整个人立即满血复活,"说吧,学长,需要我做些什么?"

我摩拳擦掌地望着他。

"那就……嗯……先去楼下厨房给我拿几根辣椒过来吧。"

"好的!学长,请稍等!"

我风一样地冲了出去。

3

"白婕妮,帮我削个苹果!"

"白婕妮,帮我拿本书!"

"白婕妮,帮我把门打开!"

"白婕妮……"

……

第五章

"是，学长！"

"好的，学长！"

"没问题，学长！"

"在，学长！"

……

以上对话，简称——"一个贵公子和他贴身丫鬟的日常"！

这个名字是向前前取的。

因为从那天开始，我就化身为诺恩的专职跟班，主要负责诺恩每天的衣食住行等事务。

诺恩这家伙，刚开始时好像还不太适应"贵公子"这个身份，但是很快就使唤我上瘾了。不仅如此，明明受了伤躺在床上不能动，他竟然还在我光荣上任的第二天宣布要回学校上课！

"学长，你这个样子，上课不太方便吧？要不再等两天？"我眨巴着眼睛充满希望地看着他。

"不行！"我们尊贵的诺恩少爷把头高高一扬，严肃地对我说，"当学生就要有当学生的样子，再大的困难都要克服。再说，不是还有你吗？"说完，他投过来一道不信任的目光，"难道你之前说过的赎罪都是假的？我就知道……"

看着他一脸痛心加失望的表情，我瞬间觉得自己简直做了天大的错事，赶紧立正站好外加拍胸脯表忠心："你放心，学长，只要你需要，我一定会赴汤蹈火、在所不辞的！"

"那就好。"诺恩满意地点点头。

于是，我正式开始了"狗腿"生涯。

"狗腿"的主要工作，具体来说，就是早上用轮椅推他去上课，中午去食堂给他打辣椒餐，晚上给他抄笔记外加整理房间，每一次课间，我都要来回狂奔一千米跑去问他有没有什么吩咐，渴不渴？饿不饿？需不需要捶背捏肩？

这些就算了，最夸张的是，诺恩这家伙不知道是为了装酷还是当少爷当上瘾

115

真命无敌幸运星

了，竟然连开门这种事情都要我代劳。你能想象每次我都跟贴身丫鬟一样，先一步打开门，然后这位少爷再大摇大摆地出门吗？

他这种行为直接导致我的工作量急剧上升，以至于我每天晚上踏着星光回到家里时已经累得连手都抬不起了，往往都是一头栽到床铺上昏睡过去。但是一夜过后，第二天我照样元气满满地奔赴在成为"最佳服务人员"的路上。

俗话说，伤筋动骨一百天，万里长征才迈出第一步，自己作的孽早晚都是要还的……

每当我想放弃的时候，脑海中就会浮现出上面这几句话，然后看着诺恩浑身都不能动，只能坐在轮椅上的样子，我就知道自己还有很长很长的路要走。

而且，为了提供更加贴心、周到的服务，我还专门向前前学姐进行了虚心的讨教，并且在学习小组另外三个人的补充下，非常详细且认真地在小本子上记录下了"诺恩生活习惯300条"，力争能够让诺恩在身体暂时活动不便的状态下，依然能感受到生活的美好。

至于我的这种行为在学校里已经被传成了什么样子，拜托，我忙着呢，哪有时间去听。只要姚姗姗女王没出现，其他人的话我通通都不在意！

进入艾利学院一个月后，我终于达到了一种"两耳不闻窗外事，一心只在赎罪中"的境界。

这是多么感人的转变啊！

这天午餐时间，在打电话征得诺恩少爷的同意后，我在学校餐厅随便吃了点东西，终于没再饿着肚子往回赶。只不过走出餐厅时，因为怕饭菜凉掉，我的脚步还是不由自主地加快了。

真是的，不知道诺恩怎么会这么喜欢吃辣椒，他对辣椒的热爱已经达到了令人发指的程度，每顿饭都必须要"万里山河一片红"才行。

可是，这直接导致我最近一看到辣椒肚子就开始隐隐作痛。小时候我就最讨厌辣椒了，有一次我不小心吃了一根超级辣的辣椒，结果整整拉了三天肚子，从那以后，我看见辣椒就害怕。

第五章

"真是的！也不知道到底有什么好吃的……"

我转过头嫌弃地撇了撇嘴，结果就那么一眨眼的工夫，直接撞到了一个人身上。

"对不起，对不起！"我赶紧道歉，但是一转头就愣住了，原来是个熟人。

这个被我撞到的男生，可不就是好多天没见到的艾凯奇嘛！他依然穿着那身黑漆漆的机车服，身上的链子似乎又增加了两条。他吊儿郎当地站在那里，长长的刘海几乎快把他的眼睛完全挡住了。

能在这种水深火热的状态下遇到一个朋友，按说我还挺开心的，但是想到教室里那位少爷还在等午餐，我不得不收起脸上的笑容，甚至连他的表情都没看清，就急匆匆地点了点头："抱歉，我现在有点急事，回头再聊啊！"

说完，我拿着饭盒就准备离开，结果还没动就被横过来的一只胳膊拦住了。

"你是急着去给那个家伙送饭？"艾凯奇的声音听起来有点低沉。

反正这在学校里也不是秘密，他知道也不奇怪，所以我没有多想就点了点头："是啊！快晚了，你先让让。"

但是，眼前的胳膊仍然纹丝不动。

我有点着急地抬起头，语气也变得有点焦躁："艾凯奇，你是有什么事吗？等我把饭送过去再过来找你好不好？"

我想他肯定是遇到难事了，否则脸色不会这么难看，嘴唇都快抿成了一条线。

可是想到诺恩那家伙难伺候的样子，我真的不能再耽搁下去了，只好让艾凯奇先等等。

"白婕妮，你是不是傻啊？"突然，艾凯奇像是爆发了一样，他的两只手像是铁钳一样扣住了我的肩膀，两只棕色的眼睛里全是愤怒的火光，"那个家伙是在整你，难道你看不出来吗？还真老老实实地来给他打饭，你……"

他气得胸膛上下起伏，我的肩膀上传来一阵阵痛楚。

不过，看着他的样子，我反倒觉得很温暖，毕竟他是在关心我，但是——

"不是啦！艾凯奇，诺恩他的确受伤了，还是因为我受的伤，这是我欠他的，

真命无敌幸运星

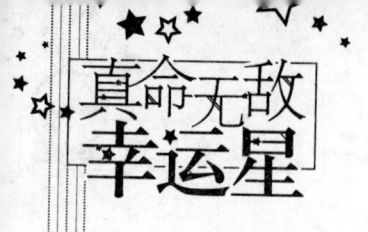

"当然要还啊!"

我试图安抚他的情绪,说完后却发现他的脸色更难看了,而且他望过来的目光就像是望着一个超级大笨蛋,一脸恨铁不成钢的模样。

"好!那我们就来打个赌!"他终于放了我痛得快要麻木的肩膀,但是下一刻又抓住了我的手臂,拽着我飞快地向一边走去。

"喂!你做什么?艾凯奇,你放开我!我哪有时间和你打赌啊!"

身后不停地有同学在指指点点,前面的艾凯奇越走越快,我连挣扎都来不及,就被他拽到了餐厅旁边一栋低矮的建筑物后面。

"你就站在这里别动!"艾凯奇停下脚步,警觉地看了看四周,发现并没有同学跟过来,才回过头对一头雾水的我说,"我说了,我们来打个赌。你不是不相信诺恩那家伙是在整你吗?那我们就在这里等半个小时,半个小时内如果他不来找你,就算我输了。你敢赌吗?"

说完,他紧紧地盯着我,看起来好像满不在乎的模样,但是眼神里的关切泄露了他的情绪。

"我……"我特别想说自己不赌,可是看着艾凯奇的样子,这句话却怎么也说不出口。而且,诺恩受伤是我亲手造成的,他满身裹着纱布的样子我也看见了,怎么可能会是骗人的呢?

"艾凯奇,你是不是想多了?诺恩他……"

"你就说你赌不赌?"艾凯奇没等我说完就粗暴地打断了我,"我知道你不相信,怕被诺恩责怪是吗?没关系,如果我输了,我和你一起去见他,我向他解释,向他道歉,这样行吗?"

这句话说完,我分明看到他明亮的眼睛好像蒙上了一层灰色,整个人透出一种不被人信任的忧伤。

我心软了,嘴里嗫嚅地说道:"我不是不相信你,你是我的朋友啊,我只是……只是不愿意相信诺恩骗我而已。"

是啊!明明我已经内疚得快要死掉了,如果这一切都是骗局,那我所做的一切

第五章

不都成了笑话吗？

我会成为笑话吗？我只是……下意识地想要回避这个可能性而已。

"朋友……"艾凯奇重复了一句，眼神似乎有点恍惚，但是很快就恢复了平时的样子，他把眼睛微微一闭，整个人靠在旁边的墙壁上不说话了。

我也不知道还能说些什么，只好也安静下来，无聊地打量着四周。

从这里可以看到学校餐厅的正门，也能看到通往教学区的那条路，如果诺恩过来，一定逃不过我的眼睛。

只是，他真的会来吗？

我把慢慢凉掉的饭盒放到了地上，陷入了沉默。

在忐忑不安里，每一分钟都变得特别难熬，我和艾凯奇两个人相对无言，手机上的时间好像走得特别慢。

可是再慢，半个小时的时限也在一点点接近尾声。

十分钟过去了，十五分钟过去了……

有的同学吃完饭离开了，有的同学脚步匆匆地赶来，诺恩依然没有出现。

我微微松了一口气，说不出是庆幸还是心安。

眼看着时间已经过了二十分钟，我终于有底气回过头去和艾凯奇开玩笑："哈哈！你看，真的是你想多了，他……"

"来了！"

从刚才开始就直起了身体的艾凯奇好像根本就没听到我说什么，他一直盯着路口的方向，突然眼睛一亮，两个字脱口而出。

我的心"咯噔"一下，难以置信地转过身。

远远地，一个气势汹汹的身影出现在路口，路边响起的喧哗声和尖叫声全都在提醒着我一个残酷的事实——

居然真的是诺恩！他来了！走着来的！

自称全身骨折了好几处的他，每天大爷一样伸着四肢等着我端茶倒水的他，今天早上我才费尽了九牛二虎之力用轮椅推进教室的他，此时一切正常地出现在我的

119

真命无敌幸运星

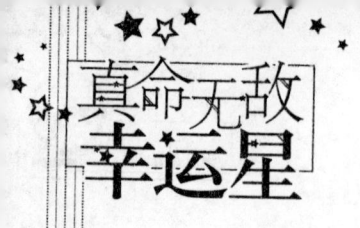

视野里，哪里有一点点伤残的样子。

啊啊啊！我气得全身都在发抖！

"白婕妮，你……"

艾凯奇似乎想说些什么，但是我都听不见了，因为我已经携带着巨大的怒气，从藏身的角落冲了出去。

"诺恩！"

我用了自己平生最大的力气喊出来，简直恨不得直接用声音把那个可恶的家伙震死！

太可恶了！太可恶了！

更可恶的是，明明已经被我发现了，可是那个正在东张西望的家伙竟然没有一丝愧疚的表情，在看到我的一刹那，他还一副兴师问罪的模样，甚至比我声音更大地吼了回来："喂！你去哪里了？我还以为……"

以为什么？以为我携饭盒潜逃了吗？还是以为我发现了他的诡计，所以不打算伺候他了？

我用犀利的目光瞪着他，看他能说出什么来。可他什么也没说，只是用目光不断地往我身后瞟。我身后有什么吗？

我下意识地回过头，发现艾凯奇竟然没有离开，反而跟在我后面走了出来。

"原来你不给我送饭，就是跟这种人混在一起？"

刚才话说到一半的诺恩居然就这样转移了注意力，他紧紧盯着艾凯奇，就像是盯着仇人一样，语气十分不善。

我更加生气了，想不到这家伙做错了事不仅不知道悔改，反而学会了倒打一耙，竟然把战火烧到了别人身上。

我气不过地冲过去拦在艾凯奇前面，大声地反驳道："不许你这么说我的朋友，你向他道歉！"

"道歉？"诺恩的表情好像在表示他听到了天方夜谭一样，他转过头来把目光对着我，眼神深邃得好像风浪将起的太平洋，声音也变得低沉，"你竟然让我向他

第五章

道歉？"

"对！没错！"他的气势可吓不倒我，而且明明错的就是他，我把腰杆挺得笔直，"你骗我，还骂我的朋友，道歉！"

"算了，不用了，白婕妮。"艾凯奇从背后拍了拍我的肩膀，语气听起来特别无所谓，"我只是想让你认清这家伙的真面目，至于道歉，对我不重要。"

"怎么不重要了？明明就是他的错！"我扯着嗓子喊。

看到我的态度，诺恩的脸色更差了，他目光不善地望了艾凯奇一眼，然后像是下最后通牒一样盯着我问："白婕妮，你到底跟不跟我回去？"

"不回！就不回！你今天不把骗我的事情说清楚，休想我再原谅你！"

这边的冲突已经吸引了大家的注意，越来越多的人围了过来，我正犹豫是不是要换个地方说这件事，就见他已经转身离开。

"不回你就待在这里吧！"

待就待！谁怕谁啊？

我一脚踢起地上的一颗小石子，正中他的脑袋。

他回过头狠狠瞪了我一眼，最终却什么也没说，直接沿着人群让开的路走远了。

他真的就这么走了？连一句解释的话都没有？

我默默放下手臂，连脑袋也跟着耷拉了下来。

是不是我把自己想得太重要了？

"对不起，我不知道会闹成这样。"丢下一个抱歉的眼神，艾凯奇耸耸肩也走了，剩下我一个人站在人群中央。

我气得都要哭出来了，周围的花痴女生们还在不停地火上浇油。

"这个白婕妮竟然敢伤害我们的诺恩学长，真是太过分了！"

"没错！而且和她在一起的那个艾凯奇据说也不是什么好人，两个人居然一起欺负可怜的诺恩学长，好让人痛恨啊！"

"我敢肯定白婕妮一定会后悔的，那个艾凯奇哪里比得上我们诺恩学长的一根

真命无敌幸运星

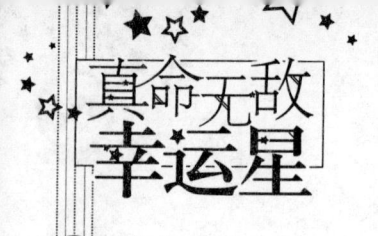

脚趾,哼!"

"看,现在连艾凯奇都走了,果然都不愿意跟她待在一起!"

……

"都给我闭嘴!"

气到极点的我不管不顾地冲着人群大吼了一声,打破了平时小心翼翼的面具。这一切都是我的错吗?为什么你们从来都只把错误归咎到我身上?

看到我发怒,周围一时安静了下来,直到一个久违了的声音响起——

"又是你!白婕妮!"

"哗啦啦——"

人群一下子散开,我再次暴露在姚姗姗犀利的目光下。

为什么?为什么每次发生这种事情都会遇到姚姗姗?我是和她有仇吗?

胸中还未散尽的怒气给了我无尽勇气,我连看都没看她一眼,直接转身就要离开。

但是身后响起了她威胁的声音:"白婕妮,乖乖接受惩罚,否则,你知道和学生会作对的后果!"

意味深长的话语让我联想起了那个阴森的实验室,剩下的勇气马上就消失了。我不想一个人单独面对那种黑暗和恐惧。

"哦?我倒是想知道,和学生会作对的后果是什么。"

就在我准备老老实实回去听姚姗姗训话的时候,我的身边突然出现了一个早就应该被我踢到九霄云外的身影。而且,他还一把抓住我的手,直接把我拉到了身后,态度极其嚣张地反问了姚姗姗一句。

我不敢相信地对着他垂落的银色长发发起了呆。他不是走了吗?怎么又回来了?而且还是在这个时候?

"你……"姚姗姗似乎也没料到诺恩会出现在这里,她涨红了一张脸,说话都有点结巴了,"你是学习小组的人搞特殊就算了,白婕妮她可不是,她的行为已经在学校里造成了不好的影响,必须受到处罚!"

第五章

"你想处罚谁处罚谁去，白婕妮现在也是学习小组的人，你有什么问题直接去找院长，我没空在这里跟你闲扯！"

说完，根本不等姚姗姗反应过来，诺恩转过身拉着我就走。

"你们……给我等着！"

身后的姚姗姗愤怒地大喊。

"诺恩学长好帅！"

"天啊，学长真是既嚣张又霸道！帅呆了！"

被诺恩的出现吸引留下来的花痴们纷纷尖叫起来。

我深一脚浅一脚地跟着诺恩走了好远，才终于找回了自己的意识。

"喂！你为什么回来救我？"

我可没忘了他之前骗我的事，语气自然没好到哪里去。

但实际上，从刚刚他再次出现开始，原本的怒气已经像是被戳破的气球，一下子瘪了下去。看着他修长的背影，再想想刚才他挡在我前面的样子，我心里居然泛起了一丝甜意。

这个家伙，是专挑我需要的时候出现的吗？

不过诺恩这个单细胞生物好像根本就没听出我话里的挑衅，他连头都没回直接回答："你这样的笨蛋，当然只有我能欺负，那个女生算什么，就她也敢动学习小组的人，哼！"

什么……什么叫只有你能欺负？我怎么突然就……就变成学习小组的人了？

这句话让我的脸一下子燃烧了起来，胸膛里好像有一万只小兔子在来回乱撞。

这个家伙到底知不知道自己在说什么呀？我还没有原谅他呢。说些让人误会的话，别以为这样就能蒙混过关，我……我可没忘记他骗我的事情。

可是转念一想，其实他也没逼我做什么过分的事情，我那天把他一个人扔在实验室是事实，他为了救我受伤也是事实，我们俩算是扯平了。

乱七八糟的思绪里，我没忍住，用轻飘飘的声音问道："你还没吃饭吧？要不我陪你回餐厅吃点？"

123

真命无敌幸运星

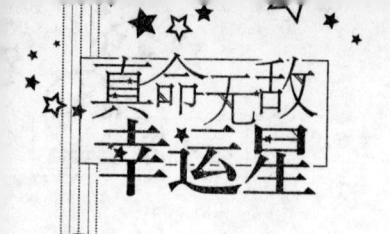

"啊？不用了，我就是回去找饭盒才会遇到你，顺便帮了你一把，不用太感谢我！"

我的话音刚落，诺恩就从怀里掏出一个眼熟的饭盒，上面熟悉的辣椒贴纸提醒我，这不正是被我放在角落里忘了拿的那个饭盒吗？

结果还没等我问出口，他就突然皱着眉头看了我一眼，嘴里还在抱怨着："哎呀！这么长时间了，辣椒餐一定凉了，我得赶紧回去热热才行。"

说完，他似乎是嫌弃我走得太慢，丢下一句"你知道回去的路"后，就直接抱着饭盒跑远了。

他就这样丢下我，跑远了！

"哗啦啦——"

我那颗刚才还高高悬在天际的心，仿佛瞬间掉落，碎了一地。

什么甜蜜，什么帮我，在他眼里，我连一根辣椒都比不上！

诺恩，你这个浑蛋！啊啊啊！

第六章

吃饭也会出状况的麻烦星

真命无敌幸运星

1

接？

还是不接？

这是个问题，很大的问题。

我支着下巴，咬着筷子，目光无意识地盯着手边不断振动的手机，闪烁的屏幕上，"诺恩"两个大字不停跳跃，弄得我的心脏也跟着一上一下。

终于，打电话的人似乎失去了耐心，手机恢复了平静。

我叹了口气，开始往嘴里扒拉着米粒，眼睛却忍不住盯着手机屏幕。

如果我没记错的话，刚刚这个电话，已经是两天来诺恩打来的第21个电话了，从最开始的气愤到后来的迷茫，我不知道该怎么面对这个欺骗了我却也帮了我的人，所以一直都没接。

但是我知道，我坚持不了多久了。

逃避不是办法，何况我不是还要确认他到底是不是外星人吗？前几天只顾着内疚了，竟然把这件最重要的事情忘了。

我深吸一口气，打起了点精神，刚要加快吃饭的速度，注意力却被旁边几个女生正聊着的话题吸引了。

"喂！你们都听说了吗？现在学院里都在说诺恩学长亲口承认自己有女朋友了呢！"

一个神秘兮兮的声音从我的背后传来。

我的身体一僵，耳朵瞬间竖了起来。才两天不见，诺恩那家伙竟然交了女朋友？这也太……

太让人郁闷了吧？

我皱了皱眉，有点搞不懂心里的不悦到底是怎么回事。我努力忽略掉心里奇怪的情绪，身体向后倒了一点，想要听得更清楚一些。

第六章

"不会吧？默然，你是从哪里得来的消息，我们怎么都没听说？千万不要是真的啊！"

"是啊是啊！诺恩学长可是学习小组最后一位单身的了，要是连他都交了女朋友，我们不是更没指望了？呜呜！不要！"

"默然，你快说清楚，到底是不是真的？"

三个焦急的声音相继响起，似乎在等待爆料人的答案。

我才不会承认我和她们一样着急呢，只是她们既然要在我耳边说，我就勉强听听好了。

天知道，我的头已经快要转过去了，幸好还有最后一丝理智提醒着我，让我勉强维持在了一个不会被别人看到脸的角度。

真是见鬼！什么时候我白婕妮居然学会了这种偷听的行为？我在内心狠狠鄙视自己，却控制不住地屏住了呼吸，等待最终答案。

"哼！你们竟然不相信我？"名字叫默然的女生语气听起来似乎特别不忿，好像受到了很大的侮辱一样，我甚至都能听到她用手掌啪啪拍打胸脯的声音，"我是谁？我可是艾利学院的八卦小天后宋默然！从我这里说出去的八卦绝对是真的！我敢拿自己的人格向你们保证，你们的诺恩学长，他真的有女朋友啦！而且是学校里的名人哦！"

说到这里，宋默然还故意卖了个关子，听起来非常得意于自己造成的悬念。

果然，旁边的女生连声追问："是谁？到底是谁？"

我觉得自己的心跳声已经响得像是擂鼓了。真相马上就要揭晓，为什么我会这么紧张呢？

"还能有谁——"终于卖够了关子，宋默然满意地拉长了声音，然后直接丢出一颗重磅炸弹，"当然是那个开学第一天就和我们的诺恩学长不打不相识，然后在所有人不看好的情况下来往密切，最终抱得美男归的白婕妮学妹啊，哈哈哈！"

"不可能！"

四个异口同声的声音同时响起，其中三个毫无疑问是刚才那三个女生，另外一个……

真命无敌幸运星

喀喀……是我失声喊出来的。

刚才宋默然话说到一半我就有一种不祥的预感,等到最后我的名字终于蹦出来时,那感觉,简直就像是大冬天吞了个冰激凌,从头凉到了脚的同时还有点甜甜的……

咦?为什么会甜?好像有什么奇怪的情绪混进来了!

不管了!我一巴掌把脑子里的胡思乱想挥开,再也顾不得隐藏自己,在背后四人诧异的目光中,直接从凳子上跳了起来。

"是谁在造谣?"

我气势汹汹地转过身,目光从目瞪口呆的四个女生脸上一一扫过,最后直接定在一个留着可爱娃娃头的女生脸上。

凭直觉,我觉得她就是那个宋默然,因为只有她在看到我的一瞬间眼睛一亮,好像看到了非常有趣的东西般,上上下下地打量起我来。

"白婕妮?"愣在那里的另外三个人不知道是谁发出了一声惊呼。

对!没错!是我!你们刚才议论的对象!

我完全没想到,本来是偷听诺恩承认的女朋友到底是谁,最后竟然会扯到我身上,这不是……搞笑吗?

"这位……嗯……宋学姐。"从刚才她说的话判断,她应该是学姐吧?不管怎么样,我白婕妮都要讲礼貌,但事情是一定要说清楚的。

"我不知道你是从哪里听说的这个谣言,但我和诺恩不是你们想象的那种关系,他也绝对不可能承认我是他的女朋友!"

就那个不解风情、破坏气氛的大傻瓜,他怎么可能会说出我是他女朋友的话呢?一定是谁在背后乱说的!

"是吗?"没想到,听了我的话,宋默然居然露出一脸促狭的笑容,她的目光从头到脚把我扫视了一遍,最后落在我的脸上,"那我问你啊,诺恩学长有没有当众说过你是学习小组的人?"

啊?这个……

我点了点头:"有的,但那是因为……"

第六章

"我可不管是因为什么。"宋默然眨了眨圆圆的眼睛,并没有让我继续说下去,而是再次问道,"第二个问题,你知道我们学院有几个女生曾经被认可是学习小组的人吗?"

嗯?这个……

"我不知道。"我老老实实地回答。

"三个!"见我回答不出来,对面的宋默然眉毛微微一挑,"唰"地伸出了三根手指在我眼前晃了晃,"你知道她们都是谁吗?"

"不……不知道。"我觉得自己已经傻眼了,完全不明白怎么开始了一问一答的游戏。

我能拒绝玩这个游戏吗?

"那个……"我试图把话题拉回正轨,刚才我们不是在谈诺恩和我的关系吗,为什么会扯到有几个女生是学习小组的人的问题上来?这和我一点关系都没有啊!

"让我来告诉你吧,哈哈哈!"宋默然好像已经陷进了一种非常奇怪的兴奋状态,她得意地扳起了手指,"这三个人分别是苏恩雪、向前前和喻曼罗!来,你们来告诉她,现在她们都是什么身份啊?"

好像终于不满足自己唱独角戏了,宋默然朝旁边和我一样呆住的三个女生点了点小巧的下巴。

然后,从左到右,那三个女生依次用特别复杂的表情和特别梦幻的声音回答道——

"苏恩雪,后来成了鲁西法学长的女朋友。"

"向前前,现在是天一凤学长的女朋友。"

"喻曼罗,她和我们最可爱的花千叶学长在一起了。"

"听明白了吗?"话音落下,宋默然耸了耸肩,一脸"承认吧"的表情,"所有被学习小组承认过的女生后来都成了他们的女朋友。现在,诺恩学长亲口说你是学习小组的人,这和他亲口承认你是他的女朋友有什么区别呢?你不觉得我的推理很完美吗?"

不……不觉得!完全不觉得!因为我根本就没听懂这个神奇的结论到底是怎么

真命无敌幸运星

得出来的！

什么承认、被承认的，前前学姐她们和我不一样啊，我……

"啊，原来是这样，听起来确实有道理！"

"唉！白婕妮你还真是个幸运的家伙，幸运得让人妒忌！"

"呜呜，早知道这样我就提前下手了，现在我们的诺恩学长也被抢走了！人家不要活了！"

……

在宋默然得意的目光里，另外三个女生好像受到了巨大的打击，含泪瞪了我一眼，然后捂着脸飞快地跑了。

学姐，我……我什么都不知道啊！

"喀喀！婕妮学妹，接受你令人羡慕的命运吧！你放心，我以后会继续在后面传播你们的消息的，不要太感谢我哦！"

宋默然调侃地看了我一眼，转身正要离开，却被一个突然出现的身影揪住了耳朵。

"默然小喇叭，你又在这里胡说什么？"

"喂喂喂！前前，你松手啊，好痛哦！人家哪有胡说！"

刚才还一副世外高人模样的宋默然一看到来人就败下阵来，不满地嘟起了嘴，脸上的表情委屈又可怜。

"前前学姐，你……"我赶紧走上前，想要为宋默然求情。

不过，向前前好像知道我要说什么似的，她松开手对着我挥了挥，然后指着还在揉耳朵的宋默然对我说："婕妮学妹，这个宋默然是我的朋友，就喜欢到处传播小道消息，她要是说了什么让你不高兴的话，我替她向你道歉。"

"没有，也没有啦……"我嗫嚅着不知道该从哪里说起。

另一边的宋默然突然伸过头来做了个鬼脸："虽然我是八卦小天后，但是我从来不传虚假的消息哦，前前可以替我做证！"

说完，眼看着向前前又伸出手想要拧她的耳朵，她迅速吐了吐舌头，一阵风似的跑掉了。

第六章

"你们的关系真好！"

我羡慕地看着宋默然跑远的背影，不禁发出了一声感叹，什么时候我在艾利学院才会有这么好的朋友呢？

"放心吧，你也会有属于你的友谊和爱情的！"不知什么时候，前前学姐已经走到了我的身边，她抬起手拍了拍我的肩膀，清秀的脸上是少见的严肃，目光好像透过我在看向未知的地方。

"如果你不先踏出一步，就永远也不会知道上帝给你安排了怎样精彩的人生。"

临离开前，她深深地看了我一眼："婕妮，如果气消了的话，给诺恩那家伙回个电话吧，他都快疯掉了。不管发生什么事，你总得给他个解释的机会啊！"

啊？为什么我觉得来去匆匆的向前前其实是来当说客的呢？可是她的话，竟奇异地安抚了我。

真的是这样吗？如果不先踏出一步，就不会拥有精彩的人生？

整个下午，我的脑子里都乱糟糟的，不停地回想起前前学姐说过的话，心里好像明白了些什么。

等到晚上，当我终于有了时间站在心爱的天文望远镜前仰望星空的时候，看着那在亿万光年之外的地方散发着光芒的星星，突然想起，如果诺恩真的是外星人，他生活在哪个星球上呢？

当这个名字出现在我心里的一刹那，我发现自己其实没有之前那么生气了。

说起来，那个家伙也没那么差劲啦，好歹他也曾经帮助过我，如果我一直和他这样冷战下去，那岂不是永远都无法知道他的真实身份？

那可不行！

我的心里一紧，意识到似乎有什么重要的东西可能会因为我的犹豫远去。

"如果你不先踏出一步，就永远也不会知道上帝给你安排了怎样精彩的人生。"

前前学姐的话突然再次在我的脑海中响起。

哼！不就是先踏出一步嘛，有什么大不了的！就算不为了感谢他帮过我，为了

131

真命无敌幸运星

我研究外星人的梦想,本小姐就勉强原谅他好了!

我可不是因为别的,只是因为,嗯,只是因为我的梦想,对,只是因为他可能是外星人的关系,才不会因为这一阵的相处就……就减少对他的讨厌呢。

对,就是这样!

我在心里给自己点了个赞,然后磨磨蹭蹭地拿起手机趴在窗台上,深呼吸了好几下,才终于把那个仿佛已经印在心上的电话号码拨了出去。

"嘟——嘟——嘟——"

黑漆漆的房间里,月光像水银一样洒在窗前,被扔得远远的手机非常突兀地响起,正在愤恨地嚼着一把红辣椒的身影突然顿住。

"不管是谁,打断我吃辣椒的你死定了!"

被打断的少年有着一头比窗外的月光还要皎洁的银色长发,心情极度不好的他连吃辣椒都不能缓解郁闷,现在这个时候给他打电话的人是来找骂的吗?

他的嘴角勾起一抹冷酷的笑意,走过去一把捡起墙角的手机,正要发泄自己的怒气,结果却看到了一个熟悉的名字,然后表情瞬间僵硬了。

手机铃声还在执着地响着,心烦意乱的他想要挂掉,可还是舍不得,最终犹豫地接起。

"白婕妮!你跑到哪里去了,为什么不来照顾我?"

巨大的吼声从听筒里传过去,对面的人似乎愣了几秒钟,然后气急败坏的反驳声才响起。

"照顾你个大头鬼!你又没缺胳膊断腿,难道要我还要够吗?"

"谁……谁要你了?"一提起这个,少年的脸就悄悄浮上了一层绯红,气势也减弱了不少,声音里也多了几分委屈,"我的骨头确实折断了啊,如果不是恢复能力强,说不定现在还在医院里躺着呢,难道你不应该为此负责吗?"

"那个……我又不是故意的。"听筒那端的少女嘟囔了一句,好像很不甘心似的,"总之是你不对啦,我们现在扯平了!"

第六章

"怎么可能扯平？"少年微微一笑，想起下午向前前给他支的招，"就算你害我受伤和我骗你扯平了，不是还有昨天我从姚姗姗手里把你救出来的事情吗？这个你准备怎么报答？"

说完，他的手指下意识地在被水雾笼罩的玻璃上画了一个笑脸，然后等待对方的回答。

漫长的沉默过后，电话另一头的少女终于开口："那你想怎样？反正休想让我再去给你当保姆！"

"当保姆就不用了。"少年对着那张笑脸做了一个胜利的手势，再抬起头的时候，深邃的眼眸中弥漫着浓浓的笑意，"明天不是周末吗？那就请我吃顿好吃的吧。"

"那……好吧！"

隔着听筒，少年似乎已经看见了对方不情不愿的表情，不过，他突然发现，自己郁闷了整整两天的心情竟然神奇地好转了。

这可真是个奇怪的现象。

他默默地挂断了电话。

2

真是要死了！

我扔掉手机，一头栽倒在床上，发出一声痛苦的哀号。

明明是打电话告诉诺恩自己不和他计较他骗我的事情了，怎么会莫名其妙地又被他赖上了一顿饭？这家伙什么时候变得这么聪明了？

我愤恨地捶了一下枕头，但还是不得不开始在脑海中搜索这座城市里到底有哪些好吃的食物。

总之不能太贵啦，之前爸爸妈妈给我汇的钱，我用来买了一些独家天文资料，现在兜里的钱只够维持基本的生活开销，按照他们的习惯，要到下个月才会给我汇生活费呢。

真命无敌幸运星

我扳着手指算了算可以支配的资金，再联想到诺恩那奇特的口味，无奈之下，只好拿起手机求助万能的网络，在搜索栏里输入"米花市超级辣的餐馆"，然后按下搜索键，"唰唰"地出来了一大片推荐。在综合比较了半天之后，我选择了其中一家川菜馆，但是一看地址，真的好远哦！

不管了，为了我的钱包着想，远就远点吧。

我研究好出行路线，然后抱着最爱的泰迪熊，渐渐陷入了梦乡。

但是，不知道是不是突然轻松下来的缘故，这一觉我睡得特别沉，一觉睡到大天亮，直到阳光透过窗户照到我的脸上，我才艰难地醒了过来。

睁开眼睛一看，墙上的挂钟显示已经九点半了。

糟了！

我在心里惨叫一声，昨晚挂电话前和诺恩约的时间是九点，本来想着早点起来给自己弄点早饭吃，这下好了，别说是早饭，再不快点，说不定连午饭都赶不上了。

用最快的速度洗漱完毕，我也顾不得找一件漂亮的衣服穿上，随手捞起头天晚上扔在床头的校服套在身上，抓起桌上的钱包就跑了出去。

一出门，清新的空气和暖洋洋的阳光扑面而来，小区院子里已经有很多吃过早饭的老爷爷老奶奶聚在一起晒太阳，还有终于盼来周末的小朋友结伴在院子里玩耍，欢乐的笑声让这里显得热闹极了。

而在这一片热闹中，我第一眼就看到了诺恩。

和周围充满了活力的场景不同，他微微仰头，懒懒地靠在一棵大树上，整个人好像游离在这个世界之外。

他的身上和我一样穿着艾利学院的制服，深蓝色的制服就好像为他量身定做的一样，显得他的身材更加颀长。他那一头标志性的银色长发高高地束起，露出了清晰的脸部轮廓。

随着我渐渐走近，已经能看清他在阳光中变得几乎雪白的面孔，长长的睫毛遮挡住了那双比头顶的天空还要湛蓝的眼睛，红得仿佛烈火的嘴唇带来惊心动魄的美感。

第六章

　　我几乎能感觉到，不管是那些聊天的老年人，还是玩闹的小朋友，他们的目光总是时不时向这边瞟来，好像很奇怪一向平静的小区里怎么会出现这样一个怪人。

　　"诺恩。"

　　我轻轻地开口，仿佛怕惊醒他的美梦一样。

　　而伴随着他抬起眼帘的动作，我瞬间听到了远处一大群人倒抽凉气的声音，有胆子大的小朋友甚至兴奋地大叫起来。

　　"哇！那个哥哥的眼睛是蓝色的！好漂亮！"

　　"他的头发还是银色的呢，他是外国人吗？"

　　"我们去问问他是不是外国人好不好？"

　　……

　　"快走！"

　　身后已经响起了凌乱的脚步声，我心里一急，顾不上和诺恩多说，直接拉起他的手就开始跑。

　　但是，很快我就发现自己犯了一个致命的错误。

　　因为我忘了，比起小区里，外面的人更多啊。

　　"天啊！那是吸血鬼吗？"

　　"好像是呢！他的嘴唇好红，是吸了旁边那个女孩的血了吧？"

　　"这是现实版的《暮光之城》吧？这个吸血鬼长得比爱德华还要帅呢！"

　　……

　　拉着诺恩冲上了公交车，我还没来得及喘口气，旁边就响起了女生们的惊呼。

　　而罪魁祸首似乎根本没意识到自己造成的轰动，他径直迈开一双长腿，找了个空位坐了下来。

　　然后，公交车里瞬间响起了一大片吞口水的声音。

　　"快点投币！"

　　也许是我发愣的时间实在太长了，司机大叔不满地敲了敲方向盘，提醒我。

　　我赶紧从口袋里掏出两枚硬币投进去，然后顶着一车人快要燃烧起来的目光，默默坐到了诺恩的身边。

真命无敌幸运星

"啪——"

我听到身后女生手里的东西掉了。

不过，我已经管不了那么多了，压低了声音冲着闭目养神的诺恩吼道："喂！你出来都不会戴一顶帽子吗？"

他跑到这里来难道是来耍酷的吗？没看见周围的女生已经都快晕过去了吗？

"帽子？"从见面到现在，诺恩终于施舍一般看了我一眼，然后再次闭上了眼睛，"我不喜欢黑夜，也不喜欢阴影。"

喂！帽子和黑夜、阴影哪里有半点关系？

我气得简直要抓住他的肩膀晃一晃，告诉他戴帽子是为了让他遮住他与众不同的头发和眼睛。

而且就算今天我是为了感谢他帮我从姚姗姗那里脱困，拜托能不能拿出点精神来，怎么老是一副没睡醒的样子呀？难不成还会有人为了一顿饭激动得一夜没睡？

我在心里吐槽了半天，好不容易决定无视这个家伙时，他竟然再次开口了。

"守时是一种美德，下次你如果再约我，请注意你的时间安排。"

我的气焰一下子弱了，掩饰般去掏口袋里的手机："那个，我昨晚忘了定闹钟……咦？我的手机呢？"

我的手一下子僵住了，口袋里除了钱包之外，没有别的。

天啊！我的手机竟然忘在家里了！

"出了什么事？"

我抬起头，居然从一向面无表情的诺恩脸上看到了一种名为"关切"的情绪。

心里没来由地一暖，我渐渐冷静下来，仔细想了一遍从睡醒到现在的过程，最后长叹了一声："没事，就是手机忘在家里了。"

出门的时候实在太匆忙了，竟然把放在床头柜上的手机忘了。没关系，反正就是吃一顿饭而已，很快就回来了，忘带就忘带吧！

经历这样一个插曲，诺恩总算没再抓着我迟到的事情不放。

公交车慢慢悠悠地经过了十几站，终于在我想要去的目的地附近停下了。

这一路上又上了不少人，每个上来的人都在看到诺恩后开始跟旁边的人窃窃私

第六章

语。我已经受够了这种被人当作奇景观赏的气氛，车还没停稳，我就从椅子上站了起来。

"走吧，下车了！"

赶紧离开这个让人憋闷得要发疯的环境，我现在急需一点美食犒劳一下自己受伤的心。

可是，让我没料到的是，我的苦难居然刚刚开始。

在一群人的目送中，我几乎是同手同脚地下了车，身后还跟着一个聚焦效果绝对一流的人。

这里是城市里有名的小吃街，从早餐到晚餐，生意都火爆得很，特别是周末，更是人挤人。

我一下车就闻到了一股食物的香气，精神顿时一振，饿了一夜的肚子抗议似的叫了两声。

"别急！别急！马上就喂饱你啦！"

我拍了两下肚子，目光开始在周围搜索能吃的东西。

反正一会儿要请诺恩吃川菜，那玩意儿我是不能吃的，红艳艳的看着就觉得嘴里着火，还是先把肚子填饱再说吧！

小笼包、煎饺、肉丝面、葱油饼、过桥米线……好多好吃的啊！

我的眼睛都要看直了，刚想冲过去每样都买点尝尝，后面突然响起了一阵喧哗声。

糟糕！忘了还有诺恩这个移动聚焦机器了！

"啊？他在吃麻辣烫！吸血鬼居然在吃麻辣烫！大家都来看啊！"

"外国吸血鬼来我们小吃街了，这可是个大新闻，我一定要拍下来！"

"不会是哪个剧组在拍电影吧？走，过去看看！"

……

一片混乱中，我艰难地转过头，正好看到诺恩一脸嫌弃地放下了手里端着的麻辣烫，然后在摊主期待的目光中淡淡地吐出了两个字："难吃！"

说完，这位仁兄直接扭头就走，留下摊主脸色难看地大叫："喂！你还没给钱

真命无敌幸运星

呢！难吃也要给钱啊！"

"对不起，对不起！您别和他一般见识。"关键时刻，我赶紧冲过去，掏出一把零钱塞到摊主手里，不停地道歉才把摊主安抚下来。

结果，这边我刚直起腰，那边又引发了混乱，一个高八度的女声愤怒地大喊："谁敢说我家的红油米粉难吃？这是我祖传的秘方，快点给钱！"

"来了！来了！对不起！对不起！这是给您的钱。"

我拼命从人群中挤进去，差点一头撞上老板娘戳过来的手指头，说了半天好话还赔偿了能买两碗米粉的精神损失费，这才把一脸无辜的诺恩带出来。

"明明难吃，还不让人说，真是太不诚实了！"

"拜托，你能小声点吗？你没看到周围的店主都在瞪我们吗？"

我后怕地拉着他想要加快脚步。

可是明明是来吃美食的人，为什么要一直围在我们身边？你们到底是来吃东西的，还是专门来围观的呀？

接下来的一路，更是像噩梦一样，只要我稍微不注意，诺恩就会被不知道从哪里飘过来的辣椒香味吸引，一不留神就已经端起小吃吃掉了，然后就是我重复地掏钱和道歉，这样才能避免明天的报纸上出现"米花市小吃街众店主殴打吸血鬼"的新闻。

看着旁边还在大吃特吃的诺恩，我觉得自己快要累死了。今天带诺恩出来吃饭简直是我人生中最大的错误，因为这家伙根本就不知道"低调"两个字是怎么写的。

整整半个小时，我们才在这条小吃街上移动了不到一百米的距离，身后还跟着一大群闻风而来看热闹的人，"咔嚓咔嚓"的拍照声简直要压垮我的神经。

"你们太吵了！"

终于，我再一次从怒火冲天的店主手下把诺恩救出来的时候，他不耐烦地瞪了一眼身后长长的队伍，漂亮的眉皱得紧紧的，蓝色的眼眸里聚集着风暴，好像下一秒就要爆发一般。

可是他低头看了看我，然后忍耐地闭上了眼睛。再睁开时，他似乎已经恢复了

第六章

平静。

下一刻，他突然一把抓住我的手——

"白婕妮，我们跑吧！"

啊？跑到哪里去啊？

我吓了一大跳，等到反应过来的时候，自己已经跟着他在小吃街上狂奔了起来，留下了身后一大片围观的人。

"呼——呼——呼——"

风声从耳边掠过，我像是飞起来了似的，几乎是脚不沾地地被他拉着向前跑，超出常人的速度让我的心脏都要从胸腔里蹦出来了。

但即使是这样，我依然能够感觉到右手手心传来的温度，一个想法突然浮现在我的脑海里——

我和诺恩，这是牵手了吗？

再想到默然学姐说的八卦，我的心跳突然加大了马力，"咚咚咚"的声音仿佛就在我的耳边。不用看都知道，我的脸现在一定像煮熟的虾子一样红了！

不不，白婕妮你要矜持！

我故作不在意地把视线从两个人相握的手上转开，一块小小的招牌从我的眼前一闪而过。

正宗川菜馆！

"停下！"我拼命地从嗓子里挤出两个字，瞬间庆幸自己终于不会因为跑步而晕倒了。

"啊？为什么？后面好多人啊！"

诺恩非常没有安全意识地一边跑一边转头和我争论，但是根本就不用我开口解释，一股浓郁的辣椒香气已经飘进了我们的鼻子。

"啊！我要去吃！"

下一秒，他就松开了我的手，直奔已经被我们甩在身后的川菜馆而去。

我望着自己空荡荡的手心，非常有模仿花千叶一脚踹过去的冲动。

果然，辣椒才是王道！

3

等我像乌龟一样慢吞吞地拖着快要散架的身体挪到川菜馆时，诺恩的面前已经摆了一大桌子菜。

而那个挑剔的家伙正两眼放光地拼命往嘴里塞菜，一边塞还一边感动得眼泪汪汪："哇！好好吃！真的好好吃！"

我望着那红艳艳的一大桌菜，忍不住捂住了鼻子，但是一个接一个的喷嚏还是从嗓子里喷了出来。

"阿嚏！阿……嚏……"

整个餐馆里瞬间都被我的喷嚏声和诺恩大呼好吃的声音填满了，所有正在吃饭的客人，还有柜台后正在算账的老板，全都把目光集中在了我们身上。

"白婕妮！快过来吃啊！"

被我的喷嚏声惊动，已经完全陷进对辣椒的狂热情绪里的诺恩难得地抬起头招呼了我一句，然后根本不等我回答，又和盘子里各种形状的辣椒奋战了起来。

我……

"老板，给我一碗米饭，再来一份炒青菜，不要辣椒。"我虚弱地找了一张没人的桌子坐了下来。

来川菜馆里吃不要辣椒的菜，我一定是头一个吧？

我望着那边吃得不亦乐乎的诺恩，突然觉得自己真的好可怜。说好的一起来吃饭，结果变成了我在旁边看着他啃辣椒。

幸亏这家菜馆上菜的速度很快，即使是一份没放辣椒的青菜，炒得也很好吃，我一边强忍着呼之欲出的喷嚏，一边就着青菜吃掉了整整一碗白米饭。

哇！好撑！

不知道是不是在这种弥漫着辣椒香味的环境里待的时间长了，慢慢地我好像适应了辣椒的味道，等到终于吃饱的时候，才发现自己已经很长时间没打喷嚏了。

这真是一个好现象！

我揉着鼓鼓的肚子，幸福地叹了一口气。

第六章

"您好！客人，总共是587元，谢谢您的惠顾！"

一脸甜美微笑的美女服务员递过来一张单子，然后保持着良好的礼仪，等着我掏钱。

"啊？怎么会这么多？"

我那一口幸福的气还没叹完，就被这个数字吓了回去，我们两个人竟然吃了587元的菜，抢钱啊！

"客人，请您仔细核对一下账单，那边那位先生说他的和您一起结。您的是青菜15元，米饭2元，总共17元。那位先生点得比较多，分别是……"

我浑身发凉地看着美女服务员用超出常人的语速飞快地报了一遍诺恩的菜单和菜价，最后深吸一口气总结道："总数是570元，加上您的17元，共计587元，小姐您看有错吗？"

没错！一点都没错！要知道我数学考试可一直都拿满分，就这些数字，我闭着眼睛都能算出它们的总和。

的确没错，可是我……

我僵硬地从口袋里掏出钱包，再看看另一边还在埋头苦吃的身影，最后颤抖着手把钱包里所有的钱都掏了出来。

四张100的，一张50的，两张20的，还有四张1块的，咦？这里还有三个1角的硬币，总共是494元3角，差整整92元7角。

"姐姐，你看……"我可怜兮兮地抬起头。

刚才笑得好像花儿盛开般的美女服务员已经收起了甜美的笑容，她投过来两道鄙夷的视线，然后把头一转，一个气沉丹田的声音就在餐馆里炸响了："老板！快来！这里有两个吃霸王餐的！"

"在哪里？在哪里？竟然敢来我的店里吃霸王餐！"

一个一走路浑身肥肉都在颤的大叔以一种和他的体形非常不相称的速度旋风般冲了过来，然后两只细长的眼睛里射出两道寒光，又短又肥的手指几乎都要点到我的鼻子上了："就是她吗？"

"冤枉啊！"我赶紧把桌上所有钱都捧了起来，双手递到老板面前，"大

真命无敌幸运星

叔……哦不……老板，我不是要吃霸王餐，我有钱，只是……不太够而已。"

说话的声音越来越低，我的头也越埋越低。

长这么大，第一次遇到这么难堪的事情，我恨不得地面上有条缝，好让我赶紧钻进去。

都怪诺恩，本来我今天出门是带了足够的钱的，要不是他之前浪费了那么多食物，害我连续赔偿了好多店主的损失，到这里之后他又自己点了整整十个菜，吃掉了三碗白米饭，我……我至于这么丢人吗？呜呜……

我自己才花了17块钱。

想到这些，我把仇恨的目光投向不远处的餐桌，却发现桌旁已经空了。

不是吧？难道那个家伙见势不妙，还没吃完就跑了？

瞬间我觉得天都要塌了，这是要我一个人面对胖老板吗？

"怎么回事？"

突然，一个清冷的嗓音出现在我的身后。

我心里一喜，赶紧转头，果然是那个我以为已经走了的家伙从旁边绕了过来。

应该是吃得很好的缘故，此时的诺恩脸色没那么苍白了，只是嘴唇更加鲜艳，一双眼睛更是幽深得吓人，带着询问看着我。

不知道为什么，在看到他的一刹那，我突然觉得特别安心。

"那个……我带的钱不够，差了将近100块。"我低声告诉他。

"你说说，你们钱不够还点这么多菜，存心来吃霸王餐的吗？说吧，怎么办？少一毛钱今天你们都别想离开！"胖老板这时候终于腆着肚子说道，"不行就找朋友借，让朋友给你们送过来！"

"我没带手机。"我缩了一下脖子，然后满含期待地看着诺恩，"你呢？身上有钱吗？先拿出来，改天我还给你。"

诺恩的目光闪了一下，沉默地摇了摇头。

"那手机呢？给学习小组的其他几位学长打电话，让他们谁帮个忙行吗？"我再接再厉。

"我也没带手机。"他看了我一眼，然后不吭声了。

第六章

真是……倒霉事都撞到一起了！

我抽搐着嘴角，勉强维持着脸上的笑容，对着脸色越来越难看的老板露出一个讨好的笑容："那个……大叔，能借您的手机用一下吗？"

"你说说你们……现在的孩子怎么都这样！"老板痛心地看了我们一眼，好像看着两个不良少年似的，然后不情不愿地掏出了手机，"你们说号码，我来拨，省得一转眼你们把我的手机都拿跑了！"

大叔，你的戒心也太重了吧？

一滴冷汗从我的额头上滑下来。

幸好我记得前前学姐的手机号。结结巴巴地报完了11位数字，我提着一颗心，紧紧地盯着老板耳边的手机。

接通的声音终于响起，老板按下免提键，特别凶地冲着手机吼了一句："喂！向前前吗？你的朋友在我们店里吃霸王餐，你赶紧给他们送钱来，他们叫……"

"骗子！你这个大骗子！"

胖老板刚要说出我和诺恩的名字，听筒里突然爆发出一声大喝，然后向前前高亢的声音夹杂着义愤填膺的怒气从听筒里传了出来。

"编故事居然编到我戏剧社社长面前来了！哈哈哈，我才不会相信你呢！骗子，我已经记住你的手机号了，我会告诉身边的所有人，让谁都不要相信你！你就等着骗局落空吧，哈哈哈……"

得意的笑声随着手机挂掉而中断，老板愤怒地盯着手机，气得脸上的肥肉都发抖了："骗子？竟然敢说我是骗子？你们今天不仅要给我饭钱，还要赔偿我精神损失费！"

无数唾沫星子喷到了我的脸上，但是我动都没动，因为我已经僵住了。

直到现在我才知道，原来真正戒心重的不是老板，而是被我寄予厚望的前前学姐啊！

这下好了，求救的路线全都断了，前前学姐你好狠！

我欲哭无泪地看着还在咆哮的老板，还有周围一边看好戏一边看诺恩的人群，最终心一横，一把将脖子上挂着的幸运星摘了下来。

143

真命无敌幸运星

"老板，你看，这个吊坠是宝石的，应该值一些钱，我先抵押给你，回头我再拿钱来赎行吗？"

"咦？"胖老板的眼睛一亮，伸手就要过来接。

但是，就在他的手指距离我的幸运星还有不到一厘米的时候，突然被一只白皙修长的手拦住了。

一直站在我身边的诺恩一把将我拉到了身后，然后在老板马上就要发飙时突然开口："幸运星不能给你！但是我们可以打工抵债，你觉得怎么样？"

"你……"胖老板下意识地就要拒绝，但是下一刻目光在诺恩的脸上扫了一圈，竟然点了点头，"行是行，但是你们可要听从指挥！"

"没问题！"

我听到诺恩大声回答道。

二十分钟后，我和诺恩终于走出了餐馆，身份是——

门童！

没错，你没有看错！真的是门童，而且是两个造型非常奇特的门童。

不得不佩服胖老板的效率，居然在这么短的时间里给诺恩找了一件从头罩到脚的黑色斗篷，他早上被束起的头发已经放了下来，垂在耳朵两侧。最夸张的是诺恩的那张脸，本来已经够像吸血鬼了，结果还被涂上了厚厚的眼影和粉底，加上红得几乎像要滴血的嘴唇和尖尖的下巴，整个人站在那里简直就是活脱脱的现实版吸血鬼。

而我严重怀疑老板家的女儿是个狂热的动漫迷，因为此时我身上穿着的居然是一件美少女战士的铠甲，银色的铠甲在阳光下泛着清冷的光泽，和诺恩的一身黑色形成了鲜明的对比。

"咦？这家餐馆好特别，居然拿吸血鬼和美少女战士招揽顾客，我要进去看看！"

"我也去！我也去！先来帮我拍张照，我最喜欢美少女战士了。"

"我要和吸血鬼合影，以后拿出去还可以吓人，哈哈哈！"

……

第六章

就这样，一家充满了中国风的川菜馆门外，一个吸血鬼和一个美少女战士组成了一道独特的风景线。

这天中午，川菜馆的生意简直火爆到了极点，越来越多的人被吸引了过来。

我觉得自己脸上的笑容已经快要僵掉了，偷偷转头看向诺恩，发现他居然还是不动如山地站在那里，只不过浑身都在向外释放冷气。只是明明整个人都散发着"拒绝"的气息，可是当客人拉着他照相的时候，他不仅没有把人推开，还冷着脸听从安排摆姿势。

我突然觉得，别扭的诺恩，其实挺好玩的。我们现在这样，算不算许下的承诺，跪着也要完成呢？

明明是可以有其他解决方法的。

"那个……刚才你为什么不让我把幸运星抵押给老板啊？如果你不拦着我，我们就不用站在这里了。"终于找到一个没人的空隙，我虚脱了一样扶着门框，好奇地问诺恩。

"没有为什么。"等了好久，对面的诺恩才淡淡地开口，"那不是你很重视的东西吗？当然不能随便给别人。"

是吗？是我很重视的东西，所以才想要帮我一起守护吗？

我张了张嘴，想要说些什么，但是最终什么也没说出来，直到又一群人进去，我才终于找回了自己的思绪。

"你知道这颗幸运星的来历？"不知道为什么，我突然想把幸运星的故事告诉他，告诉这个和我一起守护它的人，"其实这颗幸运星不是我买的，是别人送的，而且不是个普通人，是个外星人哦。"

我故作轻快地说着，眼前浮现出非常久远的回忆。

"那一年我只有五六岁，当时我的爸爸妈妈因为一些矛盾已经闹到要离婚的地步了，有一天我很伤心地躲在卧室的窗台上哭，结果却遇到了一个受伤的叔叔。那个叔叔穿着宇航服，从天上笔直地掉落到了我家的窗台上。"

回想起那个叔叔当时狼狈的样子，我忍不住扬起了嘴角："我偷偷给他拿了药，还拿了食物，后来那个叔叔告诉我，其实他是萨特星球的国王，因为想要了解

真命无敌幸运星

地球，才会穿越星际空间来到这里，因为飞行器出了故障，他不得不在地球上停留两天，等着他的手下找过来。"

说到这里，我顿了顿，然后自嘲地笑了："说起来也很巧，那时候我的爸爸妈妈每天都吵架，他们没有精力关心我，所以没有发现我的房间里多了一个外星人。两天之后，那个叔叔的手下找到了他，他才离开。不过走之前，他为了表示感谢，说要送给我属于萨特星球的好运，于是我就有了这颗幸运星！"

说完后，我转过头去认真地看着诺恩，对上了他那双令人迷失的蓝色眼眸，说出了最后一个小秘密："你知道吗？这颗幸运星对我真的很重要，因为自从有了它，困扰我家的矛盾居然很快就解决了，爸爸妈妈没有离婚，家里也恢复了平静。这颗幸运星也被我当成了家庭的守护神，这么多年，一直陪着我。而且从那时候起，我就爱上了星空，盼望着能再见到一个外星人。"

我深吸了一口气，终于勇敢地问出了埋藏在心里很久的问题——

"诺恩，你是外星人吗？"

良久之后，就在我以为诺恩不会回答的时候，一个沉静的声音响起："是的，我是！"

我看着诺恩，看着这个被打扮成了吸血鬼的男生，他湛蓝的眼眸里闪烁着奇异的光芒，望着我的眼神无比深邃。

"我不仅是外星人，还是萨特星球的王子。那个被你救了的人，他是我的……"他停顿了一下，"他是我的父亲！"

什么？那个送我幸运星的叔叔，竟然是诺恩的爸爸？

"怎么会……"我艰难地开口。

"诺恩！白婕妮！"

突然，一个绝对不应该出现在这里的身影不知道从哪里蹦到了我们面前——姚姗姗手握从不离身的小本子，气势汹汹地指着我和诺恩："你们……你们竟然跑到这里来扮吸血鬼和美少女战士，艾利学院的脸都让你们丢尽了！"

因为刚刚受到的巨大冲击，我在看到姚姗姗后的一分钟内，都跟呆了似的完全没有反应，满脑子都是刚才被打断的谈话，不满的情绪简直都要溢出来了。

第六章

"这又不是在校园里，我们扮什么和你有什么关系？"

对呀，明明这条小吃街距离艾利学院那么远，传说中以校为家，连周末都泡在校园里的姚姗姗怎么会来这里？

"诺恩！"餐馆里突然传来胖老板中气十足的呼唤，"后厨忙不过来了，你快点去后厨帮忙！"

"竟然还去后厨帮忙？你们身为艾利学院的学生……"姚姗姗一下子又跳到了诺恩面前，看样子试图阻止他。

不过，诺恩根本就没把她放在眼里，一个冰冷的眼神丢过去，姚姗姗吓得后退了一大步，我只能眼睁睁看着诺恩走了进去。

老天！我突然想起这里可是川菜馆，那后厨岂不是到处都是辣椒？

糟了！

我着急地想要追上去解救那些辣椒，但是姚姗姗叉着腰挡住了我的去路。

"让开！"

我不想跟她废话，这可不是在学校，现在我可没必要怕她。

"不让！"姚姗姗的气势比我还要高，她瞪着眼睛，"唰"地从口袋里掏出手机，一张巨大的图片出现在了我的面前，"你看看，现在整座城市的论坛上全都是你和诺恩在这里引起骚乱的图片，你们不应该为此感到愧疚吗？"

我扫了一眼，根本就没看清照片的内容，反正从我和诺恩上公交车开始，就不停地有人拍照，有照片传到网上也没什么奇怪的。

我只知道，现在最重要的是去后厨解救那些可怜的辣椒，否则胖老板大概会气得把我们直接送到警察局去。

"这里又不是学校，你管得也太宽了吧？"我心不在焉地向左踏了一步，想要绕开姚姗姗。

但是，想不到她居然跟了上来，而且都快把手机贴到我的脸上了。

"怎么和我没关系？你们穿着艾利学院的校服在外面瞎胡闹，这是在丢整个艾利学院的脸，我必须管！"

真是不可理喻！

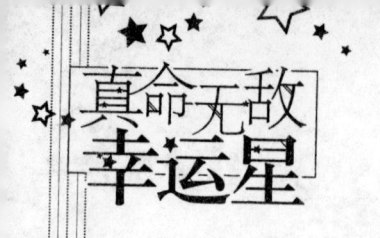

我大大地翻了一个白眼,正要和她就这个问题进行一番深入探讨,从后厨的方向突然传来一阵巨大的喧闹,好像是很多人发出了惊慌失措的叫声。

完了!诺恩肯定已经对那些辣椒出手了!

我的眼前一黑,不知从哪里来的力气,直接推开姚姗姗,飞一般地向后厨奔去。

后面传来姚姗姗气急败坏的声音:"白婕妮!你敢跑!我告诉你,刚才你们的谈话已经被我听到了,我知道诺恩是……"

是什么?

我的脚步一顿。

后厨已经近在眼前。

第七章

离奇消失的暗淡星

真命无敌幸运星

1

"轰隆隆——"

闪电伴着巨大的雷声把天幕劈开一道口子，狂风像野兽一样贴着地面嘶吼。虽然是白天，天空却暗沉得好像黑夜一般，灰色的天幕如同一块浸染了墨水的绸布，沉沉地压在人们头顶。

"噼啪——"

又一道雷电闪过，绸布终于支撑不住巨大的压力，无数豆大的雨点哗啦啦劈头盖脸地砸了下来。

"好大的雨啊！"

身后有人发出一声感叹。

我把目光从窗外收回，讲台上秃顶的数学老师还在念经似的讲着微积分的基础知识，台下大部分昏昏欲睡的人都被雷电惊醒，一时间大家全都睁大了眼睛。

于是，老师讲得更加起劲了。

"唉……"

我深深叹了一口气，然后支着下巴望着外面的雨幕发起了呆。

那天姚姗姗是什么时候离开的，我根本不知道，因为当我冲进后厨时，发现诺恩因为偷吃了整整一大盆辣椒而被抓了个现行，而且他还不顾众人的指责，把手伸向了另外一盆辣椒。

当时的画面……

我捂住眼睛，真是不敢看啊！

你能想象得出几个虎背熊腰的厨师大叔围着诺恩想要把他揍扁的情形吗？害我费了九牛二虎之力才把那个可怜又可恨的家伙解救出来。

但是，代价是，我们欠餐厅的债也被愤怒的老板残忍地翻了一番。

第七章

所以，那个本来挺美好的周末，最终以我们俩蹲在角落里洗碗洗到晚上八点才宣告结束。

"唉……"

想到那天的情形，我不禁发出了今天的第二声叹息。

那天实在是太混乱了，我都没来得及多问诺恩的事情，然后又遇上了姚姗姗，最后又被胖老板扣在厨房角落洗碗，根本没有机会再问。现在等我想问了，又不知道该怎么开口了。

不知道怎么回事，自从那天之后，我觉得自己的心理好像发生了一点点变化，特别是面对诺恩的时候，只要一拿起手机，看到那个名字和电话号码，整个人就会变得不对劲起来，不是脸红发呆，就是心怦怦跳，这根本就不是一个研究者面对研究对象应该有的正常态度嘛！

我到底是怎么了？是不是生病了？

难道是因为突然证实了诺恩的身份，所以有点激动过度了？还是因为他跟我见过的外星人大叔居然有关系？

对！没错！就是这样！

我肯定地点点头，乱糟糟的心情总算好转了一点，但是很快新的烦恼又冒出头来。

姚姗姗神秘兮兮地说听到了我和诺恩的谈话，她不会真的知道诺恩是……

我的心一下子提了起来，我到底应不应该借这个机会告诉诺恩一声呢？

应该告诉一声才对吧？

这是不是意味着，我又可以和诺恩见面了？

好像有无数烟花在我的心里绽放，喜悦的心情在我的心头萦绕。

"嘿嘿……"

我的嗓子里突然发出一阵诡异的笑声。

"白婕妮！白婕妮！"

突然，有人在旁边晃了晃我的胳膊。

真命无敌幸运星

我怀着愉悦的心情转过头去,然后发现,刚才还在讲台上"念经"的秃顶老师不知道什么时候出现在了我的身边,细长的小眼睛正非常不满地瞪着我。

而我的同桌,正满脸惊恐地用一只手捂着嘴巴,另一只手还放在我的胳膊上。

教室里一片安静,我能感觉得到周围人望过来的目光,有同情,有嘲笑,还有幸灾乐祸。

惨了!我忘记还在上课了!

"白婕妮!我讲的课很好笑吗?啊?很好笑吗?"秃顶老师的鼻孔里呼呼地朝外喷着粗气,又短又粗的手指颤抖地指向窗外,"出去!你给我出去!"

这是我有生以来第一次被老师赶出了教室。

外面的天气实在是太糟糕了,我穿着单薄的制服,瑟瑟发抖地站在走廊,身体都快冻僵了。

呜呜……我怎么会这么倒霉啊?刚才那么多同学在课堂上打瞌睡,也没见老师生气,我不过是笑了两声,竟然就受到了这么不人道的处罚!

秃顶老师,我恨你!我满腹怨气地想着。

"喂!你松手!出去就出去,谁怕谁啊!"

突然,一个满不在乎的声音从隔壁教室里传出,然后"砰"的一声,教室门发出一声巨响,一个身影冲了出来。

咦?竟然还有和我一样的倒霉蛋?

我赶紧朝那边走了两步。

"怎么是你?"

等看清那个身影,我忍不住发出一声惊呼。

"怎么是你?"

对方和我同样惊讶,也发出一声怪叫。

真是人生何处不相逢啊,这个和我一样被赶出教室的人竟然是艾凯奇。

今天的他竟然没穿那身标志性的机车服,以至于刚才我第一眼都没认出他来。

不过即使是学校统一的制服,他也穿出了一种野性的感觉,上衣外套的扣子全

第七章

部解开，露出里面只扣了三颗扣子的白色衬衣，下面的裤子倒是规规矩矩，只不过腰间那条闪瞎人眼睛的镶钻皮带实在是太惹人注目，似乎只要他站在那里，就在生动地诠释"不守规矩"这四个字的真正含义。

我们俩站在凄风苦雨的走廊里面面相觑，然后终于忍不住同时"扑哧"笑了出来。

还真是有缘呢。

我偷偷向他那边挪了两步，确保教室里的人不会看到我的身影，才压低了声音问道："你为什么被赶出来啊？"

"哼！"他满不在乎地撩了一下额前的发丝，"还能为什么？看我不顺眼呗！"

他无所谓地耸了耸肩，似乎不想提及自己的事情，很快就反问了回来："你呢？你不一向都是乖学生吗，怎么也被赶出来了？"

"我……"一提起这个，我就无比郁闷，"我没认真听课。"

"打瞌睡了？"

"没，我……发出笑声了。"

"哈哈哈！"

本来还一脸好奇的艾凯奇听到这个答案，竟然不管不顾地大笑了起来，而且一边笑一边捂着肚子问我："什么事能让你在课堂上笑出来？说出来让我也开心一下啊！哈哈！"

这个家伙！我已经够倒霉了，竟然还要嘲笑我。

我生气地走开两步，转过头去不想理他。

"咦？生气了？"终于笑够了的艾凯奇凑过来眨了眨眼睛，"别生气嘛！你看天气这么差劲，再不及时行乐，人就该发霉了是不是？来，说说，是不是想到自己喜欢的男生了？"

"才不是！"我一把将他满是戏谑的脸推开，却控制不住自己的脸直发烫，嘴里反驳道，"我没有喜欢的男生！"

153

真命无敌幸运星

"啊？是吗？哈哈！"艾凯奇好像根本就不相信我说的话，被我推开之后，他直接把一条腿架在了走廊的护栏上，满脸都是戏谑的笑容。

"你……好讨厌呀！"我恼羞成怒地扑过去想要打他。

他一边怪叫一边躲着我的拳头，我们两个在走廊上旁若无人地打闹起来。

"你别躲！"

"不躲不行啊，看不出来你还是个暴力分子！"

"你才暴力！不许你胡说八道！"

"哈哈！小心被你喜欢的人看见！"

"才不会！让你不要乱说了！"

……

"白婕妮！"

"艾凯奇！"

两声比外面的雷声还要大的暴喝突然响彻整条走廊，一个秃顶的矮胖老头，一个挺着啤酒肚的中年老师，一起像炮弹一样从两个方向直射过来。

完了！

我的眼前一黑。

此时我一只手抓着艾凯奇的衣领，一只手握成拳头，而艾凯奇夸张地斜着身体，嘴里还在发出怪叫。

这……

老师，我能说我跟他其实不熟吗？

2

"你们！又是你们！"

学生会办公室里，姚姗姗双手叉腰围着我和艾凯奇转了好几圈，愤怒的声音简直要把屋顶都掀掉了。

我老老实实地站在那里，一动不动地聆听着训话。

第七章

而我旁边站着的艾凯奇……

抱歉，他正在用手指掏耳朵。

就在十分钟前，我们分别因破坏课堂纪律和对老师不够尊重，被两位气冲天灵盖的老师移交给了学生会，并且还专门交代，一定要严惩！

严惩？根本不用严惩，只要把我们交给姚姗姗，即使只听她咆哮，对我来说已经是天大的折磨了。

"你说说你们，都是今年的新生，可是你们入校才几天，我这小本子上已经记了你们多少错行？"

那个神圣无比的小本子被姚姗姗拍得啪啪作响，我甚至怀疑如果目光可以燃烧的话，我和艾凯奇早已被她烧成了灰烬。

"尤其是你！白婕妮！"她的矛头突然掉转，将火力集中到了我一个人身上，"你一个女生，竟然和别班的男生在走廊上打闹，而且是上课时间，你还有没有一点羞耻心？就是因为有你这种只知道犯花痴的女生，艾利学院这么多年才会这么混乱……"

姚姗姗的口水在我们面前四处飞溅，我明显看到艾凯奇深深地一皱眉，厌恶地把身体朝旁边侧了侧。

我无语地看着恨不得把我钉到历史的耻辱柱上的姚姗姗，内心深处却非常想提醒她，我来艾利学院还不到两个月，所谓的"艾利学院这么多年才会这么混乱"和我真的一点关系也没有啊！之前在浅草学院，我可一直都是优等生呢！

而且，什么叫我这种只知道犯花痴的女生？在艾利学院里，难道"花痴"这个词不是特指那些每天早上都在路口迎接学习小组的女生吗？

我好冤枉啊！

可是多次的经验告诉我，一旦反抗，必被镇压。

我只能瞪着无辜的眼睛，任凭姚姗姗痛痛快快地发泄完毕。

好不容易等到她的训话告一段落，我以为接下来就该是艾凯奇受训了，结果——

真命无敌幸运星

"艾凯奇,你……"姚姗姗喘了一口气,目光从我的身上移开,然后在接触到艾凯奇挑衅的视线后,竟然没有发飙,而是没头没脑地来了一句,"你的事情以后再说,你先回教室吧,记得老实点!"

不是吧?不会吧?不可能吧?

我不敢相信地看着姚姗姗,她这是什么意思?区别对待吗?还是看艾凯奇长得帅,所以不忍心训斥了?

姚部长!姚学姐!姚特工!你的原则哪里去了?

"这可是你说的,别回头又告黑状啊!"

艾凯奇似乎也被吓了一跳,但是按他的性格,不用在这里听训话简直就是意外之喜。果然,他好像已经忘记了他还有一个战友留在这里,竟然直接丢下一句威胁的话,大摇大摆地走了出去。

不要啊,艾凯奇,你不要这么不讲义气啊!我会被姚姗姗折磨死的,呜呜呜……

我内心已泪流成河,伸出双手想要挽留他,结果嘴还没张开,耳边就响起一个肉麻的声音——

"白婕妮同学,坐!"

不知什么时候,姚姗姗已经坐到了旁边的沙发上,她给自己倒了一杯水,正慢慢地喝着。

"不……不用了!"我吓得倒退一步,双手乱摆着,并毫不犹豫地拒绝道。

姚姗姗面前谁敢坐啊?说不定我这一屁股坐下去,又多了一个认错态度不端正的罪名。

"没关系,坐吧,我刚好有点事情想问你。"

姚姗姗竟然坚持指了指旁边的凳子,目光坚定地看着我,好像我不坐就是不给她面子似的。

这实在是太诡异了!

我抽了抽嘴角,没胆子再次拒绝,只好像蜗牛一样挪过去,小心翼翼地坐了下

第七章

来，而且还规规矩矩地把双手放在膝盖上，摆出上幼儿园时老师教的标准坐姿。

"刚才我批评你是给艾凯奇看的，你不要放到心上啊！"

也许是看我太过拘束，姚姗姗突然扔出了一枚柔情炸弹，炸得我差点从凳子上跳了起来。

她……她这是什么意思？

我像看怪物一样看着她，难道是突然之间人格分裂了？

我忍不住仔细看她，她似乎也很不习惯说出那些软绵绵的话，整个人十分别扭，脸上的表情一会儿疑惑，一会儿咬牙切齿，一会儿和蔼可亲，简直像是在玩川剧变脸似的。

最后，她好像终于下定了什么决心，突然露出一个令人牙酸的笑容，看着我说："白婕妮，你和学习小组的诺恩一直都很熟吧？"

"啊？没……我们不熟！"

我几乎是条件反射地摇头否认。我可没忘记艾凯奇曾经告诉我的事，姚姗姗对学习小组那可是非常不满啊，我是傻了才会往她的枪口上撞。

"不熟？"她惊讶地挑了挑眉，然后嘴角勾起一抹诡异的笑，"可是那天我怎么听到你们在川菜馆门口谈论个人兴趣呢？好像你还有一颗幸运星，似乎还有什么外星人？难道是我听错了？"

"嘀——"

三级警报在我的心头拉响，我突然想起一直以来担心的事情，姚姗姗她……难道真的听到我和诺恩在川菜馆门口的谈话了？

"哈哈！"我干笑了两声，试图打消她的怀疑，"学姐你真听错啦，那时候我们俩太无聊了，所以在讨论一部电影，一部有关外星人的电影。"

求求你！不要再问下去了！

我在心里不停地祈祷着。

不过，很显然，在这种关键时刻，上帝抛弃了我，因为姚姗姗的眼神看起来依然充满质疑。她的目光从我的胸前扫过，吓得我差点条件反射地去摸里面的幸运

真命无敌幸运星

星,幸好克制住了,但是脸上的肌肉已经紧张到了极点,连干笑都快无法维持了。

"其实呀……"姚姗姗并没有就刚才的问题追问下去,她突然拉长了声音,看起来特别沮丧,"其实我一直觉得学习小组的几个人看起来很特别呢,还想着他们是不是有什么其他身份,你说是不是,白婕妮?"

"嘀嘀——"

警报已经升到了六级。

我看着姚姗姗咄咄逼人的眼神,听着她那蛊惑的语气,一股凉气从脚底升起。

我终于明白她为什么把我单独留下来了,原来那天她真的听到了我和诺恩的对话,不过肯定没有听清,所以才会对诺恩的身份产生了怀疑。而现在,她试图从我这里套话,想知道真相究竟是什么。

"学姐如果真的好奇,可以去问学习小组的学长们,我什么都不知道。"知道了她的目的,我再也维持不住脸上的笑容,连声音都生硬了起来。

最讨厌这种做事阴暗的人了,她以为别人都是傻子吗?

"不知道不要紧,如果我说只要你帮我打探清楚他们的身份,我就把你之前所有的违纪记录全都取消,你觉得怎么样?"

姚姗姗终于失去了耐心,直接提出了她的要求。

"嘀嘀嘀——"

警报已经达到九级。

我内心的厌恶和怒火也升到了九级。

她以为我白婕妮是什么人,是那种为了一点点利益就出卖朋友的人吗?还让我去帮她打探,我脑子进水了才会答应这种卑鄙的要求。

"学姐。"我强压住内心的火气,却压不住语气里的讽刺,"我从来不会去做这种只有阴沟里的老鼠才会做的恶心事,请原谅我无法答应你!"

说完,我猛地站起来,无视姚姗姗瞬间黑下来的脸色,抬脚就朝外面走去。

"白婕妮!你别得意!"

姚姗姗在背后怒吼。

第七章

我哼了一声，连头都没回。

可是，就在我的手碰到门把手，马上就要走出去的前一秒，耳边突然响起了一个阴狠的声音——

"那你就别怪我不客气了！你忘了刚才老师是怎么说的了吧？"

"砰"的一声，沉重的大门在我的面前合拢，门缝里闪过姚姗姗满是恨意的眼睛。

"学校的校史陈列馆已经很久没有人打扫了，中午之前不打扫干净，你就别想出来，这可是老师要求的！"

"咔嚓——"

又是熟悉的落锁声。

我真是服了姚姗姗了，每次惩罚我都是让我打扫卫生，上次是医学实验室，这次是校史陈列馆，她能不能有点新鲜的招啊？

我对着大门吐了吐舌头。

这可是大白天，以为我会像上次一样胆小吗？

怎么可能！

我不屑地冷笑了一声。

打扫就打扫，这次就让你看看我白婕妮有多么勤劳勇敢、多才多艺……啊……

转过身，对着满屋子昏暗的景象，我瞬间傻眼了。

我忘了，今天可是狂风暴雨，这个陈列馆在一楼，潮湿的气息夹杂着或明或暗的光线，就像是鬼片开始时的阴森场景一样，再加上一排排黑压压的柜子矗立在那里，偶尔有没关严的柜门"啪嗒啪嗒"发出轻响，听起来如同来自地狱的脚步声一点点接近。还有墙上挂着的昏暗照片，一张张好像也张开了血盆大口，似乎只要我一动，就会立即把我吞噬。

好……好可怕！

我不由自主地打了一个哆嗦，双腿也很没出息地发软。

真命无敌幸运星

"不,不要怕!白婕妮,这可都是艾利学院的先贤,他们不会怎样你的!"

我一边安慰着自己,一边艰难地伸出手去,想要打开墙上的开关。

"啪嗒——"

按开关的声音响起,但陈列馆里还是一片黑暗。

怎么回事?

没听说今天停电啊,难道是这里的灯坏了?

一股不祥的预感袭上我的心头。

我双手颤抖地拿出手机,想要借着手机的光亮看清里面哪里还有开关,结果刚走了两步,居然就看到一幅巨大的人物画像正对着我露出诡异的笑容。

"啊!"

手机从我的手心滑落,电池一下子摔了出来,仅有的光亮也消失了。

我蹲在地上哆嗦着摸索到手机,正好外面划过一道闪电,刹那间照亮了整个房间,虽然仅仅是一眨眼的工夫,但是也足够让我看清楚四周的墙壁上密密麻麻挂着的各种照片,照片上的人全都在冲着我笑,一排排柜子好像一个个阴森的洞口,散发出恐怖的气息。

"扑通——"

我再也支撑不住,一屁股坐到了地上。

简直比医学实验室还可怕!我不要在这里待了!

我疯了一样捧着手机,条件反射般找到一个号码,迅速拨了出去。

"喂!"

对面响起的清冷嗓音让我的眼眶一热,瞬间好像找到了主心骨一样,哽咽地叫了出来:"诺恩!快来救我!呜呜……我在校史陈列馆,姚姗姗罚我来这里打扫,可是这里好可怕,灯坏了,呜呜……门也被锁了,我出不去。"

我不知道诺恩会不会来救我,可是在最无助的时候,我第一个想起的人就是他。

我捧着手机,像是抓着一根救命稻草。

第七章

"你等着。"

几乎连一秒钟都没有停顿,他就挂断了电话。

我收起手机,抱着双膝坐在地上,连动都不敢动。

诺恩会来的吧?一定会来的吧!

我闭着眼睛,发现脑海中只剩下了这一个念头。

时间一分一秒地过去,外面的雨声越来越大,哗啦啦好像要把整个天地都淹没。

风呼呼地刮着,偶尔会有奇怪的声响从窗户那里传过来,"咔嚓咔嚓",好像有人在敲打窗户。

"诺恩?"

我连忙大声喊道,可是空旷的陈列馆里只有我一个人的回音。

我真是傻了,诺恩可是有任意门技能的,上次他不就突然出现在医学实验室吗?现在还是上课时间,说不定他正在想办法跟老师请假,然后找个没人的地方开启任意门,也许下一秒,他就会出现在我的面前了。

我不停地安慰着自己,时间又过去了很久,但是诺恩始终没有出现。

"咚咚咚——"

走廊里传来奇怪的声音,好像有谁在撞墙似的。

我害怕极了,忍不住又拨通了电话。

"嘟——嘟——嘟——"

电话接通的声音似乎就在耳边。

"喂!"

一个气喘吁吁的声音从另一端传来,后面还跟了一声我没听清楚的咒骂,身后的墙壁传来"咚"的沉闷响声,好像有谁踹上去了一样。

"诺恩?"我试探地叫了一声,然后把另外一只耳朵紧紧地贴到墙壁上,"是你吗?是你在外面吗?"

"不是!"我的话音刚落,听筒里就响起诺恩粗暴的声音。接着他突然又放缓

真命无敌幸运星

了语气,深吸了一口气,然后别扭地问道:"你……你有没有怎样?"

"没有,我……"不知道为什么,虽然诺恩说他不在外面,但是我总觉得自己贴着墙的时候似乎离他近了一点,而且他关切的语气也让我的声音哽咽了起来,良久,我才勉强控制住情绪,"总之你快点来救我啦,我一直在等你!"

对面的呼吸声突然加重,很长时间诺恩都没有说话,尴尬的沉默在听筒两边蔓延。

"诺恩?"我有点奇怪地开口,"你现在到哪里了?我听到电话里的雨声了,你是不是就在附近?"

"白婕妮……"诺恩的声音艰难地响起,听起来好像有浓重的鼻音,同时还夹杂着一声若有若无的叹息,"我没办法去救你了,你……"

"为什么?"我没等他说完,就震惊地问出了声,"为什么不能救我?"

就好像一直高高提起的心突然被人摔在了地上,我紧紧握着手机,呼吸都似乎暂停了。

"对不起!"诺恩的声音听起来那么悲伤,又那么残忍。

沉重的道歉过后,通话突然被切断。

"不,不会的,诺恩你不要和我开玩笑!一定是信号不好,对!一定是这样,我再打一次就好了,再打一次!"

我望着手机愣了半天,然后像是大梦初醒般摇晃着脑袋,执着地再次拨通了电话。

"嘟——嘟——嘟——"

这一次我无比肯定,手机铃声就在陈列馆外面响起,却一直没有人接听。

"诺恩,你在跟我开玩笑是不是?你明明就在外面啊!我听到你的声音了,我好害怕,你把门打开好不好?"

我对着墙壁大喊,但是电话接通的声音依然在响,墙外面还是一片沉默。

为什么?

为什么会这样?

第七章

我的声音已经开始哽咽，我不停地叫着诺恩的名字，却根本得不到任何回应。

"咚咚咚——"

背后的墙似乎都在震动，巨大的撞击力让我不敢再坐在原地。

墙壁是不是要塌了？

地面越来越凉，我浑身都像是冰冻了一样，挣扎着想要爬起来，却不小心碰到了头顶的镜框。

"哗啦——"

镜框从墙壁上掉下来摔得粉碎，我左腿脚踝处突然一痛，好像有什么尖锐的东西扎了进去。

用手一摸，有湿热黏腻的液体流出来，空气中多了一丝淡淡的血腥味。

"啊！流血了！"

我的头突然一晕。

老天，我晕血啊！

这下我再也顾不上诺恩是不是在和我开玩笑了，整个人像虚脱了一样向门口爬去。

"呜呜……诺恩，来救救我啊！"

我哭喊着诺恩的名字，但周围依然是该死的寂静，甚至连墙外的声音也消失了。

黑暗里的安静，就像张开口的旋涡，把我所有的理智和坚强都吸走了。我终于完全崩溃了，从未有过的恐慌和无助让我紧紧抓住了胸前的幸运星："呜呜……幸运星，我现在只有你了，谁来救救我？"

"哗啦——"

大门被撞开的声音像是天籁一样传进我的耳朵，一个天神般的身影出现在了我的面前。

"诺恩！"

是你来救我了吗？

163

我伸出手去,想要紧紧抓住他。

可是,下一秒——

"天啊!白婕妮,你这是怎么了?受伤了吗?不要动,我来抱你出去!"

那个身影着急地冲过来,一双有力的臂膀把我抱在了怀里。

我却一点都不开心,刚刚聚集的热气就这样突然消散,我的心就像暴露在外面的风雨中一样,被摧残得说不出话来。

因为,这不是诺恩,而是——

艾凯奇!

怎么会是他?

一颗心在不停地下坠,心里像是破了一个洞似的,外面的冷风呼呼地朝里面灌。

"艾凯奇,你怎么知道我在这里?"

"是诺恩让我来救你的啊!"

"他在哪里?"

"就在门外——咦?怎么不见了?"

……

走廊里空空荡荡的,一个人影也没有。

我听到了有什么在心底碎裂的声音。

诺恩,我期待的英雄一直是你啊!

原来,我真的喜欢上了你!

下一秒,我眼前一黑,终于再也支撑不住,晕了过去。

3

不是!

还不是!

当第无数次从任意门中走出来时,诺恩像是失去了所有的力气似的,一下子靠

第七章

在了墙上。

门里的哭喊声还在继续，那呜咽的声音简直像一根根尖刺，把他的心扎得鲜血淋漓。

他痛苦地捂住胸口，听着里面一声声呼唤"诺恩"的声音，觉得自己的呼吸都要停止了。

他的魔法主人在里面呼救，他却无能为力。

从来没有任何一刻，他这么痛恨自己拥有的能力是任意门，如果是天一凤他们三个其中的任何一个，都不会遇到这样的情况吧？

他想起刚刚在教室里接到电话时那种火急火燎的心情，当时他甚至连任意门技能都忘记了，也顾不得和天一凤他们说一声，就直接冒雨跑到了这里。

可是，即使他第一时间跑过来了又有什么用呢？

校史陈列馆的大门是从外面上的锁，不管他多少次试图进入，最后到达的永远都是小树林、流光城堡、体育馆等稀奇古怪的地方，而真正他想要去的门的另外一面，仿佛隔着整整一个太平洋，怎么都无法到达。

是啊，谁让他的手碰到的门，永远都无法到达想去的那一端呢。上次的医学实验室好歹还开着窗户，可是因为暴雨，校史陈列馆连窗户都关闭了，阻断了他进去的最后一条路。

"诺恩，你在跟我开玩笑是不是？你明明就在外面啊！我听到你的声音了，我好害怕，你把门打开好不好？"

里面的声音越来越低，似乎渐渐失去了活力。

"不，抱歉，我不能。"

他喃喃地开口，一颗心揪成了一团，被雨打湿的发丝下，一双盛满了痛苦的眼睛好像是冰冻了的极地海，封住了全部的情感。

外面的雨越下越大，狂风从树林间穿过，听起来好像哭泣一般，陈列馆里的声音已经很久没有响起，周围寂静得让人害怕。

总觉得会有什么不好的事情发生。

真命无敌幸运星

"不能这样下去，我得再试试。"

突然，他低垂着的头猛地抬起，晦暗的目光中又重新生出了勇气。

对，再试试，说不定这次就成功了呢！

于是，他站起来朝墙壁冲过去，甚至都没等任意门完全打开，就直接冲了进去。

"哗啦啦——"

倾盆大雨落在他的头顶，下一刻他发现自己站在了操场上。

不是！

重来！

图书馆？

不是！

重来！

教学楼的天台？

不是！

重来！

医学实验室？

不是！

重来！

……

一次又一次，他穿梭在艾利学院的每一个角落，甚至有一次他出现在了一间废弃的教室里，还看到了那个讨厌的艾凯奇正躺在课桌上睡觉。

但是在被对方发现之前，他已经飞速溜掉了。

那是个危险人物，他本能地这样觉得，绝对不能让他知道自己的魔法主人现在正被困在校史陈列馆里，否则……

否则怎么样，他根本就来不及细想，只知道又重新回到校史陈列馆的门口时，里面突然传出一声惊叫，然后玻璃的碎裂声同时响起，接着是白婕妮的喊痛声。

第七章

"啊！流血了！"

"呜呜……诺恩，来救救我啊！"

"呜呜……幸运星，我现在只有你了，谁来救救我？"

幸运星……

他的身体一僵，正要再次冲过去的动作瞬间定住，然后一股沮丧的气息笼罩在了他的头顶。

任意门，也失效了。

怎么办？到底该怎么办？

他在门口不停地走来走去。

打电话给天一凤他们吗？可是现在还在上课，等到他们赶来，说不定就晚了，刚刚里面的人不是说已经流血了吗？

她受伤了！

这个认知好像一团烈火，瞬间把他的理智烧得干干净净。

不管了，看来只有去找那个家伙了！

下定了决心，他飞快地朝刚才看到艾凯奇的空教室跑去。

只要能把她救出来，即使被误会，他也在所不惜！

空荡荡的走廊上，只留下一连串急促的脚步声。

窗外的雨，慢慢停了。

痛！好痛！为什么会这么痛？

全身上下好像被谁狠狠打了一顿似的，左腿脚踝处火辣辣的，嗓子也好像充血了，手根本抬不起来。

可最痛的还是心，好像之前发生了让人非常难过的事情。

我猛地睁开眼睛，第一眼看到的是房间洁白的天花板，鼻端充斥着一股消毒水的气味。我试着抬了抬胳膊，结果却发现上面插着一根长长的输液管。

"咦？你醒了？"

真命无敌幸运星

一个惊喜的声音从远处响起。

我艰难地转过头，看到艾凯奇拎着一个暖瓶走进来。见我睁开了眼睛，他把暖瓶放到了地上，三两步跑到了床边。

"怎么样？有没有哪里痛？"他低下头关切地问我，然后根本不等我回答，就自顾自地说了起来，"哎呀，你还真是幸运呢，护士小姐说，那块玻璃碎片如果再朝左偏一点点，说不定就要伤到筋脉了，那样你就得在病床上最少躺一个月呢，现在还好，只是扎到了肌肉上，等到伤口愈合你就可以去上课啦……"

伤口？玻璃碎片？

可能是刚刚醒过来的缘故，我看着艾凯奇一张一合的嘴巴，总觉得自己好像遗忘了什么事情。

是什么呢？

"哈哈！我说白婕妮你胆子真够小的啊，要不是我及时赶到，说不定你就晕倒在陈列馆里了，幸亏我足够英勇，背着你一路跑来医院。怎么样，是不是觉得我很帅？"

自导自演的艾凯奇没得到我的回应，居然眉飞色舞地摆了个造型，一脸"快感谢我吧"的表情。

陈列馆？医院？

我终于想起来了。

姚姗姗罚我去打扫校史陈列馆，可是里面的灯坏了，阴森又可怕，我打电话给诺恩让他来救我，他明明就在门外，却一直等到我受伤都没有出现在我的面前，最后来救我的是……

我看着自吹自擂的艾凯奇，轻轻地说了一声："谢谢你。"

"啊？哈哈！不用谢啦！"

似乎感觉到了我低落的情绪，艾凯奇像是故意要逗我开心似的，一个劲地在那里耍宝，可是我根本笑不出来。

"艾凯奇。"我轻声叫住他，然后在他疑惑的目光里，嗫嚅着问道，"诺恩

第七章

呢？诺恩一直都没有出现吗？"

"诺恩？"艾凯奇脸上的笑容渐渐隐去，他看着我的眼神复杂极了，好像要看透我的内心一样。

我不自在地转过头避开了他的视线，却一直在等待他的回答。

是啊，诺恩。

我昏倒前，明明听见艾凯奇说是诺恩让他来的，却没看见诺恩。我必须当面问问他，既然还关心我，又为什么不肯来救我。

艾凯奇一直沉默，我心里希望的泡泡也慢慢破裂。

原来，我还是没有那么重要吧？

是不是直到现在，我在诺恩眼里还比不上一根辣椒？即使我已经喜欢上了他，但对他来说也并没有什么区别吧？

诺恩他……并不喜欢我。

我自嘲地笑了笑，滚烫的泪水从我的眼角滑落，然后滴到了洁白的枕头上。

"诺恩他……"艾凯奇的声音终于响起，听起来却那么犹豫，"我也不知道他是怎么回事，让我来救你时，他明明急得不得了，全身上下都被淋湿了，但是等我把你救出来时，他竟然又不见了。"

看到我的眼泪，他顿了顿，又说："也许是临时有什么重要的事情走开了。你别哭啊！诺恩……他只是没露面而已，但还是关心你的！"

关心我？

那难道在我最需要的时候连见一面都不行吗？

他知不知道我在那么恐怖的环境下第一个想到的就是他？

他知不知道我也许已经喜欢上他了？不是单纯对研究对象的喜欢，而是对他这个人的喜欢。

他不知道吧。

他是个外星人，谁能搞懂他呢？他又怎么会明白我呢？

我却没能控制住自己的心，在毫无防备的情况下喜欢上了一个外星人。

169

艾凯奇还在我的耳边嘀咕着什么,但是身体和精神都疲惫到极点的我,带着浓浓的伤心和迷茫,渐渐睡了过去。

未来,我又该何去何从?

第八章

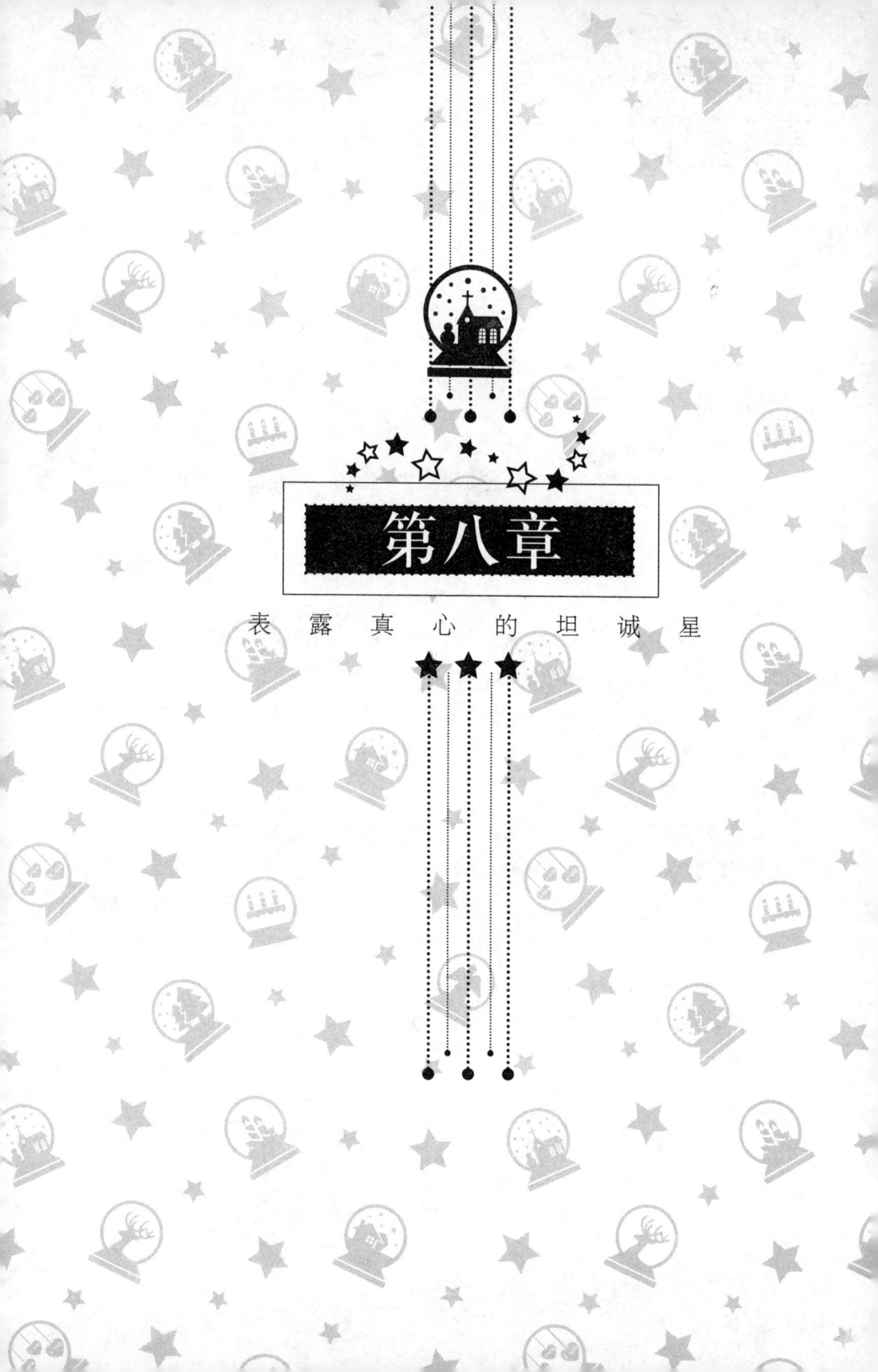

表露真心的坦诚星

真命无敌
幸运星

1

"什么？你说姚姗姗被开除出了学生会？为什么？"

经过两天的休养，我腿上的伤已经开始愈合，除了走路还有一点点痛之外，已经不妨碍日常行动了。

医院里消毒水的气味实在是太过难闻，回到家里又对着空荡荡的墙壁，为了不让自己胡思乱想，这天我收拾好书包来到了学校。

可是，刚进校门，不知从哪里闲逛过来的艾凯奇就告诉了我一个令人震惊的消息。

我不敢相信地望着他，怎么也想不明白才短短两天的时间，学校里怎么就发生了这么大的事情。那个不可一世的姚姗姗竟然被开除出了学生会？

听到我的问题，艾凯奇的脚步似乎停了停，但是很快又重新变得轻快起来，连声音里都听不出太多的情绪："总之以后不会再有人找你的麻烦了，你安心上课去吧！"

把我送到教室后，他头也不回地扔下我走远了。

真是的，最讨厌说话说半截的人了！

之前因为受伤缺了两天的课，所以这节课我听得特别认真，有不懂的地方赶紧在笔记本上记下来，准备等到下课后拿去请教老师。

下课铃响起后，我赶紧埋头整理刚才的笔记。

"砰"的一声，紧闭的教室门突然被推开，所有人都被吓了一跳，我也忍不住抬起了头。

"白婕妮！你这个卑鄙小人！"

一个尖厉的声音响起，姚姗姗像是疯了一样，满脸通红地冲过来指着我的鼻子大骂。

说实话，我还是头一次见到如此不顾形象的姚姗姗，她明显是哭过的样子，双

第八章

眼肿得好像核桃一般，总是高高在上的气势也被疯狂代替，特别是那充满了仇恨的目光，就像淬了毒一样直直盯着我。

周围一片寂静，大家都没有反应过来，我也完全被吓呆了，根本不知道该如何反应。

可是，这在暴怒的姚姗姗眼里又成了对她的挑衅，她直接一把将我桌上的书推到地上，接下来又要伸手过来抓我的衣领。我条件反射地一躲，她的手一下子抓空了。

"姚学姐，你跑到这里来干什么，现在还不到学生会的检查时间吧？"关键时刻，平时憨厚的眼镜班长站了出来，挡在了姚姗姗面前。

虽然我很感激他救我，但是为什么非要哪壶不开提哪壶？

结果这下好了，本来就失去理智的姚姗姗就像是被人按下了愤怒的开关似的，双眼喷火地一巴掌拍在了课桌上，眼睛里射出像是要吃人的寒光。

"学生会？我已经被开除了你们不知道吗？就是因为她！"姚姗姗盯着我，就像是盯着不共戴天的仇人一般，"都是你！白婕妮！你竟然撺掇学习小组的人去向学院告状，害我失去了老师的信任，你太无耻了！"

"我没有！"我赶紧举起双手澄清。

拜托！这两天我一直在家里养病，完全不知道发生了什么事，姚姗姗为什么要赖到我身上？

"没有？"暴怒的姚姗姗明显不信，她一脸冷笑地看着我，"如果不是你故意在受罚时受伤，还去找学习小组的人诉苦，学校怎么会认定我是在报复你？笑话！我姚姗姗为的可是学校的纪律，所有违反学校纪律的人都应该受到严惩，只有你这样卑鄙无耻的小人和学习小组的浑蛋才会弄出这种背后的无耻勾当，我……"

"姚姗姗学姐！"终于听不下去的眼镜班长突然发出一声暴喝，他脸色难看地指了指教室门口，"这是我们一年级的教室！你和白婕妮同学的矛盾，你们到其他地方解决！如果你再在这里闹下去，那我就要去告诉老师，让老师来评评理了！"

班长的话终于镇住了还想发飙的姚姗姗，她似乎现在才意识到自己的处境，一张脸红了又白，白了又红，好像个调色盘似的，最终不甘心地扔下一句话，转身冲

真命无敌幸运星

出了教室。

"总之我不会放过你们的，你们给我等着瞧！"

直到她的身影消失在门口，我的耳边还回荡着她最后的威胁。

"白婕妮同学，你……"还站在我面前的班长目光复杂地看了我一眼，然后摇摇头什么也没说回到了自己的座位上。

我说了声"谢谢"，然后也坐了下来，脑子却突然清明了。

刚才姚姗姗虽然像疯了一样，但是从她的话里，还是能听出一些信息，再联想到今天早上艾凯奇那奇怪的话，我几乎敢肯定，姚姗姗被开除出学生会，一定和我有关。

只是，她为什么会说是我撺掇学习小组的人告的状呢？我明明没有……

咦？不对！我在纸上乱画的笔突然停下了。

难道是……诺恩？

我呆呆地望着面前被我画得乱七八糟的笔记本，脑子里的思绪也和那些横七竖八的线条一样搅成了一团，刻意被我压在内心深处的那些疑问突然像是开了闸的洪水一样，顷刻间占领了我全部的思绪。

真的会是……诺恩吗？

我不自觉地咬着笔杆，他明明连见我一面都不愿意，任凭我在校史陈列馆里一个人面对黑暗和恐惧，既然这样，他又为什么……

……

"是诺恩让我来救你的啊！"

"他在哪里？"

"就在门外——咦？怎么不见了？"

……

那天我被艾凯奇从陈列馆里抱出来时的对话又浮现在我的脑海里，我突然发现自己完全看不懂诺恩了。

为什么每次我觉得他在对我好的时候，现实却会狠狠给我一巴掌？我明明感受到了他的温柔，可是每次又被他推得远远的。

第八章

我甚至开始怀疑,自己真的曾经走近过他吗?

因为姚姗姗来教室里闹了这一场,接下来的半天,周围的同学根本没人敢和我说话,刚刚缓和一点的同学关系再次降到了冰点。

不管我走到哪里,似乎都有人在背后窃窃私语。不用听也知道,他们一定在好奇,我究竟有多大的后台,才能让在学院里十分嚣张的姚姗姗栽了这么大个跟头。

事实上,我自己也很想知道。

中午吃过饭,我一个人在校园里乱逛,走着走着,发现自己竟然走到了古代戏剧社的门口。

想起姚姗姗最后威胁的那些话,我内心深处生出不祥的预感,迫切地想要找个人说出我的担忧。

犹豫了几秒钟后,我抬手敲响了戏剧社的门。

"是这样吗?"

古代戏剧社里,听完了我的叙述,前前学姐抬手扶了一下鼻梁上的眼镜,把桌上的茶杯朝我推了推:"别急,姚姗姗不是什么大问题。"

"可是,学姐,我总觉得她好像知道些什么,那天……"我哪里还有心情喝茶,急切地想要让她相信我的判断。

但是,前前学姐并没有让我说完,她笑着拍了拍我的手,目光安抚地望着我的眼睛:"相信我,婕妮!学习小组什么样的风浪没见过,姚姗姗她掀不起什么大浪来。倒是你……"

她顿了一下,眼神闪烁地望着我:"你和诺恩到底怎么了?这几天那家伙就像是丢了魂似的,天天在流光城堡里转来转去,连饭都不做了,还老是盯着手机发呆。你们……闹别扭了吗?"

"我……"面对前前学姐关切的目光,我的鼻子突然一酸,一股热意迅速蔓延到我的眼睛里,"我不知道,我觉得自己根本不了解他。"

说着说着,我的肩膀垮了下去,突然觉得委屈极了。

"发生了什么事?能告诉我吗?"

真命无敌幸运星

中午戏剧社里没有其他人，空旷的环境里响起前前学姐轻柔的声音，就像是一股微风轻拂过我焦躁不安的心，让我瞬间有了一吐为快的冲动。

"学姐。"我抬起头，勉强压抑住眼眶里的酸涩，把那天发生的事情简单说了一遍。

最后，我终于再也压不住内心的疑惑和怨气，声音哽咽地问道："他明明就在外面，却不来救我，如果他还是关心我的，那又为什么要那样做？为什么宁愿看着我受伤，宁可去叫艾凯奇来帮忙，也不肯自己进来救我呢？"

语无伦次的话从我的嘴里一股脑说出来，这些天折磨得我快要发疯的问题终于问出了口，我紧张地盯着前前学姐，期待她能给我一个答案。

"唉……婕妮。"在我的注视下，前前学姐突然长叹了一声，她像是想说点什么，但最终还是放弃了，只是望着我的目光越来越复杂。

"学姐，你也不知道他是怎么了吗？"我小心翼翼地问道。

"我……"前前学姐看了我一眼，然后摇了摇头，"不是我不想告诉你，而是有些事情，我觉得只有当事人说出来才有意义。总之你要相信，任何事情都是有理由的，亲眼见到的不一定就是真相。"

亲眼见到的不一定就是真相？

为什么我完全不明白前前学姐的意思呢？她是说诺恩之所以那样做是有苦衷的吗？那他的苦衷是什么？为什么不能告诉我？

越来越多的疑问堆积在我的心里，我刚想开口继续问下去，前前学姐已经转移了话题。

"好啦！"好像生怕我再说些什么，前前学姐突然夸张地拍了拍手掌，一脸兴奋地站起来对我说，"我们来说点高兴的事情吧！这个周末是我的生日，到时候会在流光城堡举办一个小型的生日宴会，婕妮你一定要来参加啊！"

说完，根本不等我反应，她就自顾自地点了点头："那就这样说定了啊！"

去流光城堡就会见到诺恩，我还没有想好怎么面对他呢。

我……

请问我可以拒绝吗？

第八章

2

转眼就到了周末。

一大早我就拿起头天晚上专门去书店选好的礼物———一本新出版的古言小说，走出了家门。

在我还没想好该以什么样的态度面对诺恩之前，我一点都不想见到他……

咦？他怎么会在这里？

我刚走出楼门就僵住了。

刚刚还被我念叨的人居然就站在不远处，正伸长脖子焦急地望着这个方向，在看到我出现的刹那，他突然绽放出一个灿烂的笑容。

我现在转身回去还来不来得及？

正犹豫间，诺恩已经走到了我的面前，他微微低下头，一双晶莹剔透的眼睛里流露出一抹讨好的光芒，右手还不自在地摸了摸鼻子："那个……前前派我来接你。我们……走吧？"

他伸手想要接过我拿着的礼物，我向后一躲，他直接扑了个空。

一抹黯然的神色浮现在他的脸上，看着他掩饰似的转过身，我的心里突然一紧，差点就要开口叫住他。

但是，脑海中残存的最后一抹理智阻止了我的行为，我一声不吭地跟在他的身后，默默走出了小区。

今天的天气不是太好，厚厚的云层铺满阴沉的天空，看起来好像要下雨。

路上的行人不是太多，大家匆匆忙忙地从我们身边擦肩而过，似乎根本没有人注意到旁边走着的两个人就是曾经在这座城市引起过轰动的吸血鬼和美少女战士。

而且我还惊讶地发现，从刚才走出小区开始，诺恩就不知道从哪里弄了顶帽子扣在头上，宽宽的帽檐遮住了他与众不同的眼睛和发色，长长的发尾也被他塞进了衣领里，再加上他一直微微低着头，所以并没有引起多少人的注意。

……

"你为什么不戴一顶帽子呢？"

真命无敌幸运星

"为什么要戴帽子？我讨厌黑夜，讨厌阴影！"

……

上次的对话突兀地在我的耳边响起，我心情复杂地看着前面的身影，他是为了我才选择戴帽子的吗？

那么我是不是可以理解成他其实在向我示好？

他是在无声地讨好我吗？

可是为什么他不能直接说出来呢？

我的思绪乱得跟一锅粥似的，想要趁这个机会开口问他，但是看到他清冷的背影，最后还是选择了放弃。

如果他想让我知道，一定早就告诉我了，既然不告诉我，证明我在他心里其实没那么重要吧，连简单的解释都没有必要。

这个认知让我的心情更加沮丧，一片乌云慢慢笼罩在我的头顶，让我一路上都恍恍惚惚的。

不知道什么时候，我们已经走到了艾利学院的小树林外。

这一路上，我们俩几乎一句话都没说，尴尬的气氛在我们之间蔓延。有几次我甚至能感到他想要开口说些什么，但每次总是会有意外情况出现，不是公交车突然停下，就是有人从我们身边经过，总之随着时间的推移，我们俩之间的气氛越来越诡异。

我简直可以想象，如果我们带着这样的表情进入流光城堡，前前学姐一定会怀疑我们是故意来砸场子的。

想到这里，我气愤地踢了一下地上的树叶。

"嗖"地一下，树叶里好像有什么硬硬的东西被我一脚踢飞，然后直接在空中掠过一道抛物线，"砰"的一声砸到了诺恩的后脑勺上。

"啊！"我捂着嘴发出一声惊呼。

树叶里怎么会有小石子，还偏偏被我踢到，我……

"谁在那里？"

不幸被小石子砸到的诺恩脚步一顿，一道犀利的目光"唰"地一下射过来。

第八章

我不好意思地缩了一下脖子,正要开口解释,却看到诺恩的目光直接越过我,直直地投向身后的一个方向。

"咔嚓——"

似乎有人慌乱中踩断了树枝。

我的心里一紧,慌乱地转头想要去看究竟是谁跟在我们后面,没想到手腕一热,一个坚定的力量直接把我拉到了他身后。

"是谁?出来!"

挡在我前面的诺恩突然大喝一声,他的整个身体瞬间绷紧,紧张的样子就像一只狩猎的猛虎一样。

而被他挡在身后的我只觉得无比安心,原本清冷的背影此时在我眼里看来非常温暖。因为好像不管遇到什么,诺恩都会下意识地挡在我身前,好像帮我挡住了所有风雨。只要有他在,我就什么都不怕。

就在这时,距离我们大概四五米远的一棵大树后,走出了一个熟悉的身影。

打理得一丝不苟的学生制服,高高梳起的棕色马尾辫,充满了恨意的眼神,加上她手里永远都在的小本子,在她出现的一瞬间,我禁不住失声唤出了她的名字——

"姚姗姗?"

没错!出现的人正是姚姗姗。从那天她跑到我的教室里大喊大叫了一通之后,我已经好几天没看见她了,听说她因为生病请了假,按理说不应该出现在这里啊!更何况,今天是星期天,她不在家好好待着,跟在我和诺恩的身后想干什么?

一瞬间,我心里的戒备攀升到了顶点。

而前面的诺恩更是非常不客气地冲着她吼了一句:"这里是学校的禁地,谁允许你进来的?"

"禁地?"姚姗姗的嘴角突然勾起一抹冷笑,她似乎根本就不把诺恩的敌意放在眼里,甚至还向前走了两步,"就算是禁地,我今天也跟定了你们。别以为我不知道你们的秘密,我倒要看看,好好的星期天,你们俩出现在这所谓的禁地,究竟是想干什么!"

真命无敌 幸运星

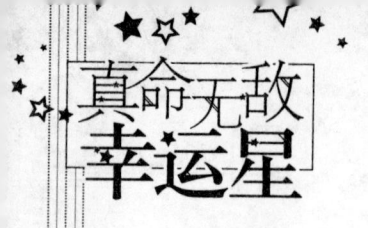

看来,跟踪我们被发现的事情对她并没有造成什么影响,相反,在双方直接交锋之后,她脸上的狂热更加明显,一双眼睛里全都是疯狂的坚持。

已经撕破脸了,连所谓的规矩都不能约束她了吗?

这人简直就是个疯子!

我担忧地看了诺恩一眼。如果姚姗姗一直跟着我们,谁能保证她不会发现进入流光城堡的秘密?

"你……"诺恩也对这种死缠烂打的人彻底无奈了,他深吸了一口气,再也没看姚姗姗一眼,直接拉着我朝树林深处走去。

接下来的半个小时里,我们像是和姚姗姗捉迷藏似的,在树林最边缘的围墙周围绕起了圈子。

可是不管怎么绕,姚姗姗都跟在距我们俩五米远的地方,不管我们怎么加快速度都没有用。

这种时候,我再也顾不得和诺恩还处在冷战期,跟着他在花草树木间钻来钻去的同时,忍不住气喘吁吁地问他:"这样一直转下去也不是办法啊!要不我给前前学姐打个电话,今天我就不去了吧……"

"不行!"他一边拨开挡在我面前的一根树枝,一边严肃地摇了摇头,"我答应了前前会把你带去。你别担心,我来想办法!"

说完,他回头看了一眼仍旧紧紧跟在我们身后的姚姗姗,抓住我向旁边的树后一闪,然后对着围墙急急地说了三个字——

"任意门!"

天啊!

我着急地想要扑上去捂住他的嘴。姚姗姗还在身后,就算有大树挡着,要不了几秒钟她就会看到我们,这种时候开启任意门,他是疯了吗?

可是,他那三个字说得实在太快了,等我反应过来的时候,面前的围墙已经开始急剧地扭曲,一扇散发着金黄色光芒的门很快出现在了眼前。

"快走!"

诺恩毫不犹豫地拉着我向门里跨去。

第八章

我心慌意乱地回头去看，正好看到姚姗姗匆匆跑过来的身影。

我心里一惊，手里拿着的书"啪"的一声掉到了地上。

"诺恩！"我发出一声短促的惊呼，但是已经来不及了，一阵突然袭来的眩晕让我不得不抓紧了诺恩的手。

而在我们消失前的最后一秒，我似乎听到了姚姗姗惊讶的大叫。

我绝望地闭上眼睛，等到再睁开的时候，发现自己已经站在了流光城堡的客厅里。

"婕妮、诺恩，你们回来啦？"

刚刚站稳，我就对上了前前学姐惊喜的笑脸。看到我，她迎上来给了我一个大大的拥抱。

今天的前前学姐真的好漂亮，她穿着一件粉红色的公主蓬蓬裙，脖子上挂着亮晶晶的项链，一向乱糟糟的头发也经过了精心打理，还戴了一个粉色的蝴蝶发卡，衬得她整个人可爱无比。

"前前学姐，生日快乐！"我尴尬地说出了自己的祝福，"那个……礼物刚才不小心掉了，我……"

"哈哈！没关系啦！"前前学姐扬起热情的笑脸，"婕妮你能来已经是给我最好的礼物了。怎么样，对我派去接你的这位绅士还满意吗？"

看着前前学姐挤眉弄眼的样子，我的脸"唰"地红了。我偷偷瞥了一眼身边一本正经的诺恩，嗫嚅了半天都没说出一个字来。

好在另一边鲁西法学长和苏恩雪学姐已经大呼小叫地跑了过来，然后鲁西法一把抓住诺恩，苏恩雪则拉住我，两个人异口同声地说道："快来！快来！正愁找不到人帮忙呢！"

于是，还没来得及告诉前前学姐刚才发生的事情，我和诺恩就被拉进了布置宴会场地的队伍中。

"唉！都怪花千叶那家伙，非要趁这个时候陪曼罗去另外一座城市，要是他在家，随便指挥花草动一动就好，哪里用得着我们呀？"

恩雪学姐拉着我的手，笑着抱怨了一句。

181

真命无敌幸运星

这还是我第一次和恩雪学姐近距离地聊天。之前只远远看到过几次，我一直以为她是个冷美人，没想到真的熟悉起来后，她也活泼极了，特别是和我说话的时候，她那双仿佛会说话的眼睛里闪着灵动的光芒，栗色的大波浪卷发勾勒出妩媚的风情，让人不由自主地对她产生一种亲切感。

即使我一直觉得自己长得还算不错，但是在恩雪学姐面前，也不得不承认差距真的好大哦。

我崇拜地看着恩雪学姐雷厉风行地把一条彩带塞到正在和诺恩说着什么的鲁西法怀里，然后大声命令道："快点把这个挂上去，就知道聊天，哼！"

啊？恩雪学姐真的好霸气哦！

我羡慕地看着敢怒不敢言的鲁西法乖乖地爬上凳子把彩带挂到了吊灯上，然后可怜兮兮地看着恩雪："还有什么需要我做的？恩雪你尽管吩咐呀！"

"真是的！"正在和我一起扎花束的恩雪学姐翻了一个白眼，抓起手中的花束朝还站在凳子上的鲁西法扔了过去，"你就不会自己找点活干吗？比如烘托气氛之类，怎么比花千叶差了那么多呢。"

"哪有？"这下鲁西法可不高兴了，他高高地昂起头，酒红色的头发在彩带的映衬下散发出更加夺目的光彩，"我比那个只会和花草打交道的家伙可强多了，你看我给你变魔法！"

话音落下，他的手一阵翻飞，一个个复杂的手势让人看得眼花缭乱。

而更让人吃惊的是，客厅里突然撒下无数花瓣，五颜六色的花瓣里，无数气球从地面升起，然后像是被一双无形的手指挥着似的，绕着恩雪学姐转起了圈圈。

好漂亮啊！

我被眼前的这一幕惊呆了。

虽然我早就猜到和诺恩一样，学习小组的其他三个人身份肯定也不一般，但是没想到其中竟然有一个魔法高手！

我这是无意间打开了一扇新世界的大门吗？

我惊讶地转过头，想要看看另一位学习小组成员——天一凤学长究竟有什么令人惊叹的本领，结果却发现那个在学院里总是一副"生人勿近"模样的天一凤学长

第八章

竟然在和前前学姐玩自拍。

对！你没看错！真的是自拍！而且还是那种特别傻的两个人挤进同一个镜头，然后再一起比出傻傻的剪刀手姿势，咧着嘴大叫一声"茄子"的自拍。

这还真是——毁形象啊！

我的嘴角剧烈地抽搐了一下，然后就听到了前前学姐撒娇的声音。

"来嘛！再拍一张嘛！"前前学姐嘟着嘴，对着一脸宠溺的天一凤眨了眨眼，"最近人家有点缺乏灵感，说不定多拍几张照片就能找到灵感了哟！"

好吧！眼看着在全校女生眼里高贵无比的天一凤学长真的又和思维奇特的前前学姐玩起了幼稚的自拍，不远处的鲁西法还在围着恩雪学姐献宝，我像是受到了暴击似的，眼睛不由自主地在周围寻找起诺恩的身影来。

真是的，他们这样秀恩爱，我也……

白婕妮，你是疯了吗，怎么会在这个时候想到诺恩？

可是我的眼睛并没有停止搜索，直到看见那个熟悉的身影。

诺恩抱着一大袋子食材从厨房旁边的储物间里走出来，我跑过去拉住他的手臂："诺恩，你和我一起插花吧。"

"不要！"他硬邦邦地拒绝了我，然后在我立即就要翻脸的表情里补充了一句，"今天我是大厨，不能和他们一起胡闹，不然我们一会儿吃什么。"

说完，他直接丢下我朝厨房走去。

我……

这个讨厌的家伙！就知道吃！吃！吃！

我站在原地简直要气死了。

"婕妮，快过来帮忙啊，你看看这盆花放到餐桌中间可以吗？"

远远地，终于秀完了恩爱的前前学姐冲我招手。

我勉强扯出一个笑脸，打起精神走了过去。

3

"婕妮，前几次你来流光城堡都只顾着陪诺恩那家伙了，都没好好看过这里

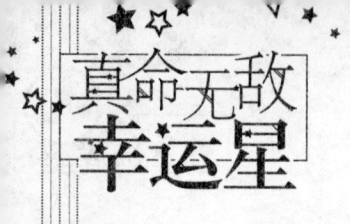

吧?来来来!我带你参观一下!"

等到餐厅布置好,前前学姐热情地拉着我的手,带我参观起了流光城堡。

说真的,这还是我第一次知道流光城堡的历史。

前前学姐真是个讲故事的高手,我跟着她的步伐,一点点了解了流光城堡的曾经。

"其实,从艾利学院建校起,流光城堡就存在了。"前前学姐指着墙上的那些壁画,"看到那些壁画了吗?据说是第一个被放逐到地球的异世界人亲手画的呢。还有这里……"

她用手在空中画了一个圈:"这里所有的一切,都是那位前辈建造的,而且他还和艾利学院签订了契约,保证以后每一个来到地球的异世界人都能在这里安心生活和学习,但是不能影响到普通人的生活。"

"所以大家才看不到流光城堡吗?"

我的目光随着前前学姐的讲述掠过这栋华美的建筑,内心深处的赞叹简直要喷涌而出。

"是啊!"前前学姐点了点头,"要是被那群花痴女生知道了,那这里岂不是变成菜市场了,哈哈!"

我想象了一下流光城堡被学院里那群疯狂的女生包围的场景,不禁打了一个寒战,赶紧转移了话题。

"那个……前前学姐。"我犹豫着,不知道该不该问,"这里住的都是异世界的人吗?"

除了诺恩,另外三位也都是吗?

我的目光扫过沙发上和恩雪学姐依偎在一起的鲁西法,还有对面安静地坐在那里看书的天一凤,再想起去了另外一座城市的花千叶,他们都不是地球人吗?

"没错啊!"

没想到,我刚问出口,前前学姐就毫不犹豫地点了点头。

哎,前前学姐,你这样不假思索地告诉我真的好吗?

不过,不管怎么样,强烈的好奇心还是促使我竖起了耳朵聆听前前学姐接下来

第八章

的话。

"他们几个来自不同的地方。诺恩,你已经知道啦,他是萨特星球的王子;鲁西法是魔法世界的魔法师;花千叶是花界花主的继承人;至于天一凤嘛,哈哈,他的身份最对我胃口,他是来自古代的一位皇族,而且还是位皇子哟!"

一提起天一凤,前前学姐就变得眉飞色舞,眼睛里的兴奋和爱恋满得简直要溢出来。

这也太……神奇了吧?

我好不容易找回自己的呼吸,目光发直地看着还沉浸在爱情甜蜜里的前前学姐。

天啊!原来我的身边竟然生活着这么多神奇的人,不仅有外星球的王子,还有魔法师、古代皇族、花界花主的继承人,谁要是现在跑来告诉我其实我有精神病,说不定我都会相信。

我愣在了那里,连接下来前前学姐跟我介绍了些什么都没有认真听,脑子里全都是一声接一声的尖叫。

真的好想知道他们的故事啊!他们究竟是怎么从异世界来到地球,又是怎么和前前学姐她们在一起的?这里面是不是发生了好多有趣的事情?

"好啦!开饭了!"

突然,厨房里的诺恩探出头喊道,打断了我的思绪。

"走啦走啦!好饿哦!"正介绍到一半的前前学姐两眼放光地揉着肚子,同时还不忘转头对我说,"婕妮,以后你有口福啦!诺恩可是流光城堡的大厨,他做的菜简直就是人间美味!哈哈!美食们,我来啦!"

前前学姐的话让我一下子红了脸,我想反驳说自己和诺恩根本不是他们想的那种关系,结果一抬头就迎上了被前前学姐推过来的诺恩的目光。

"哈哈!诺恩大厨,今天你可要好好谢谢我哦,你看婕妮学妹这么漂亮,还这么能干,这里的好多东西都是她帮忙布置的呢,你上哪里找这么完美的女生?还不快点去请婕妮学妹过来品尝你的手艺?"

"是啊是啊!诺恩你还真是好运呢!"

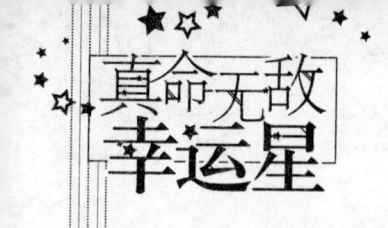

恩雪学姐也在后面起哄。

"嗯,婕妮学妹确实做得很好!"天一凤学长也跟着点了点头。

最夸张的要数鲁西法,他竟然扑过来做了一个手势,然后伴随着一阵悠扬的乐曲声,火红的玫瑰花瓣从天花板上洋洋洒洒地飘落,把场面搞得跟婚礼似的。

"当当当当!欢迎我们的婕妮学妹加入流光城堡的大家庭,以后我们就把诺恩交给你喽!"

"轰"地一下,我觉得自己全身都发烫了。

再偷偷看诺恩,他也比我强不到哪里去,一张俊脸飞上了两片红晕,然后逐渐蔓延到耳朵和脖子,最后连总是静得犹如一汪深潭的眼睛里都浮上了一层羞涩,整个人站在那里手足无措,一副想看我又不敢看的样子。

真是……完全没办法待下去啦!

看到他的反应,我的脸更红了,于是我们就这样面对面地站在那里,头顶还有玫瑰花瓣不停地落下来。

"哈哈!你看他们两个之间的气氛好好哦!"唯恐天下不乱的前前学姐一下子跳过来,一只手拉着我,一只手拉着诺恩转起了圈圈,"要不我们来玩角色扮演的游戏吧?想象一下这是一场焰火晚会,诺恩和婕妮走在街头擦肩而过,然后两个人一见钟情。哇!真的好棒!"

"好啊好啊!"恩雪学姐也跑过来凑热闹。

"没问题啦!"

鲁西法是只要苏恩雪高兴,便一切都好,他兴奋地伸出手做出复杂的手势,嘴里还念念有词。

然后。"砰"的一声,刚才还一片明亮的古堡里突然暗了下来,高高的穹顶瞬间幻化成璀璨的星空,无数焰火拔地而起,绚烂的光芒照亮了天际,浅黄、银白、淡绿、深紫、天蓝、粉红……烟花组成的笑脸在空中绽放,花瓣如雨,纷纷扬扬地落了下来。

好美!

大家都着迷了似的盯着头顶的美景,几乎忘记了自己身在何地。

第八章

我悄悄地把目光转向我的身边，却立即陷进了一双比头顶的烟花还要明亮的眼睛里。

在所有人都抬头看时，诺恩就那样站在那里，不知道已经看了我多久，他的目光深邃得如同浩瀚的大海，里面蕴含着浓浓的深情，让我的呼吸都为之一滞。

他为什么要这样看我？

我的心"扑通扑通"地剧烈跳动，视野里只剩下他完美的面孔和专注的眼神，周围的一切都在渐渐离我远去。

可是，就在我几乎要迷失在他的眼神里时，耳边突然传来"啪啪"两下鼓掌的声音，然后是苏恩雪兴奋到了极点的赞美："哈哈！鲁西法你这次干得不错哦！烟花真的好……"

"砰——"

最后一个"美"字伴随着一个意外的爆炸声响起，我的鼻子里飘进一股浓烈的火药味，似乎还有一股甜丝丝的糖果味混在一起，接着我眼前一花，似乎有人揽住了我的腰，火速把我拉开了。

等我回过神的时候，刚刚我们站立的地方已经乱成了一团。

"扑哧——"

笑声憋在我的嗓子里，我捂着嘴巴，肩膀不停地抖动。

哈哈！真的好好笑哦！

客厅的中央，一个黑炭般的人影顶着一头如同泡发的方便面的头发，脸黑得像是从煤堆里爬出来的一样，身上的衣服也变得黑漆漆的，有的地方还在散发着热气。

而恢复了明亮的穹顶上，一片片粉色的棉花糖飘飘荡荡地落下，有几片甚至落到了那块"黑炭"的头顶。

"啊……嗯……喀喀……"

一连串词语从还保持着鼓掌动作的恩雪学姐嘴里发出，然后在那"黑炭"两眼喷火的注视中，她突然爆发出一阵疯狂的大笑。

"哈哈！对……对不起啊！鲁西法，我不是故意的。哈哈！你这个样子真的好

真命无敌幸运星

可爱！"

"苏恩雪！"

一道雷霆般的大吼震得棉花糖都偏离了方向，愤怒的鲁西法双手抓住恩雪学姐的肩膀不停地摇晃："你为什么要鼓掌？啊？为什么要鼓掌？"

那边已经闹得不可开交，我突然想起从爆炸到现在，都没看见天一凤和向前前。

他们不会是……

我着急地环顾四周，然后看到了一副令人难忘的场景。

我们高贵的天一凤学长，正一只手抱着向前前，一只手吊在二楼的栏杆上，恶狠狠地盯着楼下的闹剧。最夸张的是，他吊着栏杆的手下居然还垫着一块白色的手帕，好像生怕会沾上灰尘一样。而前前学姐静静地窝在他的怀里，耸动的肩膀却说明了她现在愉悦的心情。

"走吧！这里一时半会儿结束不了。"

手心突然一阵温热，一直站在我身边的诺恩拉住了我的手，带着我一步一步走上了楼梯。

时隔半个月，我再次踏进了诺恩的房间，而我第一次有心情观察房中的布置。

一看之下，我忍不住感叹，这家伙还真是个不折不扣的外星人啊！

房间所有的墙壁都被刷成了单一的银色，光泽闪亮，几乎能照出人影。头顶的天花板是非常少见的弧形，好像一个盖子一样包裹住了整个房间。镶着银边的窗户下面是一张白色的书桌，十几本书规规矩矩地立成一排，和旁边白色床铺上被叠成豆腐块的被子一起，散发出清冷的气息。而整个房间里唯一的色彩，就是右边墙壁上悬挂着的一幅《宇宙星空图》，深蓝色的天幕上，一颗几乎透明的银色星球静静地散发着微光。

"那就是萨特星球吗？"

"刚才你有没有受伤？"

就在我望着那颗星球喃喃问出声的时候，一个关切的声音在我的耳边同时响起。

第八章

我转过头，望着诺恩一脸紧张地上下打量我的样子，眼底突然一片酸涩。

难道……

一个难以置信的念头浮现在我的脑海里，难道他还关心我吗？

可是如果关心我，为什么不肯救我？是不是在他的心里，我其实还没有一根辣椒重要？

虽然说和辣椒比是有点没出息啦，但是这一刻，我多希望自己就是他喜欢的辣椒。

"为什么？"我紧紧地盯着他，一字一顿地问出了憋在心里很久的三个字。

"啊？什么？"听到我的问话，他收回了打量我的目光，一脸迷茫地反问了一句。

果然……果然还是忘了吧？忘了我曾经求救的事情，忘了我一直在等他……

不行！我不甘心！

我深深吸了一口气，既然今天已经来到了这里，不管怎样，我一定要问清楚！

"就是那天！"我努力控制住自己的语气，好让自己显得没那么在意，但紧握的双手泄露了我的紧张，"我被关在校史陈列馆里的那天，你明明去了，为什么不肯救我？"

为什么？为什么明明有些瞬间，我能感觉到你对我的在意，可是在我最需要你的时候，你却把我推给了艾凯奇？

前前学姐曾经说过，眼睛看到的不一定就是真相，那么真相到底是什么？你能告诉我吗？

我忐忑地望着突然陷入沉默的诺恩，满怀希望的心一点点滑进深渊。

还是不肯说吗？连一个答案、一个解释，都不愿意给我吗？

在他心里，我到底算什么？

他英气的眉皱了起来，湛蓝的眼睛里酝酿着我看不懂的情绪，像是挣扎，像是抱歉，但唯独没有——

坦诚！

我突然发现自己真的好可笑。也许在他的心里，那次的事情早就被抛到了九霄

真命无敌幸运星

云外，完全没想过我今天会再问出来吧？

是啊！我真是好可笑，明明人家从来都没有把我放在心里过，我却傻傻地……

算了！何必为难了他，又为难了我自己呢？

我闭上了眼睛，勉强让自己看起来没那么可怜，一股寒气却从脚底蹿到了我的心里，把我饱含期待的心冻结起来。

他果然是不喜欢我的吧？一直都是我在自作多情吧？我……

我刚想开口说不用回答了，下一刻，耳边突然传来一声叹息，然后一双手握住了我的肩膀，将我的身体缓缓转了一个方向。

我诧异地睁开眼睛，不明白他究竟想干什么。

眼前是一扇打开的房门，从这里可以看到客厅精美的吊灯，还能听到楼下苏恩雪安抚鲁西法的声音。

他是什么意思？难道是不想回答我的问题，所以让我离开这里吗？

"你看到了吗？"就在我胡思乱想的时候，诺恩终于开口了，他从我的身后走过来，拉住我的手，指了指那扇打开的房门，"你来了那么多次，难道都没有发现整个城堡只有我的房间门是随时敞开的吗？"

啊？我被他的话一惊，仔细回想一下，好像是这样没错，从我第一次来这里看望他开始，似乎每一次都是直接走进房间，他的房门难道一直没有关过？

这是什么怪毛病？暴露癖吗？

我一个激灵，不敢相信地看着他。

"不是你想的那样。"看到我的神情，诺恩先是一愣，然后露出一丝苦笑，眼神里闪过一抹无奈，"你知道我有任意门技能吧？"

任意门？这个和任意门有什么关系？

我一头雾水地点了点头，心里的黯然让我根本就没有心思分辨他话里的意思。

可是，看到我这个样子，他目光里的叹息和痛苦却更加浓烈了，似乎想到了什么不愿意回想的经历。

为什么现在他给我的感觉，比我发现自己被他放弃的时候还要难过？

看见他苦笑的样子，我的心就像是被利刃划过，似乎他的一点点难受，在我的

第八章

眼里都放大了十倍、百倍、千倍。

是因为喜欢吗？

"所谓的任意门……"在我心疼的目光中，他深吸了一口气，仿佛下定了决心似的，用那种让人的心柔软到极点的目光望着我，同时缓慢地开口，"它虽然可以让我去很多相隔遥远的地方，但它最大的弊端就是，只要是经我的手打开的门，不管怎样都无法到达它本来应该通往的地方。所以，那天我根本没办法救你，不是我不想，而是不管我怎么尝试，打开的门里永远都不是你，你明白吗？"

他的眼睛蒙上了一层阴霾，脸上浮现出痛苦的表情，好像非常痛恨自己一样。

原来……是这样吗？

"那你那天……"我犹豫着开口，"我给你打电话时，你的确就在外面对吗？"

"是。"他深深地看了我一眼，肩膀沮丧地耷拉了下来。

所以，他只是以自己的方式在陪着我吗？

"门外踹墙的声音也是你弄出来的？"

"是。"

他的肩膀耷拉得更低了。

"为什么要叫艾凯奇来救我？你不是不喜欢他吗？"

我依然对他把我推给别人的事耿耿于怀。

"我听到你受伤了，所以……"

他的声音里充满了不甘不愿。

"最后一个问题……"我屏住了呼吸，心跳却好像脱缰的野马，声音也充满不安，"你……为什么要帮我？"

为什么要对我这么好？为什么要让我……喜欢上你？

仿佛心上被浇了热油，所有没说出口的话都在我的心里翻滚，我眼睛眨都不眨地等着他的答案。

"傻丫头！"这个问题明显让他愣了一下，但是很快，他的脸上绽放出一个春花初放般的笑容，一双温柔的手把我圈在了怀里，轻轻的叹息声在我头顶响起，

真命无敌幸运星

"你是我的魔法主人,也是我喜欢的人,我为什么不帮你?"

"轰隆隆——"

我的心底好像有无数烟花同时绽放,炸得我的脑袋瞬间一片空白。

喜欢?是我喜欢他的那种喜欢吗?

我的嘴角越咧越开,毫不矜持地伸出双手环住他的腰,嘴里还在下意识地表白:"我也……喜欢你!"

抱着我的双臂一下子收紧,我们两个人的心跳渐渐融合在一起。

"扑通扑通——"

好像一支甜蜜的交响曲。

很久之后,双腿都快要站僵的我终于恋恋不舍地离开了他的怀抱。四目相对,我们俩的脸突然都红得像西红柿。

"你……"

"你……"

我们同时开口,又同时停下,只知道看着彼此傻笑。

"你先说。"笑够了,诺恩宠溺地看着我说。

而我也终于想起来刚才只顾着激动,好像有个问题还没问清楚。

"你说魔法主人?为什么说我是你的魔法主人?"

"这个呀!"诺恩好笑地摸了摸我的头发,然后指了指我的脖子,"是因为你的幸运星啊!"

"幸运星?"

我搞不懂了,下意识地就要把幸运星掏出来,结果却被一双手拦住了。

"别!"诺恩紧张地抓住我的手,急切地说道,"不要拿出来!"

"啊?为什么?"

"因为……"他无奈地叹了口气,然后拉着我在桌旁坐了下来,"因为我们每个不属于地球的人,来到艾利学院都要签订契约,每个人都有自己的魔法主人,目的就是为了约束我们的特殊力量。而我的制约魔法,就是看到或者听到幸运星。总之,我不喜欢那个东西啦!"

第八章

最后一句话，他好像生怕我生气似的，声音变得特别低。

"如果是看到或者听到会怎样？"我兴致勃勃地问。

"就不能使用魔法，任意门失效！"

"哈哈！原来是这样！"在他哀怨的目光里，我捂着嘴笑了出来，"怪不得第一次见面时你就跟吃错药似的撞墙，却撞不过去，哈哈！"

"婕妮！"他不满地叫了出来，整个人像被踩到尾巴的萨摩耶犬似的，可爱极了。

"好啦，好啦！我不说了！"我赶紧扑过去安慰他，同时问出了最后一点担忧，"那我以后都不能戴……那个或者说那个了吗？"

"当然不是啦！"诺恩看到我不开心的样子，温柔地刮了刮我的鼻子，然后把我抱在了怀里，"契约上说，只要得到了魔法主人真心的喜欢，以后魔法就不会再受到限制了。"

"啊？真的吗？"我兴奋地拍了拍手，"那我可以戴着它了？而且，以后我是不是就可以尽情地研究你啦？"

"研究我？"他惊讶地瞪大了眼睛，似乎不明白我的意思。

我叉着腰得意地笑了起来："哈哈！你不知道吧？其实我的梦想就是研究外星人哦，虽然一直都是理论研究，但以后不是有你了嘛！"

我像盯着一只小白鼠一样盯着他，似乎看到了自己的外星人研究大业取得了突破性进展，在不久的将来，登上诺贝尔奖的领奖台。

"嘿嘿！"脑海中想象着自己上台领奖的样子，我不由自主地发出了一阵得意的笑声。

"砰——"

额头上突然传来一阵剧痛，我捂着脑袋跳了起来："好痛！好痛！你为什么打我？"

诺恩收回刚刚弹了我一个栗暴的手，对着我翻了一个白眼："就你这种蠢丫头，还梦想研究外星人，你是说出来搞笑的吧？"

"喂！"我不服气地叉腰说道，"你怎么知道我不行？加上你爸爸，我都见过

真命无敌幸运星

两个外星人了！"

"才两个而已，你以为就能研究出成果吗？反正我是不会配合你的！"

"不行！你一定要配合我！"

"才不要，按你的智商肯定都是些不靠谱的研究内容！"

……

刚刚甜蜜了没两分钟，我和诺恩又陷入了新一轮的争吵中。

但即使是吵架，我依然觉得自己是那么的幸福。

因为，有他在我的身边啊！

第九章

陷 入 混 乱 的 王 子 星

真命无敌幸运星

1

提问——

比认识一个外星人更令人惊讶的事情是什么？

回答——

和这个外星人成了男女朋友。

和诺恩在一起后，我真正体会到了身边有一个有任意门技能的外星人男朋友的好处。

上课快迟到了？

没关系！诺恩带你瞬移，保证一秒到达！

想吃五条街外的冰激凌了？

没问题！诺恩出马，眨眼就到了嘴边！

周末要去约会，好几个选择，不知道该去哪里？

太简单了！有诺恩在身旁，哪怕你一天之内想游遍全球也不是难事哦！

"天啊！婕妮你上辈子一定是拯救了银河系，这辈子才会有这么好的待遇，真的好让人羡慕啊……"

"就是就是，等曼罗回来，我一定要告诉她，让她也体会体会我们俩羡慕嫉妒的心情！"

……

想到前前学姐和恩雪学姐感慨的话，我的嘴角不由勾了起来，心底弥漫起一股甜意。

说起来也奇怪，以前我一直觉得诺恩是个"天然呆"，还想着和他在一起会不会很辛苦，结果等到真正和他谈恋爱后，才发现这家伙简直就是个恋爱高手啊，哈哈！

他知道我对外星人感兴趣，居然不知道从哪里弄来了好多关于外星文明的书

第九章

籍，趁着我晚上睡觉的时候偷偷放在我的枕边。

还有窗台边那架已经被遗忘了很久的天文望远镜，镜头总是模模糊糊的，结果我告诉他之后，他简单地鼓捣了两下，居然一下子就清晰了。

有天夜里，他搂着我站在窗前仰望星空的时候，我无意间说起不知道萨特星球是什么样子，结果下一秒就被他带到了一个从没见过的地方，那里的地面全都是由亮晶晶的宝石铺成的，视野里是一望无际的圆球状屋顶，头顶的天空低矮得好像伸手就能触碰到星星。

就在那里，我偷偷告诉他自己曾经做过的那个梦，包括梦里有个看不见脸的帅哥捧着玫瑰邀请我一起进行宇宙旅行。

结果，还没等我说完，吃醋的诺恩就低头一下子吻住了我的嘴唇，让我所有的话都堵在了喉咙里，剩下的只有嘴唇上灼热的温度和棉花糖般的芬芳。

我从来不知道，原来恋爱的感觉这样美好！

我的脸上浮现出一个傻傻的笑容，然后"咚"的一声，一下子撞到了一堵墙上。

好糗啊！

我赶紧看了看四周，幸好已经放学了，这会儿学校里并没有什么人，而且我怀里还抱着一个大大的袋子，及时缓冲了我撞上去的力度，所以才没那么痛。

"哎！白婕妮，你在乱想什么啊？快点去和诺恩会合啦！"

我抬起手敲了敲自己的脑袋，赶走了那些总是不停跑到我脑海里的甜蜜场景，加快了脚步向不远处的古代戏剧社走去。

昨天就说好了，今天大家要一起去南极看企鹅。为了节省时间，刚才诺恩打电话告诉我说他在戏剧社等我，那里没有人，可以直接开任意门回流光城堡和大家会合。

我怀里抱着羽绒服，想起前前学姐说还要跟我讲他们上次在南极被企鹅追的趣事，不禁对接下来的南极之行充满了期待。

然而，当我气喘吁吁地爬上最后一层楼梯，再拐一个弯就要看到戏剧社大门的时候，这份期待突然变成了一盆凉水，哗啦啦冲着我兜头浇了下来。

真命无敌幸运星

"怎么？看到我很惊讶吗？"

楼梯的拐角处，一个双臂环胸一脸冷笑的女生斜眼看着我，然后在我吃惊的目光中得意地挑了挑眉。

是姚姗姗！

阴魂不散的姚姗姗！

我一下子抱紧了怀里的东西，一脸戒备地盯着她。

最近我和诺恩的爱情太甜蜜，以至于我都忘了身边还有这样一颗定时炸弹，现在她出现在这里，究竟是想做什么？

面前的姚姗姗真的和我第一次见到时完全不一样了，那时候的她虽然表情严肃，但是一张青春洋溢的脸上带着少女的阳光，即使是在训话时，也能让人感觉到她对学院的热爱和希望。

但是现在的她呢？我皱眉看着她逆光靠在那里，似乎整个人都罩上了一层阴影，清秀的脸庞上布满了不甘和恶毒，一双原本清澈的眼睛里闪烁着恨意和偏执，并且在看到我戒备的神色时，脸上闪过一丝扭曲的快意。

"你想干什么？"

我向侧面跨了一步，同时把手伸进了口袋，想要去掏手机。

她的表情实在太过可怕，我甚至怀疑，在这个没有人的楼梯口，说不定她一发疯，就直接把我推下去了。我得赶紧给诺恩打电话，我不要一个人和一个疯子待在这里。

"想要搬救兵吗？"

突然，我的手臂被握住了，就这么一晃神的工夫，姚姗姗竟然已经冲到了我的面前，她似笑非笑地阻止了我拿手机的动作，然后把一本书举到了我的面前。

"其实你没必要那么害怕，我只是想问问你，上次在小树林里，你和诺恩后来去了哪里？等我赶到的时候，地上只剩下了这本书。如果我没猜错的话，这本书应该是送给向前前的吧？"

姚姗姗的语气突然变得十分轻柔，瞬间让我有一种被盯上的感觉。

从她的眼睛里，我似乎看到有火焰在燃烧，本能地觉得危险。

第九章

而那本书……

我看着那自己亲手挑的粉红色包装纸,果然是我为前前学姐选的生日礼物!

"没……我们没去哪里,就是……就是……"我飞快地思索着理由,终于眼前一亮,脱口而出,"就是爬到树上去了,对!爬到树上去了!小树林里有那么多树,你当时肯定没有一棵棵去找吧?"

不过,显然我这个说辞并没有让难缠的姚姗姗相信,听到我的话,她脸上的嘲讽更浓了,嘴角的弧度渐渐加大,话语也变得更加咄咄逼人。

"如果我说我根本就不信呢?"她目光深沉地看了我一眼,花瓣般的嘴唇中吐出残忍的话,"我是不是忘了告诉你,那天我在小树林里一直等到傍晚,别说是树上,就算是你们钻到地底下去了,也不可能逃过我的眼睛。说!你们到底是怎么消失的?"

不是吧?她竟然在小树林里等了一天?这是怎样一种令人敬佩的精神啊!

我蒙了,完全想不到还有什么理由可以解释那天的突然消失。

而且,似乎觉得这样还不够震撼,她抓住我手臂的力气越来越大,让我觉得更加恐怖的话从牙缝里挤出来。

"那天……"她紧紧盯着我的眼睛,"我不仅捡到了这本书,还看到了一阵光芒,虽然很快就消失了,但是我敢肯定,一定和你们有关!"

老天!你饶了我吧!

在姚姗姗的逼问下,我觉得自己快要撑不住了,心里慌成了一团,连呼吸都变得越来越急促。

下一秒,我直接闭上眼睛,从嗓子里发出一声震耳欲聋的尖叫:"我不知道你在说什么!救命啊!"

诺恩,你快来啊,这里有怪人一直缠着我!

"扑通——"

我的手臂突然一松,紧接着身体被拉进了一个温暖的怀抱。

再睁开眼睛的时候,我看到姚姗姗正狼狈地坐在地上。

"诺恩!"

真命无敌幸运星

她恼羞成怒地想要站起来，却被诺恩突然向前跨出的一步吓得又跌了下去。

"我警告过你！对我们有任何不满都请去找院长，如果再被我发现你跟踪我们，当心连艾利学院都待不下去！"

诺恩的话暂时震慑住了姚姗姗，然后他直接拉着我从她的面前离开。

"诺恩，她好像……"

我担忧地回头看了一眼，姚姗姗正艰难地从地上爬起来，某一个瞬间，我好像看到了她脸上诡异的笑容。

似乎有什么不对劲！

但是，前面的诺恩急匆匆地拉着我走进了戏剧社，甚至连门都没顾上关，嘴里一边说着"他们肯定都等急了"，一边启动了任意门。

"喂！"

我扯着他的胳膊想要阻止，却已经来不及了。

"咔嚓——"

一个轻微的声音响起，好像还有快门的白光闪过。

我惊慌地回头，却什么都没来得及看清，就被诺恩拉了进去。

千万不要再出状况了。

2

这是一片冰雪的世界。

即使来之前在脑海中想象过无数次，但是等到真的站在南极的土地上时，我依然被眼前的美景震撼到了。

天空干净得仿佛被水洗过一般，洁白的云朵悠闲地在蔚蓝的天幕上飘荡。几乎和天空融为一色的碧蓝海水中，每隔一两千米就有一座冰山，它们大小不一，在阳光的映照下反射出七彩的光芒。

远远地，一群白白胖胖的企鹅摇摇摆摆地从冰面上走来，黑色的羽翼哗啦啦拍得很响。而在它们身后，还有一群小企鹅丝毫没有注意到我们，自顾自地嬉戏。

"婕妮，是不是很漂亮？哈哈哈！"

第九章

　　裹在厚厚羽绒服里的前前学姐戴着毛茸茸的帽子和围巾，只露出一双黑得发亮的眼睛，她歪歪扭扭地走到我身边拉着我的手兴奋地晃了晃。

　　"我跟你说哦，上次我们被企鹅追得四处乱跑，无意间在那边发现了一个很美的地方，我带你去看看好不好？"

　　说完，她直接拉着我就走。

　　"我也去！我也去！"

　　正在和手套奋战的苏恩雪一听赶紧跑了过来，一直紧跟着她们的鲁西法和天一凤当然不会放她们自由行动，于是很快，我们一行六个人手拉手朝前前指的方向跑去。

　　"哈哈哈！真是太好玩了！以后诺恩你要经常带我们来玩啊！"

　　到达目的地后，前前学姐一把甩开了天一凤的手，和恩雪在冰面上滑了起来，很快鲁西法和天一凤也加入了进去，欢快的笑声飘荡在寂静的南极上空。

　　可是，这么美的景色，这么难得的机会，我却根本没有心情和她们一起痛痛快快地玩。

　　上午遇到姚姗姗的一幕一直在我的脑海里来回晃，导致我做什么事情都心不在焉的，中午吃饭时甚至把一根辣椒塞进了嘴里，引得前前学姐嘲笑了半天。

　　"婕妮，你怎么了？这里不好玩吗？"

　　一个担忧的声音把我从心慌意乱中拉了出来，我转过头，诺恩正一脸忐忑地看着我。

　　他今天穿了一件黑色的羽绒服，臃肿的款式也没能遮掩他的好身材，反而显得他脸上白皙的皮肤更加晶莹，特别是这么近距离地看过去，让人不禁感叹造物主对他的厚爱。

　　"没……挺好玩的。"我摇了摇头，不知道怎样才能把心里的不安表达出来。

　　"才不是！"诺恩看起来根本就不相信我敷衍的话，他伸出双手握住我的肩膀，目光忧虑地看着我，"从上午开始，你一直没有笑过。"

　　"我……"

　　我勉强扯出一个笑容，但是很快就维持不下去了，因为我突然想到，如果我担

真命无敌幸运星

心的事情真的发生了，最先受到影响的一定不是我，而是眼前这个什么都不知道的外星人。

"诺恩。"

我深吸一口气，刚想把上午开任意门时听到快门声的事说出来，另一边的前前学姐已经等不及了，一双冰凉的手突然从背后捂住了我的耳朵，冻得我一个哆嗦。

"哈哈！好玩吧？婕妮你怎么一直站在这里和诺恩说话，快来跟我们一起玩啊，好好玩！"

我没有防备，一下子就被前前学姐扯出了好远，等到我终于有机会回头时，发现诺恩也已经被鲁西法揪着加入了进来。

算了，先这样吧，现在说出来大家肯定都没心思玩了。

我在心里叹了一口气，打起精神和大家玩闹了起来。

一直到傍晚晚霞满天的时候，我们一群人才通过诺恩的任意门回到流光城堡，一个个累得已经说不出话了，鲁西法甚至一进来就栽倒在沙发上，怎么也不肯起来。

前前学姐玩了半天，一直嚷嚷着口渴，天一凤刚站稳就跑去给她倒水了。

诺恩走过来摸了摸我的头发："走吧，我先送你回家，好好睡一觉，有什么事明天再说。"

我也实在是没有力气了，只好点了点头，任由诺恩半拖着我把我送回了家。

但是，很久以后，我一回想起这个晚上就懊恼不已，如果我早点发现姚姗姗的阴谋，就不会发生后来的事情了。

周末一过，充足的睡眠为我带回了满满的元气，我没等诺恩过来接我，早早地给自己弄了早餐，然后坐公交车来到了学校。

但是，还没走到教室，我就被周围人都在议论的一个消息震惊了。

"咦？你们教室也出现了同样的布告啊！怎么会有人那么无聊，编出这样的谎话污蔑学习小组呢？"

"就是，肯定是哪个妒忌学习小组的人干的。竟然敢说我们的诺恩学长是怪物，被我知道是谁，我一定要吐他一脸口水，哼！"

第九章

"布告上不光说了诺恩学长,还把整个学习小组的人都牵扯在内,说他们其实都是骗子,欺骗我们的感情。"

"开玩笑也要有个限度,造谣的人实在是太过分了!"

……

众人还在为学习小组打抱不平,我却已经浑身发凉,甚至根本没心思听大家后面说了些什么,直接朝教室狂奔而去。

等冲到教室门口,首先映入眼帘的就是门口墙壁上贴着的一张醒目的纸,好多同学围着那张纸指指点点。

我艰难地从人群中挤进去,白纸上用超大的字体写着两行吸引人眼球的字——

学习小组的诺恩是个彻头彻尾的怪物!

流光城堡里没有一个正常人!

署名是——

一个掌握了真相的人。

"什么嘛!这样没有根据的话也敢写成布告乱说,这人脑子进水了吧?"

"还掌握了真相的人,他以为自己是福尔摩斯吗?真是够无聊的!"

"走啦走啦!别在这里耽误时间了,赶紧把这破东西扯下来,老师一会儿就来了!"

"咦?婕妮你来了?你有时间问问你家诺恩学长得罪谁了,怎么会有人写这种东西?真是太可笑了!"

……

人群中终于有人发现了我,自从姚姗姗被学生会开除,而我和诺恩在学校里公开恋情之后,班上的同学对我的态度已经越来越友善了,遇到这种事情竟然还跑过来和我开玩笑。

我扯了扯嘴角,低着头走进了教室。

直觉告诉我,这一切都是有预谋的,绝不是一个普通的玩笑那么简单,甚至我都能肯定究竟是谁在背后搞鬼。

而更让我担心的是,这种没有说服力的布告也许只是一个开始,接下来不知道

真命无敌幸运星

还有什么手段在等着我们。

好不容易熬到了中午放学,我连饭都没吃,急匆匆地避开人群跑到了流光城堡,同时用短信通知了所有人。

"什么?你说姚姗姗两次看到了诺恩使用任意门?"

我刚在流光城堡的客厅里坐了不到两分钟,气喘吁吁的诺恩就带着一大群人出现在了我的面前。

我根本就没心思问他究竟是怎么在这么短的时间内把这么多人聚齐的,赶紧把对姚姗姗的怀疑说了出来,包括前两次我们在离她不远的地方使用了任意门,特别是最后一次,似乎还有快门的声音。

我刚说完,一向冷静的天一凤就一下子从沙发上站了起来,脸上的表情阴沉得好像下雨前的天空一般,眼睛眨都不眨地盯着我。

在他强大的气势下,我不由自主地打了一个寒战,半天才哆哆嗦嗦地点了点头:"是……啊……不是,我也不知道她有没有看到,但是两次她都在附近,我……"

"不用说了!"天一凤挥手打断了我的话,然后转过头去瞪着诺恩,"你怎么这么不小心?"

"我……"诺恩似乎也没料到事情会这样,他想说什么,却一下子梗住了,脸上明显现出了烦躁的神色,"我已经很注意了,谁知道她会偷窥?开任意门前后不到两秒钟,她应该不会……"

"怎么不会?"火爆的鲁西法直接跳了起来,两只眼睛瞪得大大的,胸膛不停起伏,"我说怎么今天到处都是那种布告呢,原来是姚姗姗在背后搞鬼,看我不把她打得满地找牙!"

说完,他捋起袖子就打算往流光城堡外冲,幸好被恩雪学姐及时拉住了。

"你给我安分点!"恩雪学姐狠狠瞪了他一眼,然后转过头问我,"关于姚姗姗的事,婕妮你确定吗?"

"其实不止是这两次。"我仔细回忆了一下,才继续补充道,"还有那次我和诺恩去小吃街吃饭的时候,当时我们俩正聊到诺恩的身份,姚姗姗突然从旁边跳了

第九章

出来，我怀疑她那时候说不定听到了什么，所以后来才不断针对我们。"

"这个我听婕妮提起过。"一直坐在天一凤身边的前前学姐抱歉地看了我一眼，"那时候我还说不是什么大事，没有给予足够的重视。"

"那现在呢？现在该怎么办？"

我紧张地从沙发上直起身，整个人绷得紧紧的，无助地扫视所有人，目光最后定格在身边的诺恩身上。

事情已经很清楚了，姚姗姗已经对诺恩的身份产生了怀疑，今天的布告也许只是开始，说不定她还会采取更加激烈的行动。对于姚姗姗的疯狂，我可是见识过好多次了。

我担心地看着诺恩，他的脸色非常难看，但是在我看过去时，他还是勉强露出一个安抚的笑容，并且紧紧地握住了我的手。

他看起来似乎想要说些什么，但是还没开口，就被冷静下来的天一凤打断了。

"如果姚姗姗真的知道了什么，她一定不会就此罢手的。"天一凤坐在那里，目光沉静地分析道，"以前我并没有注意过她，但是按照婕妮的说法，她一直都对学习小组不满，所以这次，她也许针对的不只是诺恩一个人，有可能会牵涉到我们所有学习小组的成员，大家谁也逃不掉！"

啊？有这么严重吗？

天一凤的话让我陷入了极度的恐慌，所有人的脸上都浮现出担忧的神色。

"如果能听懂花草说话的花千叶在家就好了。"

前前学姐忍不住发出一声叹息，清秀的小脸上布满忧虑。

"是啊！"恩雪学姐也跟着叹了口气。

一旁不服气的鲁西法试图开口发表意见，但是很快就被恩雪学姐镇压了下去。

现场一下子沉默了下来，似乎大家都在想解决的办法。

就在这种几乎令人窒息的沉默中，握着我的那只手突然松开，一个高大的身影"唰"地站了起来。

"这件事是因我而起的，我会想办法解决，我绝对不会允许因为自己的失误伤害到大家！"

真命无敌幸运星

主动承担责任的话从诺恩的嘴里说出来,在空旷的客厅里回荡。

我吓了一大跳,连忙跟着站了起来,却压抑不住内心的慌乱,只是紧紧地抓住了诺恩的手。

对付像牛皮糖一样的姚姗姗,诺恩真的会有办法吗?

"怎么能让你一个人解决?"最先跳起来的是向前前,她不满地噘起嘴巴,"诺恩你要相信我们啊!"

"对啊!诺恩,你不要一个人逞强!"

苏恩雪紧跟着站起来,不赞同地摇了摇头。

"你不当我们是兄弟吗?"

鲁西法这次终于有机会开口,他"啪啪"地拍着自己的胸膛,好像很生气自己被小看了一样。

"可是……"诺恩似乎还想辩解。

"没什么可说的!"最后站起来的是天一凤,他伸出手拍了拍诺恩的肩膀,目光里充满了坚定,"学习小组是一个整体,没有人能拆散,不管是谁遇到麻烦,大家都会一起面对的,难道诺恩你不这样认为吗?"

"我……"诺恩只说出一个字,就再也说不下去,从我这个角度看过去,似乎有亮晶晶的液体在他的眼睛里聚集,就像有星星落入了他的眼睛里。

"对嘛!大家一起面对,没有过不去的难关,不就是个姚姗姗嘛!"向前前跳过来把手搭在我的手上,"算我一份啦!"

"还有我!"

"还有我!"

苏恩雪和鲁西法也冲了过来。

"还有我们!"

六双手紧紧握在一起,就像是一个不可分割的整体。

我的心情前所未有地澎湃起来。我第一次觉得,学习小组是一个大家庭,而我,是其中的一员!

我和诺恩对视了一眼,都从彼此的眼神中看到了感动和信念。

第九章

学习小组对抗姚姗姗的行动，正式开始了！

3

谁也没有料到，姚姗姗新的行动来得那么快。

一整个下午，我们都在微信群里讨论究竟该怎么应对这场变故，可是还没等我们商量出具体的办法，短短的一夜过去，第二天我们来到学院时，事情已经发生了新的变化。

天气越来越冷了，学校林荫道两旁的香樟树翠绿的叶子变得枯黄，一阵风吹过，枯黄的叶片从枝头飘落，悠悠荡荡地从行人耳边飞过，最后轻飘飘地落在了地上。

"唉！真的想不到诺恩学长竟然……"

"怎么会发生这样的事情？我完全不敢相信。"

"谁想相信呢？如果不是那些照片，真是打死我都不愿意相信诺恩学长和我们不一样。"

"……"

我走在萧瑟的秋风里，正愁眉苦脸地想着到底该怎么打消姚姗姗的怀疑，另一边却突然传来几个女生议论的声音。

而她们议论的内容像是晴天霹雳一般，直接让我呆在了原地。

照片？什么照片？

我冲上去抓住其中一个女生连声问道："发生了什么事？你们刚才说什么照片？"

"啊！"那个被抓住的女生吓得尖叫了一声，然后拼命地想要挣脱我的手，嘴里还大叫着，"我不知道，你自己去看啊！都是你，害了我们的诺恩学长！"

"你快松手啊！"旁边的两个女生也来帮忙拽我，她们看着我的眼神就像是看着怪物一样，目光中还充满了恐惧，"你自己和诺恩学长在一起，都会穿墙瞬移了，还问我们发生了什么事？"

穿墙瞬移？

真命无敌幸运星

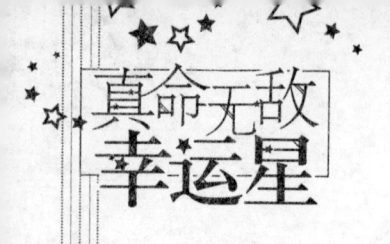

呆呆地被拉开双手后,我像疯了一样朝教学楼跑去。

可是这一次,根本就不需要我跑到教学楼,因为我刚跑了没几步,就看到越来越多的人向离学校门口不远的公告栏聚集。

直觉让我瞬间改变了方向,用最快的速度冲了过去。

然而,还没等我走近,两张占满了整个公告栏的照片就出现在了我的视野里。

我踉跄地停下了脚步,一股不祥的预感渐渐笼罩我的心头。

因为照片很大,即使隔了一段距离,我也能看清上面的内容。

两张照片的背景都是前前学姐的古代戏剧社。只不过,左边的那张上,我和诺恩站在一起,诺恩正焦急地对着面前的墙壁说着什么;而右边的那张,虽然是同一个角度,镜头里却已经没有了我和诺恩的身影。

顶着周围人异样的目光,我一步步走到布告栏前,终于看清了两张照片右下角的时间。

一张是11月17日上午9时34分27秒,一张是11月17日上午9时34分28秒,中间仅仅相隔了一秒的时间,画面的内容却完全不一样。因为短短一秒钟,我跟诺恩居然不见了!

在两张照片的正下方,一张打印出来的A4纸上,简短的几行字全都在说明一个事实——

诺恩是个会空间瞬移的怪物,学习小组没有一个正常人!

而就在我手足发凉的时候,人群中突然有人发出了一声惊呼:"你们快看学校论坛,有篇揭露学习小组成员身份的帖子!"

"哗啦啦——"

几乎就在瞬间,所有人都拿出了手机,纷纷登录论坛看了起来。

事情已经不可挽回,我怀着悲壮的心情,颤抖着手指点开了那篇置顶的帖子。

帖子的标题——

说说你们不知道的学习小组!

同学们,你们还在迷恋学习小组成员的美貌吗?请睁开你们的眼睛,不要再被

第九章

蒙蔽了！你以为你们迷恋的只是四个长得帅的男生吗？

不不不！让我来告诉你们，其实所谓的流光城堡，所谓的学习小组，不过是他们为了掩饰自己身份而制造的假象。事实上，通过很长时间的观察和走访，我有了一个惊人的发现，他们就是一群不折不扣的怪物，隐藏在我们身边的怪物！

还记得一年多前学校里组织的那次秋游活动吗？有人亲眼看到，你们的学习之星鲁西法进了鬼屋之后，鬼屋里所有的道具都变成了软绵绵的棉花糖。

还有你们视若神明的天一凤学长，他曾经的护卫队队长做证，他曾经为了保护自己的女朋友，在所有人都没发现的情况下，凭空出现在学校楼顶的天台上，甚至还在后来的铁人三项比赛中突破了人类的极限，速度比奥运冠军还要快！

至于你们一直推崇的萌系王子花千叶，那更是一个可怕的人。我无意间看到了一张别人拍摄的植物园的照片，里面只要是花千叶出现的地方，所有的花草竟然都在对他跳舞！

还要我继续说诺恩吗？看看那两张照片吧！你们难道相信一个普通人类能做到在一秒之内带着一个大活人消失？别开玩笑了！

这一切都说明了一件事，我们的身边潜藏着危险！潜藏着怪物！他们在拥有学院特权的同时，说不定哪天就会利用自己的特殊能力做出伤害我们的事情。

大家奋起吧！勇敢地揭露真相吧！把那些和怪物同流合污的人全都打倒吧！

这人不去当侦探真是浪费了，连一年多前的事情都能查出来。

看完这篇长长的帖子，我几乎在瞬间肯定，虽然爆料人言辞极具煽动性，但是毫无疑问，里面提到的所有事都是真的。

这个认知让我眼前一黑，趁着旁边的同学们都还在津津有味地读着那篇帖子，我转身就想要逃走。

但是，有时候，不是你想逃就能逃得掉的。

人倒霉的时候，真是喝凉水都塞牙。

这边我脚步刚动，那边就有人看完了帖子抬起头来，然后像是突然看见我似的，惊讶地大叫："大家快来看啊！那个白婕妮在这里！帖子上说的是不是真的，

我们问问她不就知道了？"

喂！我什么都不知道啊！

我充满怨怼的目光瞪向那位和我过不去的仁兄，结果却一下子对上了无数双闪闪发亮的眼睛。

"对啊对啊！白婕妮是诺恩的女朋友，说不定也是个怪物呢！"

"没错！帖子里说的事情我都有印象，虽然花千叶在植物园的情况我不知道，但是我和他一起参加过园艺社的活动，那时候我就觉得他有点不对劲了。"

"想不到我们竟然被这群人蒙蔽了这么长时间。你们说他们会不会吃人？是不是想趁着我们对他们着迷的时候，一下子把我们都吃了？"

……

喀喀……这位同学，你想得实在是太多了！

我无语地看着挡在我面前的人天马行空地分析着各种可能性，冷汗从额头上一滴滴滑下来。

"你说！"突然有人把矛头对准了我，"学习小组的人是不是真的都是怪物？他们躲在艾利学院是不是想伤害我们？"

我真要被这群人的逻辑打败了。学习小组的人是不是与众不同，和他们是不是想伤害你们根本就没有一点关系呀。

"你们误会了，他们不是……"

我试图让他们相信这一切都是谣言。

可是，这实在是太难了，因为我的背后还有两张铁证如山的照片。

果然，我解释的话还没说完，就有人指着那两张照片质问我："那你怎么解释你和诺恩在镜头前消失的事？"

"我……"我说不出来，只好支支吾吾地敷衍，"也许是拍摄角度的问题。"

"你以为我们傻啊？这两张照片明明角度一模一样，前后才相隔了一秒钟，你是不是在糊弄我们？"

"我没有！"

我赶紧摆着双手否认。

第九章

可是周围的同学们情绪实在太激动了,他们一个个瞪着我,好像只要我不说出真相,就要直接把我灭了。

我真的快要撑不住了。

为什么大家非要来逼问我?难道就因为我是一年级新生吗?

而且我还是如此的不争气,如果换成流光城堡的任何一个人站在这里,一定不会像我表现得这么糟糕。

在大家咄咄逼人的问题下,我一步步后退,一直退到了布告栏处,而激动的人群已经距我不到一米远。

我今天会不会直接被大家的口水淹死在这里?

我悲哀地想。

"你是不是在替他们隐瞒?"

"流光城堡有什么不可告人的秘密?"

"帖子上说的是不是都是真的?"

"你接近诺恩是不是有预谋的?"

……

越来越多的问题让我痛苦地抱住了头,双脚站立不稳,身体渐渐有顺着布告栏滑下去的趋势。

大家为什么都想从我身上找答案啊?

"都住口!"

就在我觉得自己几乎快要死去时,突然有人奋力拨开了人群,一把将我从地上拉了起来。

是谁?

我泪眼迷蒙地抬起头,一张好久不见的面孔出现在我的面前。

居然是艾凯奇!

自从我和诺恩恋爱以后,就没有见过他了。

他还是那副造型,长长的碎发盖住了几乎半张脸,耳朵上绿色的耳钉若隐若现,只不过,现在他总是满不在乎的脸上布满了担心和焦急。

真命无敌幸运星

"你没事吧？"

他抓着我的手臂，上下打量了我一番，看到我摇头，似乎松了一口气，然后转过身冲着那些暂时被他的出现镇住的人就是一阵大吼。

"我说你们这群白痴，被人利用了都不知道的傻瓜，你们想知道真相不会去问学习小组那帮家伙？在这里欺负白婕妮算怎么回事？她没有义务回答你们的问题！"

"怎么没有义务？"

艾凯奇刚吼完，人群后面便响起一个挑衅的声音，然后在所有人惊讶的目光下，这一切的操纵者——姚姗姗走了出来。

这一次，她终于没再拿着她那个从不离手的小本子，而是把双手背在身后，目光冰冷地走到了我和艾凯奇面前。

"难道白婕妮不是艾利学院的一员吗？如果是，既然她知道真相，就有义务给大家一个交代！我们不要再生活在无知当中！"

"对！姚学姐说得对，我们不要再生活在无知当中！"

"白婕妮，告诉我们真相！"

"不说出真相，你休想走出这里一步！"

……

一片喧闹中，姚姗姗突然压低了声音，低下头在我的耳边幸灾乐祸地说了一句话——

"说起来我还要感谢你，白婕妮。如果不是你，我怎么可能这么快抓到诺恩的把柄？我早就说过，我不会放过你们的！"

阴森的话语配上姚姗姗狰狞的表情，简直像是当头一棒敲在了我的头顶。

我突然意识到，每一次姚姗姗的出现，似乎都和我有关，如果不是我一入校就被姚姗姗盯上，诺恩和学习小组也不会被她盯上，那样也许诺恩和学习小组就不会……

所以，一切都是因为我吗？

"姚姗姗！"旁边被无视的艾凯奇一把将我扯到了身后，他的声音里夹杂着几

第九章

乎要燃烧起来的怒气，一字一顿地冲着姚姗姗说道，"今天如果我一定要带白婕妮走，你真的要和我作对吗？"

"艾凯奇……"我感动地叫了一声，但是并不希望他因为我和姚姗姗杠上，我已经害得学习小组这样了，不能再让我的朋友也被她盯上。我试图从他的身后走出来，却被他阻止了。

"和你作对？"姚姗姗突然发出一声嗤笑，声音里满是不屑和嚣张，"你是哪根葱？我为什么要听你的？"

"你……"

艾凯奇明显被气坏了，即使看不到他的表情，我也能感觉到他身上几乎马上就要爆发的怒火，因为他垂在身侧的手已经握成了拳头，并且发出恐怖的"咯吱"声。

但是就在这紧张的时刻，一个仿佛从天而降的身影突然旋风般出现在包围圈里，然后在所有人反应过来之前，我已经从艾凯奇的身后落入了一个熟悉的怀抱。

"天啊！是诺恩！是诺恩学长！"

"他竟然敢出现在这里？刚才你们谁看清了他是从哪里来的吗？"

"不知道啊，眼睛一眨，他突然就出现了。"

"啊？难道他真的……"

……

越来越多的猜疑声中，姚姗姗再次像一只打不死的小强一样跳了出来，她的眼神里充满了恶意："诺恩，你能告诉大家这一切是怎么回事吗？还是说，大家的猜测都是真的，流光城堡确实有不可告人的秘密？"

被众人猜疑和质问的诺恩脸色一片铁青，他小心地整理了一下我凌乱的头发，视线在我发红的眼眶上停留了一瞬，然后用杀人般的目光看向人群。

"你们谁欺负她了？"

冰冷的语气和惊人的气势瞬间吓得嘈杂的人群陷入了诡异的安静，刚才还叽叽喳喳的同学们安静地站在那里，在诺恩的视线扫过时，他们全都尴尬地低下了头。

"喂！诺恩，我在问你问题！这件事和白婕妮也有关系！"最后，还是顽强的

真命无敌幸运星

姚姗姗顶着诺恩的气势，不怕死地追问了一句。

"我说过……"诺恩收回视线，厌恶地看了姚姗姗一眼，"白婕妮是学习小组的人，你敢欺负她，就是在欺负整个学习小组！你确定要和整个学习小组作对吗？"

"你……"姚姗姗被这句话气得眼角都发红了，她的嘴唇哆嗦着却说不出话来。

诺恩的目光并没有在她身上多停留，他扶着我站稳，然后抬头环视了一圈。

"关于最近发生的事情和大家的质疑，学习小组会给大家一个说法，但是在这之前，再让我发现你们欺负我的女朋友……"说到这里，他停顿了一下，然后用更缓慢的语气一个字一个字地说完了剩下的话，"你们会知道后果！"

说完，他直接拉起我，沿着所有人不自觉让开的路，目不斜视地一步步走远。

现场鸦雀无声，我回过头，对着从诺恩出现后就没再出声的艾凯奇投去一个感激的笑容。

他似乎也想回我一个笑容，但是眼神中的担忧更甚，最终我只看到他走向另一个方向的落寞背影。

一切，都彻底乱了！

第十章

智商碾压麻烦的萨特星

真命无敌幸运星

1

"都怪我!呜呜……如果不是我,你也不会被人发现拥有超能力,不会被叫作怪物,呜呜……"

一离开人群,刚才我强撑着的气势瞬间全都瓦解了,只要一想到刚才诺恩站在人群前维护我的情形,想到一向不喜欢和陌生人接近的他要承受大家无端的指责和谩骂,我的心就痛得像无法呼吸了一样。

如果可能,我真的宁愿自己从来没有来过艾利学院,没有招惹过姚姗姗,那么这一切是不是就不会发生了?

"傻瓜!如果那样,我们也不会认识彼此啊!"

一个声音打断了我的思绪,当我抬起头望进那双映着我身影的蓝色眼眸时,才发现原来自己把心里想的话全都说了出来。

是啊,诺恩说得没错,如果是那样,我就不会认识他这个别扭又傲慢的外星人,不会收获甜蜜的爱情。可是……

我望着他专注而宠溺的目光,感受着他用温热的双手擦干我脸上的泪水,内心深处的恐慌却再也抑制不住。

"那我们现在该怎么办?大家都以为你们是怪物,会不会把你们赶出学校?"
我听见自己用颤抖的声音问出了这个一直不愿去想的问题。

看现在大家疯狂的样子,如果不给出一个交代,事情不知道还会朝多么糟糕的方向发展,万一在社会上传开,说艾利学院里有四个不属于这个世界的人,那么……

我已经不敢想象可能会发生的后果了,泪水又像是打开了水龙头的水一样,哗哗地流了出来。

听到我的问话,诺恩帮我擦泪的动作突然一顿,表情瞬间变得沉重。他抬起头,看了看我们刚刚逃离的方向,似乎回想起了刚才那难以控制的局势。

第十章

"这件事情必须解决,否则的话……"他的眼睛里掠过一丝阴霾,但是很快就被坚定代替,然后我的手被他握住,"别怕!我们先回流光城堡听听大家的意见。不管发生什么事,学习小组都会一起面对的,我也不会让任何人伤害你。"

他的话语仿佛带着让人安心的勇气,我的一颗心终于慢慢安定了下来。

是啊,不管怎样,只要我们在一起,所有的困难都能一起面对。

为了避免有人在后面跟踪我们,一路上诺恩都没敢使用任意门技能,我们绕着小树林走了七八圈,一再确定附近绝对没有窥探的视线后,才通过墙上的那道机关回到了流光城堡。

一进门,我就得到了向前前一个大大的拥抱。

"呜呜!婕妮,你终于回来了,她们没有对你怎样吧?"

紧接着苏恩雪也走了过来,她从向前前的怀里拉过我,上上下下、前前后后地打量了我好几遍,才终于松了口气:"没事就好,我们都好担心你,幸好诺恩及时赶过去了。"

我的鼻子一酸,内心深处涌出一种受了委屈后突然见到家人的感觉。

"没事,我没事。"我的声音里充满了哽咽,只不过这一次是因为感动,而不是害怕。

听着前前和恩雪关切的话语,看着她们身后天一凤和鲁西法温暖的目光,我含泪低下了头。

这种被人重视、被人关心、被人当作一家人的感觉,我已经很久没有感受过了。

这一刻,之前所有的围攻和姚姗姗的咄咄逼人都变得不再重要,似乎一回到这里,我就有了面对一切的勇气。

等我终于平静下来,才从前前的叙述中得知,原来她和恩雪也受到了大家的质疑,只不过因为她们都是高年级的学姐,而且在学校里有很多好朋友,所以才没受到围攻。

"幸好这次默然那个小喇叭及时打探到了姚姗姗的动向,在电话里告诉了我,我才能通知诺恩过去救你,否则的话,谁知道会发生什么事情。婕妮你一定吓坏了

真命无敌幸运星

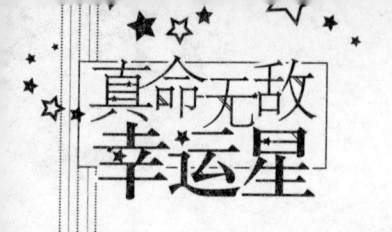

吧？"前前后怕地拍了拍胸口，然后又生气地跺了跺脚，"都怪那个姚姗姗，以前是学生会的就了不起啊，管什么闲事，我们又没有惹到她，她为什么一直和我们过不去啊！真是太可恶了！"

前前拉着我坐在沙发上，恩雪细心地给我倒了一杯热水，然后抬头温柔地阻止了前前的发泄："现在说这些还有什么用呢，最关键的是我们接下来该怎么办。"

一时间，所有人都沉默了。

大家谁都没有想到有一天会遇到这样的事情。学习小组成员的身份本来就是秘密，可是现在这个秘密已经被那么多人知道了，究竟要怎样才能渡过这次危机呢？

"唉！偏偏这个时候花千叶那家伙陪曼罗去别的城市看望曼罗的妈妈了，要是他在，有花草们的帮助，我们肯定不会这么乱……"

前前懊恼地揪了揪自己已经乱糟糟的头发，表情郁闷极了。

"真不行的话，要不我用魔法让所有人都闭嘴好了，让他们再也说不了话，看他们还能做出什么事情！"

低迷的气氛中，一直靠在沙发上的鲁西法狠狠地挥了挥手，怒火几乎在他的眼睛里燃烧起来，看样子他也被气坏了。

"如果可以的话，我恨不得使用任意门过去把那些人都揍一顿。可是有什么用呢？如果我们那样做了，不是又给了那些人把柄证明我们和他们不一样吗？"

没想到最先做出反应的居然是诺恩，从进门到现在，他一直垂着头，不知道在想些什么，现在虽然否定了鲁西法的提议，但是从他无奈的眼神看，也知道他并没有想到什么好办法。

"那我们该怎么办啊？总不能让他们就这样胡乱猜测下去吧？"前前沉不住气地踢了踢面前的茶几，紧接着特别不满地把矛头对准了一直保持沉默的天一凤，"喂！天一凤，你不是一直说自己最大的优势就是飞速运转的大脑吗？真遇到事情了怎么不见你出声呢？不会是脑子生锈卡壳了吧？"

"哎……前前，你不要乱说。"终于被惊动的天一凤伸出手揉了揉前前乱糟糟的头发，嘴角勾起一抹温柔的笑，但是在面对大家时，又迅速转换成了严肃的神情，声音听起来充满了令人信服的力量，"从得知这件事到现在，我就一直在

第十章

想……"

说到这里，他微微停顿了一下，目光缓缓扫过诺恩和鲁西法，然后才在大家催促的目光下继续开口："你们可能忘了一件事情，我们当初来到地球时，是和艾利学院签订过契约的，我们承诺不会利用自己的能力伤害地球上的普通人，安安分分地在艾利学院做一名学生。而相应地，艾利学院在约束我们的同时，也必须为我们提供保护和帮助。"

天一凤的话停在了这里，大家都露出了深思的表情。

他到底想表达什么呢？

我有了一些猜测。

而另一边，不愿意动脑筋的前前已经不满地抱怨起来了："天一凤你真讨厌，有什么主意就直说嘛……"

"好！那我们就去校长那里，请他给我们拿个主意吧！"

前前的话还没说完，终于明白过来的诺恩"嗖"地站了起来，他沉静的眼睛里闪过一道希望的光芒，整张脸似乎蒙上了一层光彩，然后在天一凤赞许的目光中冲他点了点头："谢谢你，天一凤！"

"嗯，既然是因为我才引起了姚姗姗的注意，那我也去！"我紧跟着站了起来，走过去握住了诺恩的手。

"我们也一起去！"鲁西法和苏恩雪也反应了过来，手挽手地站在了我们身后。

大家相视一笑，满满的温情在周围飘荡。

除了——

"哎呀！到底怎么回事嘛，为什么要去找校长先生呢？我完全不明白啊！"一头雾水的前前急得直跳脚，却也冲过来站在了我们身边，"但是不管怎样，如果大家要去，是绝对不能落下我的哦！"

"还有我！"

天一凤最后加入进来，他笑着看了前前一眼，揽住了她的肩，对她说："到了那里你就知道了，还想不明白的话我再告诉你哦！"

真命无敌幸运星

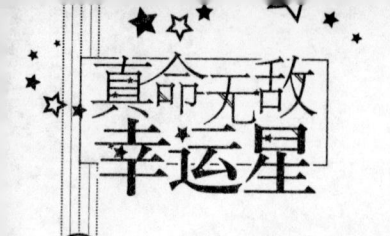

然后,他抬头看向诺恩:"想必外面现在已经完全乱了,为了避免引起不必要的麻烦,我们现在最好还是不要出现在众人面前,所以,只能靠你了,诺恩。"

"没问题!"诺恩紧握着我的手,目光感激地掠过所有人的面孔,回过头大喝了一声,"出发!"

伴随着一阵熟悉的光芒,所有人手挽手跟在诺恩身后,一个个有秩序地走进了凭空出现的任意门。

目标——校长办公室!

2

如果说,这个世界上有我真正佩服的人——当然,这里我指的是地球人,那么,我们艾利学院伟大的校长艾泽洋先生绝对要算其中之一。

因为,我相信,除了他之外,没有人会在办公的时候突然发现一群人毫无预兆地凭空出现在自己的办公室里时,还能保持一脸镇定的表情,而且还能饶有兴致地环视了我们一圈后优雅地打了个招呼。

"嗨!孩子们,你们好啊!"

这是怎样一种神奇的现象?

我脚下打了一个趔趄,完全无法想象自己居然会以这种奇怪的方式来到校长的面前。我只在入校时的开学典礼上远远看过校长一眼,心中油然生出一种敬畏的情绪,一时间紧张得手脚都不知该往哪里放了。

不过,看样子,其他人倒是熟门熟路,特别是天一凤,他刚刚站稳,就发挥了他出色的领导才能,代表我们所有人回应了校长的善意。

"尊敬的校长先生,请接受学习小组全体成员的共同问候!"

"咦?怎么只有六个人?还少了两个呀!"

艾泽洋校长从宽大的办公桌后面走出来。

和我想象的不同,艾泽洋校长是一个非常温和儒雅的中年男人,他穿着一套简洁中透着庄重的浅灰色西装,充满了书卷气的脸上挂着淡淡的笑容,一双仿佛能够看透人心的深棕色眸子里射出睿智的光芒,让人感觉只要站在他面前,能做的只有

第十章

无限坦诚。

不过，不知道是不是我的错觉，为什么我总觉得这张脸上的五官看起来好熟悉，似乎在哪里见过。

而且，校长先生在环视我们所有人时，看向我的目光好像也有一点点波动，尽管只是一闪而逝，但此时高度紧张的我还是捕捉到了这一丝不同。

不应该啊！

我疑惑地眨了眨眼睛，我明明只在台下仰望过台上的校长一次，而且那天我的心情那么糟糕，根本就没有看清校长长什么样子啊！

"对不起，校长先生，花千叶和喻曼罗去了别的城市，所以不能来向您问好，在此我代替他们向您致歉。"

开口解释的依然是学习小组的组长天一凤，我发现他只要离开流光城堡，立即就会换上一种彬彬有礼却又明显疏离的态度，就连他脸上的微笑，看起来都那么的不真实。

仔细想想，似乎学习小组的每个人在流光城堡里和在外面的形象都不太一样呢！

不过，现在可不是分析他们的时候，因为艾泽洋校长已经走到了我们面前。

我觉得自己的呼吸都要停止了，如果不是旁边的诺恩一直紧紧握着我的手，我想我一定会因为紧张而晕过去的。

听到天一凤的回答，艾泽洋校长并没有继续问下去，只是随意地点了点头。

"那么，你们今天来是想说什么呢？居然还动用了诺恩王子的超能力，不要告诉我你们又惹了什么麻烦。"

意味深长的话语让我们每个人都低下了头，异口同声地回答了一句："对不起，不仅是麻烦，而且是个超级大麻烦。"

"说吧！到底什么事？"

看到我们的反应，艾泽洋校长的语气中似乎带着一丝笑意，给人的感觉就像是看着顽皮闯祸的孩子露出无奈又宠溺的模样。

我心中那种熟悉的感觉又来了，到底在哪里见过呢？

真命无敌幸运星

"是这样的，校长先生。"在我恍惚的瞬间，诺恩已经向前跨了一步，他用最简短的话语说明了之前发生的所有事情，最后深深地低下了头，"对不起，由于我的疏忽，导致学习小组的秘密外泄，在整个学院里造成了不好的影响。但是我敢保证，我们流光城堡的每一个人，对大家都没有恶意，因此希望校长先生能伸出援助之手，帮我们渡过这次危机，之后不管有什么惩罚，都由我一个人承担！"

低沉的话语在整个办公室里回响，我惊讶地看着前面站着的诺恩，完全没有想到他会把所有责任都揽到他一个人身上。

不！不能这样！

一股酸涩的情绪涌上我的心头，等我意识到的时候，发现自己已经和诺恩并肩站在了一起。

"校长先生，整件事都是因为我引起的，学生会的姚姗姗同学从一开始针对的就是我，是我连累了学习小组，您要罚就罚我吧！"

"婕妮，你……"

诺恩神色焦急地想要阻止我，但是我避开了他的视线，勇敢地望着艾泽洋校长。

这一刻，我的心里突然充满了无限勇气，我想要和诺恩站在一起，想要靠自己的力量去保护我的朋友们！

也许是感受到了我的坚决，这一次诺恩终于让步，他没有再说什么，只是紧紧地握住了我的手，和我并肩站在一起。

然后，向前前、天一凤、苏恩雪、鲁西法，他们一个个都沉默地向前跨了一步，手拉手站成了一排，就像是一道坚不可摧的屏障。

"扑通扑通……"

六颗年轻的心脏在胸腔里跳动，回音交织在一起，最后汇成这世间最美妙的乐曲。

然后，我听到四个声音不约而同地响起："校长先生，我们都是一起的！要罚就罚所有人吧！"

他们……

第十章

我含泪望过去,他们一个个挺起了胸膛,目光坚定地望着校长,似乎不管什么样的风暴都不能让他们后退一步。

我是多么幸运,能够和这样的一群人成为朋友。

有诺恩在,有他们在,即使是再大的惩罚,又有什么可怕的呢?

我弯起嘴角,终于真正坚强了起来。

"我什么时候说要罚你们了?"

就在我的感动达到巅峰的时候,一直似笑非笑地看着我们的艾泽洋校长歪着头反问了一句。

"啊?"我们刚才的气势一下子垮了,就像是满满的气球被戳破了似的,一个个傻乎乎地盯着校长先生,几乎不敢相信自己的耳朵。

他的意思是,不打算罚我们吗?

可是,还没等我们松口气,校长先生就像是恶作剧似的又补充了一句:"不过你们的请求,我可没办法答应。"

"轰隆——"

刚刚生出的希冀瞬间破灭,我们不敢相信地看着校长,完全不知道他葫芦里到底卖的什么药,怎么一会儿说不罚我们,一会儿又说不帮我们呢?

"校长先生,请您……"

最先反应过来的是诺恩,他的声音里充满了无助,似乎想要再次恳求。

不过,校长先生没等他把话说完就摆了摆手,示意我们听他说。

我们勉强忍住了心中的疑问,等待着校长先生给我们答复。

"这件事情,虽然你们也有责任,但是也很无辜。"等到我们全都平静了下来,艾泽洋校长才缓慢地开了口,睿智的眉眼中写着洞悉一切的宽容,声音如同大提琴般优雅动听,"我知道你们今天为什么会来找我。按照艾利学院和你们的契约,我的确有保护你们、保护流光城堡的责任,但是——"

他像是想起了什么,微微叹了口气,目光转向不远处的窗户,露出无奈的神情。

"并不是无微不至的保护才是最好的,我相信,你们需要的也不是这个。所

真命无敌幸运星

以,我能向你们承诺的只有一点,在不对别人造成伤害的前提下,在这件事情上你们可以动用你们的能力,尽力消除整件事在学院里的影响。你们明白我的意思吗?"

他的目光是那么悠远,似乎蕴含着无限深意,但是我……不太明白啊!

我正想再次开口确认一下校长的意思,却被突然响起的一个声音阻止了。

"是的,我们明白了,校长先生!"天一凤露出一个微笑,"打扰校长先生了,我们这就回去。"

啊?就走吗?

我迷茫地跟在大家身后,满脑子都是疑问,迫切地期待赶紧回到流光城堡,好让天一凤做出解释。

不过,就在我们即将走到门口的时候,身后的艾泽洋校长突然叫住了我:"白婕妮同学,能请你留下一会儿吗?我想和你谈谈。"

"啊?"我被吓了一大跳,条件反射般转过身,正好对上艾泽洋校长充满请求的眼神。

心一下子提到了半空中,校长先生为什么想要留下我?所有的事情不都已经说清楚了吗?难道……

我的心里突然产生了一种不好的猜测,难道校长虽然原谅了我们,但还是觉得所有的麻烦都是因为我引起的,所以打算单独教训我一番?

"哦……好,好的!"

我低下头郁闷地回答,同时想要松开诺恩一直拉着我的手。

但是,下一刻,诺恩挡在了我的身前:"校长先生,请问我可以一起留下吗?婕妮她……"

"诺恩王子!"校长先生看到我们紧张的样子,似乎觉得非常好笑,他看着一脸紧张的诺恩,笑着摇了摇头,语气温和地说,"我只是有些私人的事情想要单独和白婕妮同学沟通一下,不会批评她,这样你可以放心了吗?"

迎着校长先生含笑的目光,我突然觉得脸热热的,总感觉他好像看穿了一切似的。

第十章

而一向粗神经的诺恩居然也破天荒地挠了挠头，十分不好意思地对着校长鞠了一躬："是我误会了，校长先生。"

然后，他回过头低低地对我说了一句："那我在外面等你。"

说完，他和其他人陆续走出了校长室。

而因为他最后的那句话，我残存的一点点不安也渐渐消失了。

只是，校长先生会有什么私事要找我沟通呢？我以前从来不认识他啊！

想到这里，我又有点紧张了。

直到所有人都走了出去，我才艰难地迈开步子，几乎是同手同脚地走到了校长面前，深深地鞠了一躬。

"校长先生，您好！"

"呵呵！"看到我窘迫的样子，艾泽洋校长不禁露出了和蔼的笑容，然后伸手拍了拍我的肩膀，"小姑娘，别紧张，我只是想和你聊聊。"

"聊……聊什么呢？"

啊，抱歉，我实在是无法控制自己扑通乱跳的心，所以说话都结巴了。

呜呜呜！好丢脸啊，校长先生一定会在心里嘲笑我吧？一定会吧？

我微微抬起头，想要偷窥一下校长先生的表情，结果还没看到，就被他接下来的话吓傻了。

"聊聊我的儿子——艾凯奇。"

短短的几个字像是天雷一般，瞬间把我的紧张全都炸飞了，下一秒，我就听到了自己惊讶的大叫。

"什么？艾凯奇是您的儿子？"

不是吧？那个总是吊儿郎当的少年，用不在意包裹自己的家伙，只有走近了才知道，其实他是个特别仗义的朋友，就像——

我想起今天我被围攻时，艾凯奇突然冲出来维护我的样子，虽然他平时看起来毒舌又冷漠，但是关键时刻，却让人感觉那么温暖。

他居然是校长的儿子？为什么从没听他说过呢？周围的同学似乎也都不知情，否则的话也不会老是针对他了。

225

真命无敌幸运星

我几乎要以为自己幻听了，怎么也无法把眼前的校长和艾凯奇联系到一起，除了——

咦？我就说嘛，为什么我一直觉得校长先生眼熟，原来是因为艾凯奇和校长长得很像，特别是笑起来的样子。

可是，既然他一直瞒着大家，今天校长先生为什么要告诉我呢？

我张了张嘴，想把自己的疑惑问出来，但是又觉得不太礼貌，一时间表情纠结地站在了那里。

这个时候，艾泽洋校长已经走到了右手边的一排沙发那里，回过头朝我亲切地招了招手："来！小姑娘，坐下聊。"

我的心里满是疑问，所以一时间也顾不上客气，赶紧走过去坐了下来。

"你一定很奇怪，为什么学院里没有人知道我们的关系吧？"也许是看出了我的疑惑，校长先生很直接地问道。

"嗯！"我点了点头，想了想又补充道，"是不是您不允许他透露自己的身份？"

电视上不是常演吗，很多富家子弟或者有背景的人物都会隐藏自己的真实身份，所以艾凯奇这么做，也没什么奇怪的吧？

但是，听到我这样说，艾泽洋校长的目光却突然变得感慨而忧伤，语气也变得非常难过。

"其实……"他的眼神闪烁了一下，然后长长地叹了一口气，"我并没有这样要求他，相反，我一直在试图缓和我跟他之间的关系，但是在今天之前，完全没有用。"

"啊？为什么？"我下意识地问道。

听校长先生话里的意思，他和艾凯奇的关系并不好，但是我认识的艾凯奇，除了有时候的确有点特立独行，实际上是一个超级温暖的人啊！这样的人，怎么会和自己的爸爸关系不好呢？而且还是校长先生这么好的人。

"其实……"艾泽洋校长苦笑了一下，脸上浮现出愧疚的神色，"艾凯奇很小的时候就失去了妈妈，他是我一手带大的，他小时候是个非常活泼可爱的孩子，对

第十章

这个世界的一切都怀着很大的热情，但是后来，这一切都变了。"

我的心在艾泽洋校长的叙述中渐渐提了起来。我从来没有想到，原来艾凯奇竟然有着这样的身世。那么他变成现在这个样子，是因为妈妈离开了他的缘故吗？

校长先生并没有停顿太久，他很快整理好了自己的情绪，只是声音里还是充满挫败和哀伤，眼睛里甚至浮上了一层水光。

"是我疏忽了他！"他接着说道，"在他七八岁的时候，我调换了工作岗位，一下子忙碌了起来，于是很少有时间再照顾他，只好让他在学校寄宿。那样小的孩子，就这样失去了父母的关注……我根本不知道从什么时候起他的性格已经变得古怪了起来，不爱说话，不和同龄人交流，也不愿意和我沟通，完全一副吊儿郎当的样子。"

说到这里，他的目光里充满了痛心。

"后来，为了弥补他，我减少了工作量，把他接回了家里。但是还没等我们的关系缓和，我就接任了艾利学院的校长一职，于是情况又回到了原点，甚至更糟，直接导致他即使考上了艾利学院，却一直不愿意融入这里。"

原来是这样！

我突然想起每一次见到艾凯奇时，他似乎永远都是一个人，所有的同学都不喜欢他，他一直生活在自己的世界里。

就像我在遇到诺恩和学习小组之前，永远都是一个人一样。

"作为一个失败的父亲，我以为我们父子的关系会一直这样下去，但是，幸好有你，白婕妮同学，谢谢你改变了他！"

突然，艾泽洋校长从沙发上站了起来，对着我深深鞠了一躬。

"啊！"我吓了一大跳，赶紧站了起来，冲过去扶起了校长先生，"别……您别这样！我其实也没做什么啊！"

"不！"艾泽洋校长直起身，眼睛里流露出感激的光芒，"你知道吗？在你们出现在这里之前，其实我已经见过了艾凯奇。这么多年，他是第一次来我的办公室，为的却是请我帮帮你。你知道这意味着什么吗？"

"艾凯奇他……"

真命无敌幸运星

我说不下去了，脑子里浮现出艾凯奇担忧的眼神，原来在我不知道的时候，他竟然为了我来求了校长先生。

在他放荡不羁的外表下，竟然有着一颗如此柔软的心。

"所以，你应该得到我的感谢！"艾泽洋校长露出一个欣慰的笑容，"谢谢你成为艾凯奇的朋友，也谢谢你让艾凯奇学会了沟通和担当。所以，我把你单独留下，只是想以一个父亲的身份，郑重地请求你，希望你以后能和他更多地交流。我相信，在你的帮助下，他一定会越变越好的！"

"嗯！我会的！"

我重重地点头。

"这可是我们俩的秘密哦！"

和艾泽洋校长告别的时候，他突然调皮地冲着我眨了眨眼睛。

我的心里一热，突然觉得，其实艾凯奇能有这样一位豁达睿智的父亲，何尝不是一种幸运呢？不管走过多少弯路，有过多少误会，只要有彼此在，总有一天会云开雾散。

就像我和学习小组一样！

"嗯！"我回给校长先生一个甜美的笑容，然后犹豫了片刻，才忐忑地问出口，"校长先生，我能问您一个问题吗？"

"当然！"他鼓励地看着我。

"我想知道，是不是不普通的人就一定要经历很多的质疑和伤害，最后才能成长？艾凯奇是这样，学习小组是这样，和学习小组在一起的人也是这样。为什么大家就不能像其他的普通人一样，简单又幸福地生活呢？"

我望着睿智的校长，期待着他能为我解答疑惑。

"这个世界上，从来没有不经过努力就能获得的幸福。"艾泽洋校长站在那里，目光温和而宁静，就像他的声音一样，"想要获得真心，就必须拿真心去换。因为他们的真心更加珍贵，所以通往幸福的路才会多一些曲折，但是谁说这不是另一种收获呢？"

校长的话在空气中飘荡，我的眼前不禁浮现出和诺恩相识以来的点点滴滴。从

第十章

一开始的看不顺眼,到后来的相互喜欢,再到遇到困难时的并肩面对,我们的感情在时间的流逝中慢慢加深,最终在两个人的心底都开出了美丽的花朵。

还有什么比他捧出的真心更难得的呢?还有什么比彼此的爱更珍贵的呢?

"我明白了,谢谢校长先生!"我突然间觉得一直困扰着自己的迷雾渐渐散去,整颗心就像泡在温泉里一样,之前因为遭遇危机而产生的郁闷情绪也跟着消失,剩下的只有对未来满满的勇气,"我会更加努力的!"

迈着轻快的步伐走出校长室,迎面我就看到了正站在不远处的走廊里安静等待的人。而他看到我的那一刻,沉静的眉眼中刹那间绽放出夺目的光华,那喜悦而专注的视线让我的脸瞬间发烫。

"诺恩!"

我飞快地向他跑去。

谢谢你,在我确定心意的第一时间出现在我面前。

也谢谢你,始终等在这里。

3

"真的可以吗?校长允许你们用超能力?"

从校长那里回来后,由天一凤担任主策划的"流光城堡保卫行动"正式启动。

从天一凤那里听完他对校长那段话的分析,得知校长其实是赞同我们采取一些特殊手段来改变整件事的走向时,我完全震惊了。

怎么办?怎么有一种世界观重塑的感觉呢?

不过,这些都不重要啦,因为经过学习小组的商议,很快,保卫行动的第一枪正式打响了。

于是,一夜之间,每一个艾利学院的同学打开论坛时,都被高悬在论坛首页,用黑体字写的醒目大标题震撼了——

你真的认识学习小组的每个人吗?

嘿!别看这个标题起得好像没什么特别的,但是用主笔者向前前社长的话来说,那就是——

真命无敌幸运星

"喀喀！通过我遍览各类古言小说的经验，得出来一个结论，往往最普通的标题最能爆发出强大的能量。再说了，现在整个学院的人不是都对学习小组抱有抵触心理吗？你起一些标新立异的题目，说不定人家以为是故意吸引人眼球呢！只有这种平凡中隐含着不平凡的标题，才是王道啊！"

听到大家的质疑，正在电脑前噼里啪啦打字的前前回过头给了我们一人一个白眼，那表情好像在说"你们这群不懂艺术的凡人"。

好吧！由于保卫行动的指挥者——天一凤同学早就已经被收买了，所以我们其他人也只好保留意见。因此，第二天，全校所有人的手机论坛上都显示出这么一个不起眼的标题。

不过，正像前前说的，因为这个标题实在是太过普通了，根本就没有引起任何人的戒心，所以大家都怀着好奇的心理点开了帖子。

下面，就是向前前同学的个人文字秀了。

她用极其公正但又非常具有煽动性的语言历数了这几年来学习小组四个人为学院争得的各种荣誉和做过的好事，像天一凤这种全能天才在各种竞赛上捧回了无数奖杯啦，鲁西法爱心爆棚去孤儿院照顾孤儿啦，花千叶为学校园艺社的发展做出了杰出贡献啦，诺恩通过自己的影响力提高学校食堂饭菜的质量啦，等等。

除了常规的叙述和列举外，她还以一个普通旁观者的身份，选用了一大批例如"大公无私""德才兼备""完美无缺""惊天地泣鬼神"等夸张的词语表达了对学习小组的敬仰之情，如果不是我认识那四个人，几乎都要以为这是天上的天使掉落人间了。

"这个……会不会有点夸张啊？"

看完全文，我一下子就被这篇披着普通的外衣、其实内在花哨的帖子惊呆了。

"哪里夸张了？"前前不满地皱了皱眉，一边揉着挂着黑眼圈的眼睛，一边冲我嘟了嘟嘴，"你都不知道，以前学习小组的粉丝对他们几个的形容更恶心呢，我这已经收敛了很多，以免他们以为我们是在洗白。再说啦，我可是堂堂古代戏剧社的社长，写过多少剧本，现在居然沦落到给他们几个写赞美的文章，啧啧啧！"

好吧，随便质疑一个专业人士的行为是不道德的。我赶紧态度良好地道歉：

第十章

"是的，是的，前前学姐你太辛苦了，我去让诺恩给你做一份豪华早餐哦！"

说完，我赶紧一溜烟跑掉了。

不过，事实证明，前前的功力果然不是盖的，仅仅一早上的工夫，等我再去教室的时候，一路上居然听到大家开始念起学习小组的好了。

"说起来，学习小组的学长们其实也没做过什么坏事啊，我们前两天是不是有点过分了？"

"是啊，他们虽然有点骄傲，但是对每个人都很有礼貌，我们那样质疑他们，也没见他们生气呢！"

"唉！其实我才不管他们究竟是什么身份呢，就凭他们都长得那么帅，只要让我每天都能看上一眼，我就心满意足啦！"

"嘻嘻，我也是！就算学长们都有了女朋友，但是也不能剥夺我们看帅哥的权利呀，对不对？"

……

嘻嘻哈哈的议论声渐渐远去，偷偷躲在一棵大树后面的我弯起了嘴角。

首战告捷，看来要实施第二步计划了！

似乎老天也在帮我们，当天下午，就在我们正发愁接下来的计划该找一个什么样的时机实施时，从学校教务部传出一个好消息——天一凤上周代表艾利学院参加全国奥林匹克数学竞赛荣获一等奖。

"真是太好了！这可是铁一般的证明啊！"

放学后，流光城堡里，六个人又一次聚在一起，并且兴致勃勃地研究起下一步的计划来。

没错，我们一定要趁着这次表彰的机会，打一个漂亮的翻身仗！

于是，两天后的表彰大会上，在接过艾泽洋校长手中的奖牌后，天一凤上前一步，稳稳地站在了话筒前。

清晨的阳光从云层里射出，仿佛为天一凤镀上了一层金光。这一刻，他身上属于皇族的气势全部流露出来，即使只是穿着艾利学院的校服站在领奖台上，却给人一种仿佛站在高高王座上的感觉，让无数在台下仰望的人不由自主地臣服。

231

真命无敌幸运星

"同学们。"他终于开口了,通过话筒放大的声音少了一些平时的清朗,多了一丝威严,"今天在这里,请允许我利用这个机会,就前段时间大家对学习小组的疑问做出正式的回复。"

天一凤的话在现场引起了一阵疯狂的议论,所有人都在惊讶他居然选在这个时候回复,甚至有教务部的老师准备走上前制止,却被正要走下台的艾泽洋校长悄悄拦住了。

我轻轻舒了口气,赶紧盯着天一凤。

他站在台上,就像一个王者一样。

"首先,我想要向大家道歉。"

他的目光缓缓扫过全场,每个被他看到的人都不由自主地停下了交头接耳的动作,抬起头认真地聆听。

"流光城堡的存在,在艾利学院里一直都是一个传说,这个传说的产生,很大程度上是因为学习小组的私心造成的。"说到这里,他的语气变得低沉,一种无奈的情绪从他的身上散发出来,"我们在学院里受到了太多关注,非常渴望有一个只属于自己的空间,所以才在向学院申请之后,选择把流光城堡作为一个秘密隐藏起来。"

他抬起手轻轻拂过额前的碎发,四周墙壁上高清的显示屏上出现一张绝美的面孔,面孔上却布满了萧瑟和感伤,让每一个看到的人都忍不住想要去抚平他眉间的忧愁。

"但是,我没有想到的是,最终,这个秘密,学习小组最后的栖息地,还是因为某些人过于旺盛的好奇心而暴露了。"

最后一句话的声音陡然提高,带着不加掩饰的不满和显而易见的无奈,很快就引起了台下大部分人的共鸣。

"是啊,学长说得有道理。"看到美少年难过,果然有人按捺不住了,"如果是我天天被包围着,也会希望能有喘息的空间啊!"

"嗯,这样看来学长们隐瞒流光城堡的存在其实也是有苦衷的,我们错怪他们了。"

第十章

"唉！都怪我们相信了传言，给学长们造成了很大的困扰，有机会的话，我一定要向学长道歉！"

……

人群里，我不禁在心里暗暗竖起了大拇指。

天一凤不愧是向前前的男朋友，这演戏的天分，绝对不是常人能比的！看他短短的几句话，居然已经利用自身的优势和坦诚的态度，再加上及时的示弱，得到了大家的认同，真是让人不佩服都不行呢！

不过，只这样可不够，接下来，我们还有一个杀手锏呢！

在大家的议论声中，台上的天一凤再次开口。

"但是，我们隐瞒大家确实错了，所以，鲁西法、诺恩，让我们三个代表没有在场的花千叶一起在这里郑重地向大家道歉！"

话音落下，从主席台后面的入口处，鲁西法和诺恩一前一后走了上来，三个风格不同的帅哥齐刷刷站成一排，然后一起深深地弯下腰去。

诡异的寂静后，整个会场一片欢腾。

"天啊！学长们在对我们鞠躬，我是不是在做梦？心跳得好快，快要晕倒了怎么办？"

"好想哭！学长们只要站在那里让我们欣赏就好了，怎么能对我们弯下腰呢？真让人心痛！"

"呜呜，我的眼泪已经在眼眶里打转了。不行，我要把这一幕拍下来，以后好好珍藏！"

……

而在大家没有注意到的角落里，我和前前、恩雪紧紧地拥抱在了一起。

台上的那三个人，一个是一人之下、万人之上的古代皇族，一个是魔法世界高级魔法师，一个是从来不对任何人弯腰的外星王子，他们为了维护流光城堡的存在，为了让我们每个人能够自由地在这个学院里呼吸，低下了高贵的头颅。

我泪眼模糊地看着最右边的那个身影，如水的长发从他头顶一泻而下，遮掩住了他总是毫无表情的脸，可是我知道，此时此刻，他的内心一定在微笑，因为他

真命无敌幸运星

在做一件他觉得值得的事情。

也许，是我们的共同面对，给了他勇气。因为现在，大家都团结在一起，共同守护着流光城堡，共同遵守跟艾利学院的约定，共同守护只属于我们的秘密。

没有什么人再来破坏了吧？

"他们是在狡辩！是在胡说！大家不要被他们欺骗了！"

一片热烈的气氛中，突然，一个煞风景的声音插了进来，然后一道携带着怒火的身影飞快地从人群中冲上了主席台。

终于来了！

我赶紧收起了自己有点感伤的心情，和恩雪、前前一起，紧紧盯着台上正在对峙的双方，似乎能看到"噼里啪啦"的火光在他们之间冒起。

果然，下一刻，冲上台的姚姗姗就狠狠地瞪了诺恩他们三个一眼，接着转过身大声对着台下吼道："他们说的都是假的！真正的属于流光城堡的秘密，他们根本就没有坦白！"

"你怎么知道我们说的都是假的？"

和姚姗姗不同，听到她尖锐的质问，学习小组的三个人并没有露出慌张的表情，天一凤更是维持着最佳的风度，礼貌地反问了回去。

"当然是假的，你们的身份根本不像刚才说的那样，你们是怪物，我有证据！"

姚姗姗扬起了脖子，一脸看穿了真相的得意表情，还鄙夷地瞪了诺恩一眼，仿佛在说"你完了"。

台下的同学们一时陷入了沉默，包括角落里的我们三个，全都急切地关注着事情接下来的进展。

"是吗？"诺恩在姚姗姗的挑衅下仍然维持着面瘫的样子，说出口的话却让人清晰地感觉到了他心中强烈的不满，"既然有证据，那你拿出来啊！"

"拿就拿！谁怕谁！"

强硬的姚姗姗似乎也感觉到了诺恩话里的冰冷，下意识地后退了一步，但是很快，她就恢复了高傲的样子，"唰"地从口袋里掏出了手机："证据就在我的手机

第十章

里，看你们这次还怎么抵赖！"

说完，她低下头打开了手机。

但是，一秒过去了，两秒过去了，三秒过去了……

整整一分钟后，手指还在手机上拼命划拉的姚姗姗脸色越来越黑，甚至有豆大的汗珠从她的额头上滴落，整个礼堂里都回荡着她难以置信的声音。

"怎么会这样？我拍下来的照片呢？还有那些录音，明明在这里，怎么会找不到了呢？"

事情发展到这里，所有人都把质疑的目光投到了姚姗姗身上。

"找不到有什么奇怪的，说不定那些证据本来就是你伪造的，现在不见了也很正常啊！"

一旁的鲁西法根本没掩饰自己声音中的厌恶，他望着姚姗姗的样子，就像是望着一个已经疯掉的大坏蛋。

"不是这样的！"终于崩溃的姚姗姗狠狠地把手机摔到了地上，她像是无法承受这个结果，整个人都变得疯狂起来，"都是你们！是你们做了这一切！明明我看到诺恩和白婕妮一起在墙边消失，明明你们就是怪物，破坏了整个学院的秩序！我一定要纠正这一切，一定要揭穿你们的真面目……"

"闭嘴！"

姚姗姗还想要说些什么，但是还没说出口，就被诺恩一把抓住了领子直接提了起来，然后在所有人惊讶的目光中，一向以沉默和神秘闻名的诺恩居然破天荒地发出了一连串指责。

"我告诉你，如果你是对我个人有意见，不管怎么诋毁都无所谓，但是我绝对不允许你这样说我的朋友和喜欢的人！他们对我来说是最重要的，比你所谓的秩序、纪律重要一万倍！你才是个没有感情、没有人性的怪物！你这个讨厌的家伙！"

"砰——"

愤怒的诺恩对着姚姗姗吼完，居然毫不怜惜地松开了手，然后大家眼睁睁地看着被吓呆的姚姗姗摔到了地上。

真命无敌幸运星

"哇！诺恩学长真是帅呆了！"

"太让人感动了，想不到沉默寡言的诺恩学长居然是个这么重情的人。"

"那个姚姗姗真的有点讨厌，每天都在学校里到处批评人，有时候完全是在冤枉别人，大家都敢怒不敢言呢！"

"真是搞不明白，姚姗姗怎么会这么讨厌学习小组的学长们，这次居然还伪造了证据想要冤枉学长，真是太可恶了！"

……

各种议论声中，摔在地上的姚姗姗面如死灰，她盯着不远处被摔坏的手机，张了张嘴似乎想说什么，但是最终什么也没说，只是沉默地从地上爬起来，捡起自己的手机，默默地离开了。

"其实，她也不是个坏人，只是有时候太偏执了。"看着姚姗姗落寞的背影，我深深地叹了口气。

"是啊！希望她以后能够摆正心态，不要总是把自己的标准强加给别人。"恩雪也惋惜地摇了摇头。

"希望她能认识到自己的错误吧！"前前发出一声感叹，然后声音欢快了起来，"哈哈！总之事情解决了，我们回去庆祝吧！"

"好啊好啊！"

我和恩雪相视一笑，跟在她的身后朝正走下主席台的三人跑了过去。

4

流光城堡的风波暂时过去了。

在回去的路上，一直被蒙在鼓里的我终于从诺恩那里得知，原来姚姗姗手机里的照片和录音，是他和天一凤用任意门功能，趁着姚姗姗睡着的时候偷偷删掉的。

"什么？那你的意思是你们进了姚姗姗的房间？"我惊讶地瞪大了眼睛，心里有点酸酸的。

哼！这个家伙到底知不知道什么是男女有别啊？虽说是为了解决危机，但是也不能……不能进别的女孩子的房间啊！

第十章

可惜，这根木头根本就没听明白我的意思，还以为我是在夸奖他呢，居然得意地点了点头："是啊，幸好这次我的任意门没有出状况，成功地穿了过去。"

算了！真是被他打败了！

我看着他一脸无知的表情，默默地在心里决定，以后一定要对他严加管教，坚决不允许在未征得我同意的情况下去别的女孩房间里。

回到流光城堡后，我们开心地举办了一场小型宴会，庆祝流光城堡逃过了一劫。

但是结束的时候，一脸高深莫测的天一凤居然留下了一个悬念。

"这只是个开始，为了能够永久杜绝再次出现使用超能力被发现的状况，也为了我们的真实身份能够一直保密下去，还有一个更大的任务在等着我们完成哦！"

"是啊是啊！大家就等着积极表现吧，哈哈哈哈！"前前也带着一脸神秘的笑容说道。

可是不管我怎么问，前前都在卖关子，转头问诺恩，他也不知道这个神秘计划到底是什么。

不管了，随他们怎么折腾吧，只要大家在一起，做什么我都愿意！

不过一周后，当我被迫穿着前前设计的衣服，一脸囧样地站在舞台上时，内心简直有一万个"悔"字飘过。

"哈哈！婕妮，我就说这套衣服很适合你吧，我的眼光果然很棒！"

前前拍着手围着我转了几圈，然后满意地点点头，蹦蹦跳跳地朝旁边的天一凤跑去。

我……我觉得自己快要哭了，我不要穿着这种城乡结合……啊，不，是古今结合的衣服出现在大家面前，这种看上去完全是用几片布缝在一起的花花绿绿的服装，丝毫没有美感可言啊！

"咦？你怎么了？为什么脸色这么难看？"突然，一个衣服风格和我一模一样的身影出现在我的眼前。不知什么时候，诺恩也已经换上了前前特制的服装，花花绿绿的衣服配上他帅气的面孔，居然很和谐。

真命无敌幸运星

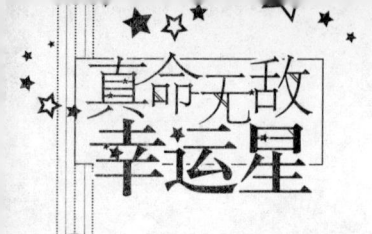

时尚果然是看脸的！

我的嘴角抽搐着，用很小的声音问诺恩："我们能不演这个戏吗？或者，换套衣服演？"

"那恐怕不行。"诺恩抱歉地看了我一眼，然后无奈地耸了耸肩，"向前前决定的事情，连天一凤都改变不了，我们能做的只有接受。"

说完，他似乎想到了什么，心有余悸地摇了摇头。

"那要是接受不了呢？"我再次打量了一下自己的造型，最后还是艰难地问出了这句话。

"没有接受不了的事情啦！"诺恩似乎完全无法体会我即将崩溃的心情，他毫不在意地挥了挥手，然后兴致勃勃地从怀里掏出一把红艳艳的东西，献宝一样递到我的面前，"既然反抗不了，那我们就好好享受吧，要不要来根辣椒提提神？"

"你……"我泄气似的翻了个白眼，"不用啦！"

"那我就自己吃了哦！"

在诺恩"咔嚓咔嚓"的咀嚼声里，我悲哀地想——

如果有可能的话，我能不能收回之前的那句话啊？虽然说做什么都愿意，但是绝对不包括上台演戏啊！

对，你没有看错，在戏剧狂热分子向前前的强烈要求下，学习小组的八个人——包括刚刚从外地赶回来的花千叶和喻曼罗，一起被赶上了舞台。为了符合古代戏剧社年终大戏的宗旨，我们每个人都穿上了这种奇怪的半古半今的衣服，表演的内容却很简单，其实就四个字——

本色出演！

没错，绝对是本色出演！

在这出戏剧里，我们每个人连名字、身份都没变，故事的情节也是取材于现实，从四个异世界的少年降临地球开始，一直到他们各自因为自己的超能力找到了命中注定的魔法主人，然后在一系列乱七八糟的经历中成为了恋人，最后幸福地生活在一起。

想象一下我居然要在全校同学的面前，把自己和诺恩发生过的所有囧事都演一

第十章

遍，我瞬间有一种想找块豆腐把自己撞死的冲动。

向前前，算你狠！

带着浓浓的怨气，在向前前挥舞着小鞭子的严格指导下，我们的这出戏剧终于被搬上了舞台。

这一天，在古代戏剧社和学习小组超强的号召力下，学校的大礼堂座无虚席，甚至连繁忙的艾泽洋校长都抽空来到了这里。

令人意外的是，他的身边居然跟着很久没见的艾凯奇。在我望过去时，艾凯奇还对着我做了一个"加油"的手势。

真好！看起来他们父子已经和好了呢！

我开心了一下，但很快心情又沉重了起来，因为，马上就要轮到我上台了。

虽然经过了很多次排练，但是当我真的在无数双眼睛的注视下站在舞台上时，依然觉得心跳加快、手脚发软，还没开口就已经忘词了。

呜呜……看来我完全不适合演员这个职业啊！明明前面的三对都演得很好，即使是最害羞的喻曼罗，也和花千叶配合默契，赢得了台下的阵阵掌声，为什么我一上来就大脑一片空白，甚至走路都变成了同手同脚？

这一场演的是我和诺恩的初遇，就是我被前前拉到古代戏剧社之后，因为意外弄湿了衣服，在换衣服时被来喊前前吃饭的诺恩撞见的情节。

怎么办？我真的好紧张！

我像个牵线木偶一样，机械地和前前学姐完成了前面的戏份，然后前前学姐以去拿剧本给我看为由，一溜烟跑下了舞台，只剩下我一个人。

"扑通扑通——"

剧烈的心跳声伴随着诺恩清冷的嗓音在临时搭建的小房间里响起。

"向前前，天一凤喊你……咦？你是谁？"

"我是……"

哎呀，错了！

我差点咬到了自己的舌头，懊恼地看向从一扇手工绘制的任意门里跳出来的诺恩。

239

真命无敌幸运星

真是的！为什么连看起来笨笨的诺恩也比我强啊？你看他，即使是穿着用无数块布片拼成的衣服，却仍然帅得好像T台上的模特一样，而且脸上的表情十分逼真，对比之下我真的好业余啊！

"啊！"

我赶紧夸张地叫了一声，顺手抓起旁边备用的衣服挡在了胸前，模仿当时的情形。

不过，也许是我用力过猛的关系，站起来向后退的瞬间，不知道绊到了什么，我居然脚下一个趔趄，然后一屁股坐在了舞台上。

"哈哈哈哈！"

台下响起一阵爆笑，大家纷纷鼓起了掌，甚至还有口哨声在人群中响起。

这次真是糗大了！这可是剧本里没有的情节啊！

我欲哭无泪地坐在地上，完全不知道自己是该继续按照剧本大喊"色狼！变态"，还是该先从地上爬起来。

呜呜……早知道不管向前前说什么我都不要听，什么演戏，明明就是出丑嘛！像我这种演艺细胞为零的人，根本不适合上舞台。

"对……对不起啦！你别害怕，我不是故意的！"

就在我想要在地上挖个洞钻进去的时候，一直在角落里站着的诺恩突然表情慌张地跑过来，嘴里说着他临时修改的台词，像个绅士一样把我从地上扶了起来。

"别紧张，你就当台下是一堆萝卜白菜啦！就算是演砸了也没什么大不了的，还有我呢！"

站起来的瞬间，我的耳边响起一声低沉的安慰。

我抬起头，正对上诺恩满含鼓励的眼神。

就像是一切都被按了暂停键一样，这一刻，我全身紧绷的神经似乎都在他的目光里逐渐松弛，台下的爆笑声也渐渐远去，仿佛世界上只剩下了我和诺恩两个人，而我们正在重温我们当初的故事。

是啊！有什么大不了的！那些相遇相知的感情，一直都在我们心里，所以，不需要虚假的演绎，我只要做我自己就好！

第十章

想到这里，我抬头看着诺恩眼睛里掩藏不住的关心，暖意就像潮水一样一阵阵涌来，让我因为紧张而变得僵硬的身体慢慢软化，然后变得正常。

接下来的演出进行得很顺利，我完全忘记了周围的环境，只顾着沉浸在和诺恩一次次吵架斗嘴的乐趣中，直到解除了一切误会我们相拥在一起，台下响起了经久不息的掌声。

演出结束，卸下身上被强制套上的华丽衣服，洗掉了脸上化得特别夸张的妆容后，我拉着诺恩偷偷跟在散场的同学们后面，竖起耳朵听着他们对戏剧的评价。

"哈哈！这场戏真的好特别，居然能把这么多稀奇古怪的身份安到四个学长身上，其实还挺有意思的嘛！"

"最难得的是，给他们每个人安的身份，完全符合他们的性格和形象，看的时候我都忍不住想，这一切不会是真的吧？"

"怎么可能？你也太天真了，平时看小说看入迷了吧？这世上怎么会有这么稀奇古怪的事情，什么外星人、魔法师、花主继承人、古代皇族，都聚集到了我们艾利学院。要是真的，我还是宇宙统治者呢，哈哈！"

"说得也对，看来一定是假的了。"

"没错，这一切根本就不可能发生嘛！"

"这出戏可是向前前编的，她喜欢看小说可是出了名的啊！肯定是把她看过的情节加进来了。"

……

断断续续的话语传进了我的耳朵，我连续换了几个地方，听到的评价都差不多，最后只能在心里哀叹一声——

亲爱的同学们啊，其实真相掌握在少数人手里，你们果然还是太天真了！

"走吧，不要再听了，总之以后我们像普通人一样生活就好了。"

正在我感慨着这峰回路转的剧情时，耳边突然传来诺恩温柔的声音。

我转过头，看着这个从浩瀚的宇宙跨越了几亿光年的距离来到我身边的外星王子，突然想起了自己孤单地用望远镜仰望星空的日日夜夜。

世界上最美的是相逢。

真命无敌幸运星

属于流光城堡和学习小组的传说，到今天就要正式谢幕了，我们面前的人生之路还有很长，而在未来漫长的时间里，就像诺恩说的那样，我们都是普通人，和大家一起呼吸着地球的空气，感受着这个世界的风和雨，携手走向更好的明天。

"走吧！从今天开始，我要学着吃辣椒大餐，不要太感谢我哦！"

"好啊！你等等我，我一定会让你爱上辣椒的！"

在追逐着远去时，我默默地在心里说——

感谢我们命中注定的相逢。

尾声

和外星人谈恋爱是什么感觉？

我可以很负责任地告诉你，其实一点也不浪漫。

流光城堡的危机过去后，受到了教训的姚姗姗非常低调地转了学，学习小组的生活终于恢复了平静，他们每个人在学院里依然拥有无数粉丝，却不会再因为盲目的崇拜引发不好的事情。

而我在经历这一场风波之后，也正式成为了流光城堡的一员。

"天啊！诺恩做的饭真是越来越好吃了，我觉得再这样下去，我一定会胖成小猪的，呜呜！"

今天是周末，流光城堡的成员终于聚齐了，大家一起开开心心地享用完诺恩做的超级大餐后，前前突然捂着肚子哀号了一声，并且立即引来了曼罗和恩雪的一致赞同。

"是啊是啊！"恩雪一把拍开鲁西法伸过来的手，笑眯眯地看着我说，"婕妮你真是太幸福了，现在这么会做饭的男生真的是太少了！"

"嗯嗯嗯！"曼罗像是小鸡啄米一样连连点头，软糯的声音听起来让人特别舒服，"能把青菜都炒得这么好吃，诺恩学长你真是我的偶像！"

"喂！"三个女孩子的赞美终于引发了男生的不满，鲁西法一脸委屈地把手里用魔法变出来的小兔子往前递了递，小声地反驳道，"可是我会变魔法啊！"

"会变魔法有什么了不起？"恩雪一脸鄙夷地看了看眼巴巴瞪着她求表扬的诺恩，然后抬起手"啪啪"拍了两下，只听见"砰"的一声，刚才还很养眼的鲁西法立即变成了一块黑炭，手里原本可爱的布偶兔也变成了一团粉红色的棉花糖。

"哈哈！"最先发出爆笑的是一脸幸灾乐祸的花千叶，他唯恐天下不乱地挤眉弄眼大声嘲笑，"鲁西法你今天又做错什么事情了？这个黑炭造型还真是适合你啊，我喜欢——啊！好痛！"

一只白嫩的小手揪住了他的耳朵，痛得他哇哇大叫。

尾声

"花千叶！"曼罗彪悍地维持着揪住花千叶耳朵的动作，"你还有脸嘲笑鲁西法！昨天你是不是又派花草偷听我和男同学聊天了？别以为那根藤条只露出来一点点我就发现不了，我还没找你算账呢！"

"啊！先松手！先松手！"可怜的花千叶一脸求饶地望着曼罗，可怜兮兮地解释道，"我只是想知道你在干什么嘛，绝对不是故意偷听哦！那个平头小男生怎么能比得上我——啊！我以后再也不敢啦！"

和这边的鸡飞狗跳不同，另一边的天一凤和前前早就已经进入了秀恩爱模式，两个人依偎在一起，前前正满脸兴奋地说着什么，天一凤一脸专注的表情，就连他们周围的空气都似乎散发出了粉红色。

至于我和诺恩……他牵着我往外走，我看着他的背影，心里充满了期待。

不一会儿，我们就已经坐在流光城堡高高的屋顶上，吹着夜里凉凉的风，一起欣赏着头顶宝石般闪亮的星星。

"诺恩，你说萨特星球上最多的就是宝石，那么我这颗幸运星也是宝石？"

我靠在诺恩的身上，被他全副武装的黑色长袍一起裹了进去，只有两只眼睛露了出来。

唉！没办法，这家伙到现在也没办法克服对星星的恐惧，所以我只好陪他一起包裹严实啦！

"嗯！"闷声闷气的回答在我的背后响起，诺恩把头靠在我的肩膀上，温热的气息带给我一种特别安心的感觉，"你知道我爸爸为什么要送你这颗幸运星吗？"

"为什么？难道不是我帮助了他才得到的馈赠吗？"

我来了兴趣，星星也顾不上看了，转过身紧紧盯着诺恩的眼睛，难道还有什么我不知道的内情？

在我目不转睛的注视下，诺恩的脸上居然飘过一丝类似于羞涩的表情，我内心的八卦之火彻底被点燃了。

"快说！快说！到底为什么？"我兴奋地催促他。

"嗯……"下一刻，诺恩居然移开了视线，声音听起来有点不太情愿，"其实，我的名字——诺恩，在萨特语里的意思就是幸运，所以……"

真命无敌幸运星

说到这里,他没有再说下去,好像下面的话非常难以出口似的。

我眨了眨眼睛,正想再追问两句,结果还没开口,脑海里突然闪过一道亮光,似乎有什么豁然开朗。

"诺恩"这两个字的意思是"幸运",那么诺恩的爸爸把幸运星送给我……

"哈哈!"突然明白过来的我控制不住地大笑起来,"原来,你早就被你爸爸送给我了啊!以后要乖乖听话哦!"

我伸出一只手,像对待宠物一样摸了摸他的头,下一秒却被拥进了一个温暖的怀抱。

"嗯,谢谢你找到了我。"

低沉的话语中仿佛蕴含着大海一样浩瀚的感情,抱着我的臂膀是那么坚实有力,突然之间我什么都不想再说了。

高高的夜空上,星星还在闪耀。

脚下的古堡里,有情人幸福地嬉笑。

多么幸运,我找到了属于自己的外星王子。

终于找到你,我命中注定的王子殿下!

少女的爱情小巫师

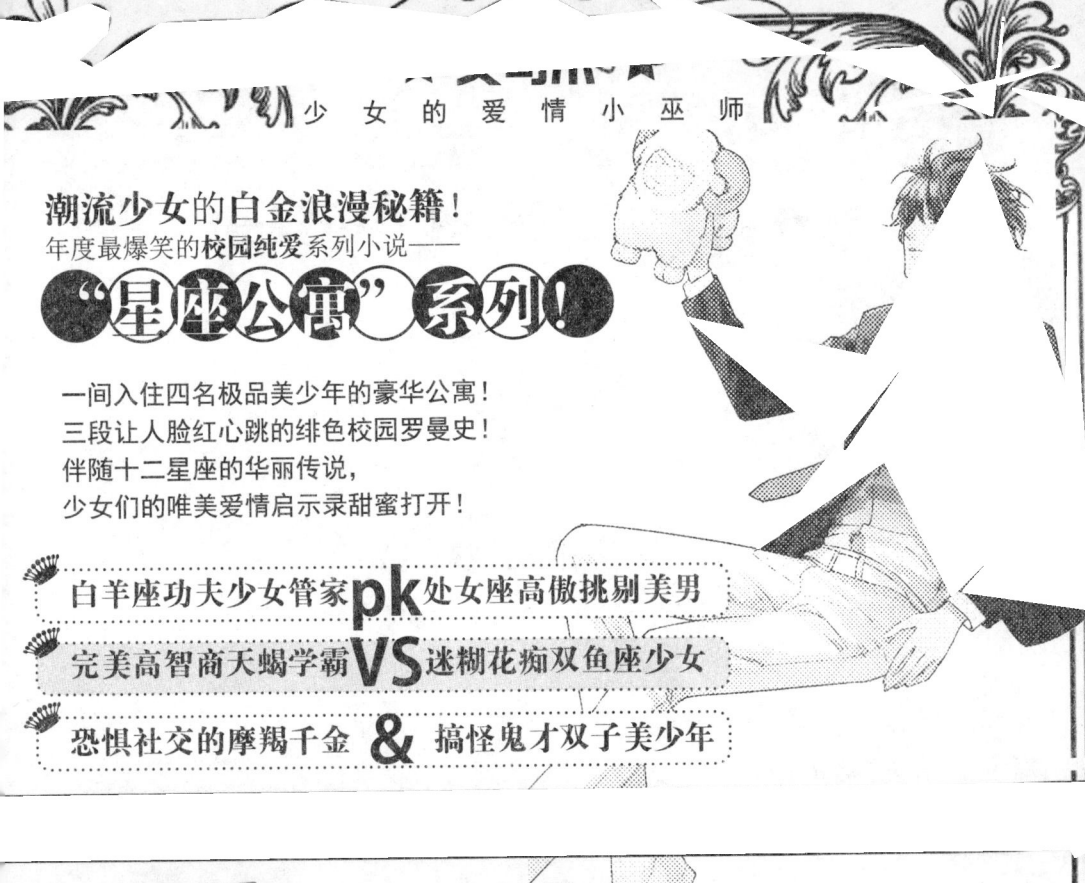

潮流少女的白金浪漫秘籍！
年度最爆笑的校园纯爱系列小说——
"星座公寓"系列！

一间入住四名极品美少年的豪华公寓！
三段让人脸红心跳的绯色校园罗曼史！
伴随十二星座的华丽传说，
少女们的唯美爱情启示录甜蜜打开！

- 白羊座功夫少女管家 pk 处女座高傲挑剔美男
- 完美高智商天蝎学霸 VS 迷糊花痴双鱼座少女
- 恐惧社交的摩羯千金 & 搞怪鬼才双子美少年

2016.9/10 欢快上市

★★★ 鲜售价：26.80元

"星座公寓"专属定制周边：《旋风甜心日志》+《萌心学霸手账》+ 星座随星卡

集齐十二星座随星卡更可召唤神秘大礼哦！

陌安凉"姐妹篇"

云上尘埃 寒雪覆城

地面的尘埃，没有阳光的滋养，能否覆盖星辰大海？
云上的寒雪，随着岁月的流逝，终于湮没了时光里的深爱。

一场交织着**爱与恨**的纠缠
一段充满**伤害与撕裂**的记忆
一场没有彩排，迷失初心的**散场青春**

到底，青春有**多美好**呢？
相遇那天，你的样子落入我眼中，
就是美好。

寒冷的**冰雪**/凉薄的你
无尽的**尘埃**/卑微的**我**

这青春如利刃，无情伤我
一世孤城

青春疼痛文学代表
作家 陌安凉
催泪悲爱"姐妹篇"
联袂巨献！

《云上的尘埃》【内容简介】

天上的云朵，是否一定就比地上的尘埃高贵？
冷漠淡然的吕艾草，在18岁时遇见了阳光少年乐程昱，心上开出一朵花。可母亲的意外去世改变了她的所有。她不得不背起黑色枷锁，用尽心计去接近那些毁掉自己生活的人——善良柔弱的杨星雪，优柔叛逆的景卓然，还有曾经抛妻弃子的杨建业。
心已死，泪已干，那些所谓的温暖再也唤不回艾草曾经的温柔，反而成了加速毁灭她所有的刽子手。
命运的种子飘落，有人成了地上的尘埃，有人却成了天上的云朵。
残酷的不是命运的安排，而是耗尽青春，再无岁月可回首。穷尽一生，到头来只是孑孑一人。

《寒雪覆城》【内容简介】

燕琛，你知道吗？赤道留不住雪花，就像我留不住你。
郁寒，你知道吗？海洋住进贝壳，而你住进了我心里。
林默，你知道吗？他们说身为孤儿的你很狂很坏，只有我知道，你很温暖很美。
燕小七，你知道吗？纵然时光每秒都在后退，天堂落满沙尘，你永远是那颗最亮的星星。
过去的我们，就像这一场漫天纷飞的大雪，美好过，绚烂过，却终究消逝了。
你们不知道，荒冢青春里的你们，带走了我的全世界。
寒雪如刃，只伤我一人，悲伤覆城，却要伤我一生。

风文字·寒潮来袭·请注意给心脏保暖！

这位美少年，我有个恋爱想跟你谈谈。
随着韩剧《W》的大热，漫画里走出来的二次元美男姜哲简直就是"少女心收割机"！
拿得了奥运会射击冠军，掌管得了跨国集团公司，甚至连智商都随意爆表！更难得的是，他居然还是女主角的私人定制款，是女主角创造出来的完美契合理想型！
连只知道美食的巧乐吱都惊动了，一边吃着cupcake，一边幻想自己笔下的各种类型男主角。如果真的把自己笔下的男主角组成"巧乐吱牌男神梦之队"，哪一款才是适合你的定制理想型呢？

巧乐吱牌男神梦之队

哪一款才是你的定制理想型呢？

A. "人生如戏，全靠演技"——奇葩妖孽型

盛昊伦

《猎爱100℃殿下》巧乐吱

Surprise事务所的实际掌权人、执行人，绝世妖孽一般的人物。他拥有男神的脸，男神般的性格，每天都在为你创造百分之百的浪漫惊喜！

B. 王牌"卧底"继承人——霸气暖心型

许乔安

《糖果色费洛蒙之恋》巧乐吱

大型美食连锁Mini集团的继承人，恋人遇到困难会默默出手帮忙的行动派，遇到危机会站出来挡在所有人前面的霸气美男。为了喜欢的人和美食，他愿意奉献自己的所有！

期待跟书里的那些"**定制理想型**"来一场**完美邂逅**吗？
请关注巧乐吱近期的上市新书哦！

西西莉亚 小优趣读 系列

少女们的华丽冒险，
青春里的浪漫成长

每个女孩都渴望有一场**华丽的冒险**，
在诗意和浪漫的幻想里徜徉。

花漾青春，
让小优伴你美丽成长！

魅丽优品全新打造
清新、优雅、阳光、趣味
的"小优趣读"系列

人气作者 **西西莉亚** 首次长篇献礼

神奇际遇 打破平静生活
假如 古董 会说话？
假如 化石 能造梦？
假如 字灵 在求助？
……
你们的校园生活会变成什么样子呢？

奇幻故事+精华趣读
思维碰撞+绝妙图画

在这里

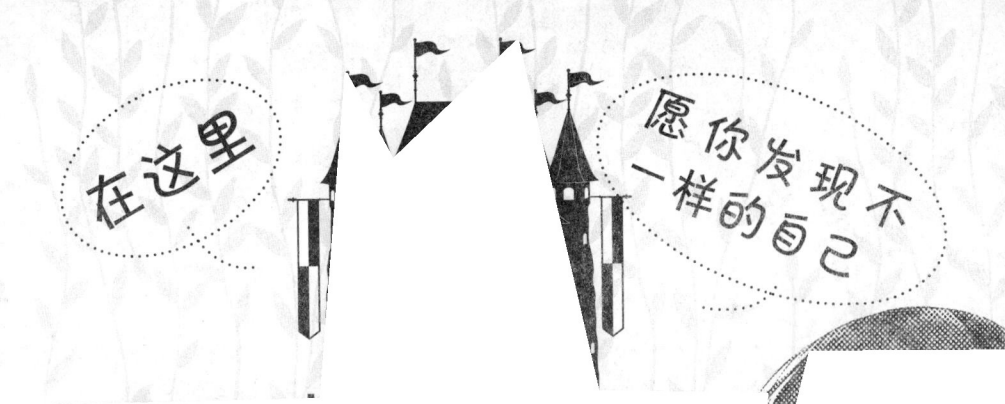

愿你发现不一样的自己

"小优趣读"系列 《会说话的古董》

象牙塔少女沈星月最崇拜的人是身为故宫文物修复师的叔叔。
她14岁生日当天,收到叔叔送的"东王公西王母铜镜"仿品之后,无意中打开了神秘的文物世界大门。
衣袂飘飘的《清明上河图》少年张择端,在故宫"扮鬼"捉弄游客;"呆萌"的西安乾陵翁仲大叔,委屈地蹲在地上画圈圈;太和殿屋脊十大瑞兽联手欺负"故宫外来人口";还有敦煌莫高窟里无脸飞天女传来的哀婉哭声……神秘事件一次次出现。
沈星月在解决这些事件的过程中,慢慢被有家学渊源的晏晓声发现了自己的秘密。谁来告诉她,为什么这个冷漠美少年晏晓声总是能化腐朽为神奇?
神奇少女沈星月搭档全能少年晏晓声,将带你踏上独一无二的古董文物保护之旅……
你准备好了吗?

"小优趣读"系列 《会造梦的化石》

"假小子"贝茵茵无意中得到了一块能和远古世界连通的化石,便开启了激动人心的史前大冒险!
在那里她遇到了不会说话的原始人樱桃一家和威猛霸气的猛犸象多玛,还有爱装可爱的剑齿虎喂喂……无忧无虑的原始社会让贝茵茵似乎有些讨厌现实生活了。
天才少年实验室成员易卜的父亲在一次原始遗迹考古中遇难,留下了根本不可能完成的遗愿。不过突然闯入他的世界的贝茵茵却带来了神奇的化石,似乎让遗愿有了那么一点点实现的可能。
在贝茵茵成为少年实验室唯一一位非天才的编外成员后,他们在神奇的远古世界里遭遇了巨型猛犸象追逐、夺命泥石流风波,还有原始人朋友的小小感冒酝酿成的严峻危机;与此同时,现实世界中,化石的秘密也遭到坏人觊觎,危在旦夕。
为了保护史前文明和原始人朋友,少女贝茵茵联手天才美少年们共迎巨大考验!

谁是最闪亮的那颗星？

莎乐美 著
SHALEMEIZHU

星光萌动 朵朵开
STARLIGHTS ARE BLOOM IN FULL

这个年代，"小白花"女主角已经落伍啦！身为女主角，必须个性鲜明，就算有一点点小缺陷也是美啊！

安小朵

长相可爱但是脾气暴躁，虽然有着不足和缺陷，却拥有一颗金子般闪闪发亮的善良的心，毕竟，不是所有人都能接受"机器人"男主角的啦！

她把尹天熙错当成变态，之后心怀愧疚，尽力弥补。

面对和自己反目的朋友，她也不屑于报复，而是努力交新朋友，成为自己最喜欢的那种人！

私人定制"启明星一号"

不可思议男友，强力出击！

暴躁少女安小朵VS奇怪美少年租客！这位自称尹天熙的帅哥，处处都透着古怪的气息……世界上哪有害怕蔬菜到晕倒的人！

搞笑奇葩"机器恋人"，
不解风情美少年，究竟来自哪颗星？
闪闪星光入我怀，
快来迎接"萌爱"教主
甜蜜恋曲的强势袭击吧！

魅丽优品
Merry Product
©SOL.Bianca Creation works